静夜听风

姜琍敏 著

天津出版传媒集团

百花文艺出版社

图书在版编目（ＣＩＰ）数据

静夜听风 / 姜琍敏著 . -- 天津 : 百花文艺出版社，
2024. 8. -- ISBN 978-7-5306-8741-3

Ⅰ . I267

中国国家版本馆 CIP 数据核字第 2024CR1813 号

静夜听风
JING YE TING FENG

姜琍敏　著

出 版 人 : 薛印胜
责任编辑 : 李　爽
封面设计 : 鸿儒文轩·末末美书
出版发行 : 百花文艺出版社
地址 : 天津市和平区西康路 35 号　　邮编 : 300051
电话传真 : +86-22-23332651（发行部）
　　　　　+86-22-23332656（总编室）
　　　　　+86-22-23332478（邮购部）
网址 : http://www.baihuawenyi.com
印刷 : 三河市华东印刷有限公司
开本 : 660 毫米×950 毫米　1/16
字数 : 253 千字
印张 : 22.5
版次 : 2024 年 8 月第 1 版
印次 : 2024 年 8 月第 1 次印刷
定价 : 78.00 元

目　录

CONTENTS

意　蕴

性　情

漫　弹

意　蕴

这一瞬间如此神圣

　　世纪之交与岁月之交、时日之交其实并无分别，如果没有人类生存，没有世纪的概念，一世纪和一秒钟亦无本质差异。当21世纪在天边闪现之际，我们跨越的与其说是时间，不如说是文化、心理、社会、年龄的鸿沟。陡然神圣起来的是我们的感觉，而非真正的时间。自然的、本质的一切依然是旧时风采：花不会更红，草不会更绿，风不会更劲，雨不会更猛。然而，想到这是又一个风风雨雨、充满喜怒哀乐的百年之端，想到那创造、勾画我们生命的世纪将永不再来，谁的心不怦然而动，如花绽放？

　　百年，自然的一粒微尘，历史的一个哈欠，社会的一次阵缩，人类的整整一生，甚至两生、三生！所以，宇宙不会因之叹息，自然不会为之动容，我们则不能不为之惕厉，为之叹息，为之回顾、前瞻。"上穷碧落下黄泉"——明知以往的世纪中，战争多于和平，磨难多于幸福；明知逝者如斯夫，往事不可追，来日无可期。我们仍要追，仍要期，仍要企求世界和平、社会发展、人生幸福，因为"我们未死，我们是人"！

　　在过去的世纪里，我们像托尔斯泰笔下的"一兜靼鞑花，长在尘土飞扬的灰色大道旁。她有三个枝丫：一枝被折断，上头吊着一朵沾满泥浆的小白花。另一枝也被折断，上面溅满污泥，断茎压在泥里。第三枝耷拉在一旁，也因落满尘土而发黑。但她依旧顽强地活下去，枝叶间开了一朵小花，火红耀眼"。

活着是一个多么简单却又多么了不起的事实！活着挥别旧世纪的人，有福了！活着拥抱新世纪的人，将作何祈望？

作为一个"地球村"的公民，我最想听到的，是世界和平的承诺。所以我要特别仔细地听一听，那使每个村民热血沸腾的新世纪钟声，与21世纪之初的晓唱有何异同？联合国秘书长那热情洋溢的致辞，能拨动多少和平的共鸣？各国元首、各种语言的合唱，能为我们抒画多么恢宏的蓝图？我还想听到，一个伴着世纪钟声诞生的婴儿对生的啼盼，一个与世纪同龄的百岁老者对死的咏叹；他们的拥抱、笑叹也许不能用语汇表达，却一定包容人生的所有奥秘。

作为一个儿子、丈夫、父亲，我最想得到的是家人的安康、亲人的团聚。哪怕我一无所有，哪怕要舍弃滚滚财源，只要所有的亲人一个不缺地坐在电视机前，彼此道一声新世纪快乐，我便要心醉神怡地泣一声："我知足了！"

作为一个平凡而普通却愿意保有善良情怀的老百姓，我要对见到的每一个人道一声"祝你幸福"。这句陈而又陈的祝词，此刻一定会让人感到新而又新。我还要对每一个我仇视过或仇视过我的人道一声"你好"。一百年的风刀霜剑、天灾人祸都被抛进了大洋，为何还将一己恩怨挟入全新的世纪？宽容或许不能移山造海，却能温暖心灵的每一个角落，映红未来的每一个日子。

哦，别忘了，到某个被时代遗忘的角落去走走，去看看。看看还有多少人蜗居穷乡僻壤，"不知有汉，无论魏晋"，度日如年或度年如日。或许我们不能如孟子所期"禹思天下有溺者，由己溺之也；稷思天下有饥者，由己饥之也"，但愿我们的一声问候，能挟新世纪的春彩，唱醒他们昏聩的生活……

　　我的心愿如此之多，但我并不以为这是贪心或者痴望；如果它们不能一一实现，希望它美丽成一道道风景。希望未来的世纪，有什么别有战乱，没什么别没稳定。至少，愿地球像创世时一样新美，愿人类像亚当和夏娃一样亲爱！

痛苦着是美丽的

痛苦是上帝赐予人类的第一笔财富和最后一次体恤。奋力挣出产道的婴儿总是以呱呱啼哭迎接人世的光明；垂垂老去的每一个人总是以满腹怅惘向人间的晚霞投去最后的眷恋——或许只有这样，降生于世界的新生命才不至于感到陌生和孤独。

诞生是幸福的，然而它必得与痛苦结伴而行。

死亡是痛苦的，然而它昭示着生命的美丽。

痛苦是美丽的，因为它原是一切幸福的镜子。

没有在冰天雪地中踯躅过的人，怎会感到暖室羽衾的舒坦？不曾经过饥肠辘辘的煎熬，怎会觉得"糠也甜"？没有几度三番的宵旰之虑，焉得那一份大彻大悟的释然开怀？

这还只是问题的一个方面。如同世上没有无缘无故的爱一样，世上也不会有无缘无故的痛苦。痛苦着意味着我们在生存着，痛苦着意味着我们在积聚着，痛苦着意味着我们在探索着，痛苦着意味着有一颗种子已经在土中萌动——哪一株茎蔓不是生机碧绿的，哪一种果实不是鲜艳美丽的？

痛苦着之所以是美丽的，只因为它是幸福的通行证。孕妇的阵痛是男人不可想象的，所以男人永远也得不到哺乳新生婴儿的那一份陶醉；哲人的痛苦是凡人不可企及的，所以凡人的嘴角也永远浮不起破译宇宙的那一份快感。

人生有如吃一串葡萄，先吃甜的意味着将有一番痛苦在后头；先吃酸的则意味着将有一番幸福等着你；人生又不似吃葡萄，谁也别想只吃甜的弃掉酸的；或迟或早那一串葡萄的滋味都会被你品尝。

而如果将美丽视作一串葡萄，痛苦是那些小而酸的，幸福是那些大而甜的，谁能因为吃到几颗酸葡萄，就说葡萄不再美丽了呢？

是的，完全可以说我是在美化痛苦。难道我们人生的痛苦还少吗？难道我们来到这个世界不是为了寻求幸福而是为了享受痛苦吗？

事实上，痛苦是美化不了的，我也绝没有享受痛苦的癖好。只不过这世界的一个基本铁律就是寻求幸福必须首先接受痛苦，因为它俩是一对不可分割的孪生子。既然如此，既然我们的痛苦是如此之多，那么我们干脆张开双臂，坦然接受它吧——恰恰因为我们不再畏惧痛苦，痛苦的减少才成为可能！别忘了，心境的安宁乃是我们最最难得的一份幸福啊！

所以，我想再一次对自己说：

痛苦着是美丽的。

美丽着是痛苦的

美丽是多数人可望而不可即的理想境界；美丽带来幸福和自信，带来愉悦和满足，可以比一般人更容易得多地获得成功的可能。"美丽着"岂不就是"幸福着"的同义语吗？

这当然是不错的。然而现实生活却时时不断地提示我们：从某种角度看，美丽着又确是痛苦的，而且是一般人所无法体验的那种切肤之痛。随便问一下哪位公认的美丽姑娘吧，我想她只要不太虚伪，顶多沉吟片刻，都将肃然敛容，对你无言地点一点头。

生活中此类例证更是比比皆是。比如按常理推断，最爱打扮自己、拼命美容以强化自己青春的，本应是相貌平平者或者苍老憔悴者吧，然而事实往往正好相反，大把大把掷钱于美容院或时装店、每天出门前至少在衣镜前扭摆上三十分钟、随时随地近乎神经质地对着一面小镜子往本已如花似玉的脸上涂上几下的，首推那些天生丽质、人见人爱的妙龄女子——人们的艳羡、夸奖、赞赏、恭维、阿谀、谄媚固然极大地满足着她们的虚荣心，却也旋风般裹着她们因此而日益脆弱的神经和日益高昂的满足值，使她们的心灵不由自主地旋起一个越转越深、越来越难以填满的欲壑，潜意识中对红颜易老的恐惧又从内向外挤迫不已，这使得她们除了更加拼命地打扮自己，还能有什么更好的办法来抚慰自己患得患失的痛苦呢？

当然，这种痛苦是秘而不宣的，有时甚至是不自觉的。美丽着的痛苦最易为常人所理解的，自然是由此而更易招致的种种令人作呕的死磨活缠、死皮赖脸，甚而是公然的强暴……

其实这都还不算是最痛苦的，权当美丽着的人理所当然的付出。最大的痛苦莫过于一旦失去美丽的那种曾经沧海难为水的无奈、惆怅、沮丧和那种红颜不再且永远无可挽回的失落——相较于从未如此过的人，这种痛苦可说是深入骨髓。美丽着的人生犹如是只能以一种方式吃葡萄的人，她们必须先从大的甜的先吃起，于是越吃越酸；更由于先前的葡萄太甜，后面的即使不怎么差，但只要稍微不那么甜，也会由于习惯了甜味的胃口和心理的反抗而觉得苦涩不堪。她们比一般人更渴望越吃越甜，而命运却偏让她们越吃越酸！

对了，我说"她们"实际上是不准确的。美丽着的绝不只是女士们，虽然我们通常只称先生们为帅气、英俊或酷，但实质是一回事，尽管通常先生们并不主要靠美丽来获取自信和成功。引而申之，美丽着其实绝不仅仅指外貌。举凡大红大紫如流行歌星、大艳大发如暴发户主、大捞大搂如贪官污吏者流，他们同"美丽者"一样，有过普通人不曾体验过的"辉煌"，也就同样无法躲避患得患失等等痛苦；而如果他们的成功并非来自扎扎实实的内涵，那么他们的"红颜"肯定也将是短暂的，有朝一日切肤之痛恐怕也是无可避免的了。

美丽着是痛苦的。丑陋着决非就是幸福的。痛苦与幸福原是我们每一个人的人生双翼，只不过美丽着的人的痛苦被他们头上的五彩光环虚掩着，以致我们常常误以为他们仅以一只幸福的羽翼便可如天使般潇洒地翱翔呢！

同在《苏菲的世界》里

假如某一天，你放学或下班回家，意外发现信箱里躺着一封神秘的信，上面只有短短的两行字：

你是谁？

世界从哪里来？

你会不会感到莫明其妙，甚至觉得有些恐怖？但如果你满怀好奇，试图回答这两个问题的话，也许会感到问得太幼稚："我是某某，世界从它该来的地方来嘛！"这么回答当然也可以，古往今来，无以计数的人就是持这种漠然的态度，黯默地生，糊涂地死。但是，如果你认真品味一下这个问题，恐怕就会感到似曾相识，似乎它已无数次在头脑里徘徊却从没有或没法透辟解答，至少，你难以肯定"世界是不是上帝造出来的""人有没有灵魂"。虽然课堂上早就有过某种答案，但你肯定会在生活中、书本里或自己的思索中听到过另外一种或多种声音，有着相似或截然不同的看法。那么，到底孰是孰非？类似问题到底该怎么回答呢？

其实，何止你我难以回答这"简单"的问题，古今中外，所有哲学大师们的探索都与这命题有关：全部哲学史，其实就建筑在这"小小"的发问上！它牵涉到生与死，生命与世界的起源等庄严的哲理。孔子说："未知生，焉知死？"这是一种哲学，也表明他对这类问题深感难以穷究的聪明；但对我们栖身的这个世界及我们人生终极意义的关怀和好奇，并不是那么容易遏制的。所以，假如你在收到那封神秘的来信之后，又接连收到一封封扑朔迷离、神秘而玄奥的来信，并最终直接见到了一位似乎无所不知的教师，向你讲述人类哲学发展史，你会怎样想呢？

至少我，也会像苏菲那样，情不自禁地投入"形而上"的海洋，拥抱知识，拥抱世界，拥抱自己短暂而宝贝的生命，拥抱人类谜一般的未来。

何况，这个年方15岁的苏菲和哲学教师，原不过是一位名叫艾勃特的少校所写的哲学书中的两个角色，他们想逃脱自己的命运也只是枉然。更有趣的是，这个艾勃特少校和他的女儿席德，本身又是挪威学者乔斯坦·贾德笔下的人物而已，他们同样逃不脱自己在世界中固有的角色，无论他们是否理清了自己面对的谜团。

而这个乔斯坦·贾德，莫不也是另一个"人"笔下的人物呢？

而我，这个津津有味地遨游在《苏菲的世界》、并在此抒写着关于此书的赞叹的人，会不会也是别的一个什么"人"笔下的人物而已？

——也许这不是贾德的初衷，但确是我读他的书所油然产生的奇异感觉。恰如庄周梦蝶，不知蝶是己之梦，抑或己是蝶之梦。也许这原是贾德精心构思，并通过《苏菲的世界》告诉人们他自己对于"我是谁，世界从哪里来"的回答？

总之，《苏菲的世界》是我所读过的少数几本最奇妙又最有价值的书籍之一。不仅因为它似梦非梦、似幻非幻，如同侦探小说般充满悬念、引人入胜的奇特手法，会将偶然打开它的人紧紧攫住，使你像苏菲一样身不由己地在神秘导师的指引下，不断思索，从柏拉图到笛卡尔，从康德到祁克果，从马克思到弗洛伊德，穿越生死，洞悉宇宙，畅饮人类智慧的雨露甘霖，而且毫无艰深枯燥之感。更重要的是，"贾德这本书可谓空前的创作""是一个将学术作品通俗化的杰出范例——对于未曾修习过哲学概论者而言，本书是最佳的入门读物，对于修过此门课程但已忘却大半的人而言，本书有助于他们重新温习"……

　　无怪此书在国外能畅销数百万册。原本与每个人息息相关的哲学，因其深奥艰涩而只能居留于大学课堂和学者的书斋里。普通人莫不对其敬而远之，甚或弃如敝屣，以至终生浑浑噩噩，不知所以。其实好奇是人类共有的本能，了解世界，探究生死之谜亦是人之天性。哪怕他是唯利是图、充满俗欲者，终究会在生命的某些时刻邂逅终极关怀，向存在发问。与其糊里糊涂地将命运交在算命人手中，何不赶快走进《苏菲的世界》？虽然它不等于深邃博大的哲学本身，更不是万灵仙丹，"但是从来不去留意爱好智慧的重要与前人的心得，那么注定会陷入心灵之封闭与终结"。

　　"为了使人从困惑到觉悟，本书提供了一盏明灯。"（哲学教授傅佩荣）

　　真的，《苏菲的世界》里绝无蒙昧的黑暗。

叹一声迦太基

原来姹紫嫣红开遍，似这般都付与断井颓垣。

——《西厢记》

还在孩提时代，我读过一本古代西方四大名将之一汉尼拔的传记，从此对这个叱咤风云、震古烁今的铁血将军有了深刻印象。

同样令我神往的，便是他那曾经在近3000年前就繁荣兴旺、威震海内的名邦——迦太基。

那么遥远的年代，就已那么发达的北非古国迦太基，有着太多神秘和传奇色彩。比如在公元前800年，它就因其强大的海军和商船队而称霸西地中海，迦太基的钱币也成为强势货币，其海路贩运奴隶、金属、奢侈品、酒和橄榄油等商业活动都很蓬勃。只是，那时迦太基具体的市容和人们的生活又是怎样一幅情景，我尽管充满好奇，贫乏的想象力终难令我满足。

谁也没想到，有朝一日我这个万里之外的异邦人，竟能稳稳站立于迦太基遗址之上。我即刻便有了实实在在的穿越感，恍兮惚兮，久久回不过神。时间突然静止，空间也仿佛抽象成薄薄的一片。我恍若又听见当年那些遍布街头的小酒馆里，醉醺醺的海员们掷骰子、赌牌九的呼喝声；街两旁水果菜贩们的叫卖声；暧昧迷离的薄雾中，船队出海的鸣笛声；牛车在石砌街道上缓慢行进的吱嘎声交织不断。面包房新出炉的面包香，淡淡的却终日萦绕街头的咖啡和牛奶的甜香，也一阵阵扑鼻而来……

俱往矣！只是这一切，又是因了什么而被"雨打风吹去"了呢？

毕竟经历了近3000年烽烟，时光早已将迦太基的辉煌深埋于地中海的沙滩中，然而我在恍惚中却又分明有一种似曾相识的感觉，似乎它还在古罗马的断垣残壁间顽强地露出几分笑颜。而今除宫殿、住宅等残迹依稀可辨外，出土的还有一批腓尼基时代的石棺和随葬品。它们静静地躺在博物馆里，面对我困惑、神往的凝视，报以幽幽的冷光。

棺中人是谁？死于阴谋还是屠杀？那些现在看来仍令人叹羡的镶嵌画又是何人所作？以往总觉得远古时代是稚拙的、原始而落后的，但眼前这些2000多年前用红的褐的白的黄的各色小石块拼成的如马赛克一般的镶嵌画，其构思之精巧，色泽之绚丽华美，现代人也未必能依样画葫芦。那些画面上昂首长啸的马、捕鸭的少年、眼中犹脉脉含情的鹿，当年过得好吗？他们的后代是否一直繁衍生息在这片土地上？

我知道古迦太基人有杀害儿童向神献祭的陋俗，以往我总难确信。现在，遗址中发现的盛放儿童尸骨的容器，使我深感痛惜之余，不禁又一次为人类从新石器蒙昧时期就绵延不绝的野蛮和兽性，如战争、种族屠杀等行为而深深叹惋、悲愤而无奈。

这曾经美轮美奂的迦太基古城，如果不是被人类的争权夺利和贪欲癖性反复肆虐和荼毒，那高大而坚固的巨石城堡和堂皇的建筑群、艺术成果，又岂会仅仅因为时间而磨损得荡然无存？人类文明又为什么总不能脱离发展与自毁反复循环的怪圈？

毁灭迦太基的，是与它隔海相望的古罗马，以及两国间绵延长达百年的三次布匿战争。最终的胜者罗马军队将迦太基焚为焦土，熊熊大火燃烧了16天方熄，令我深感怅恨地联想起我们的项羽，和他那把无情地焚毁了阿房宫的邪火！

说到布匿战争，又不能不提及汉尼拔将军。

汉尼拔，这位活跃于公元前200年左右的迦太基名将，年少时就随父亲征战西班牙，并从父命发下誓言，终身与古罗马为敌（为什么要这样？为什么要让一个少年从小就树立一种仇恨邻国的观念，并且还被世代统治者鼓励并强化？）。汉尼拔成为杰出的军事家后，被誉为"战略之父"。他曾把罗马搅得天翻地覆，尤其在特拉西梅诺湖之战中大败罗马军队后，迫使几次失败的罗马人不再敢和他作战，只能依靠拖延迂回、用时间来拖垮汉尼拔。而他的祖国迦太基，却因为担忧他功高盖主不给他帮助（这不能不让我联想到历史上曾在中国及其他国度历代王朝中反复上演的相同剧情）。尽管这样，汉尼拔仍然在军史上留下许多不朽功业。如他曾抓住机会，主动出击，一举横扫伊特拉斯坎；在卡尼尔战役中率领3万多步兵、8千骑兵，出其不意地翻越令人生畏的阿尔卑斯山，一举歼灭7万名罗马士军，并攻占意大利。这次奇袭之意义，足以与差不多同时期的我国战神项羽破釜沉舟、名震青史的巨鹿大捷相媲美。

耐人寻味的是，汉尼拔的最终命运也和项羽相似。在第二次布匿战争中，罗马人避开汉尼拔，突袭迦太基。汉尼拔

叹一声迦太基

不得不率军回援。最终汉尼拔的军队被罗马人击败，他的满腔豪情和高功伟业一夜间化为云烟。迦太基终也"无可奈何花落去"，一座煌煌名城，就此永久湮没于历史风尘之中。

而项羽火烧阿房宫也差不多在这同时发生。多么可悲的人类，多么可恶的战争！

孟子曾指斥："春秋无义战。"因为他认识到，各国诸侯间的你征我战，根本目的都是非正义的争霸。事实上，人类社会在漫长的奴隶制和封建专制时期，有的战争是为了本国或本族群利益，侵占他国领土和财物；有的战争是统治者实现自己建功立业、一统天下美梦的产物。在他们眼里，世上的一切，草木虫鱼包括"宇宙之精华"的人之生命，根本不值一提。自己的欲望满足、"功业"战果、青史留名才是最重要的。人类就是这样乐此不疲，在争斗、屠杀的血海中周而复始。无怪雨果会悲愤地呐喊："释放无限光明的是人心，制造无边黑暗的也是人心。光明和黑暗交织着，厮杀着，这就是我们为之眷恋而又万般无奈的人世间。"——这，除了用顽固盘踞于人性中的兽性来解释，岂有它哉！

实际上，人类的某种劣根性是无法用一个"兽性"来概括的，兽类中除了蛇等个别物种，绝大多数是不食、不害同类的。而人类呢？令人生厌的丛林法则、种族和宗教、文化冲突至今阴魂不散……

尤为可悲的是，尤其是古代社会，人类对同类及其文明的摧残，并非完全是为争夺生存资源的需要。战略目的达成后，获胜方往往还要出于耀武扬威或别的政治目的，对失败一方进行惨无人道的屠戮和斩草除根式的报复，以致生灵涂炭、血流漂杵。迦太基就是这般命运：为防止迦太基卷土重来，罗马军队将它夷为平地后，还挨户搜索，将所有居民找出来杀死；迦太基周围的田野也都被撒了盐，目的是使它从此不能有任何植物生长、任何生命生存！

看看吧，本应是低等动物间的丛林法则，就这么在人类社会淋漓尽致地上演着。大鱼吃小鱼，小鱼吃虾米，动物间的循环是其生存的法则。而自命为"万物之灵长"的人类，竟也是如此地演绎着自己的"文明史"！

令人扼腕的是，当迦太基城被毁之后，罗马军队统帅科尔内利乌斯·西庇阿曾面对废墟失声痛哭！但他不是为胜利，也不是为阵亡将士哭泣，而是为罗马的敌人迦太基人的悲惨遭遇而哭泣："这曾是一个多么伟大的民族啊！拥有着辽阔的领地，统治着海洋，在最危急的时刻比那些庞大帝国表现出更刚毅、勇敢的精神，但仍避免不了灭亡。再想想过去的亚述帝国、马其顿帝国，还有那个高傲的特洛伊吧，它们又有哪个能避免这样的结局？我真害怕将来也有人会对我的祖国做出同样的事来。"

罗马人重建的迦太基，一度也非常繁荣。在被罗马人统治的数百年期间，迦太基城邦扩展，人口剧增，最多时达到60余万，因而现今人们看到的迦太基遗址，大多是古罗马时代的产物。当我身处角斗场中，站在被汗水和鲜血洗礼的地方，我依稀仍能感受到古罗马角斗士们的怒吼、悲鸣和狂热的观众震耳欲聋的欢呼声。虽然我深为杰姆角斗场的宏伟而折服，但更为迫使人相斗和人兽斗的可耻遗风一去不复返而拊掌三呼！

而场面再宏伟，毕竟已是满眼残破。当我徜徉在已被联合国列入《世界遗产名录》的迦太基遗址上，那些历经沧桑依然高低错落于飒飒风吟中的断壁残垣，令我产生的，只有"文明不知何处去，残垣依旧笑春风"的感喟与揪心的遐思。

　　好在点缀着废墟的，还有几树夹竹桃正嫣红着的花，一些橄榄树相拥相抱地打量着我。乱石残垣间则密集着蒲公英，娇黄的花朵特别惹眼。它们是在提醒我，大千世界终究还是生生不息的吗？

　　我想是的。毕竟废墟间始终深深浅浅缀满的野草，现在犹绿意盎然，冲淡了悲惨的凄凉。这就是所谓"野火烧不尽，春风吹又生"吧？

　　事实上，从公元前成为罗马帝国一部分以降，迦太基这块土地又反复经历过多次兴亡、荣枯，这从它的王朝更替史就可见出。而这种更替反复又岂是一句"分久必合、合久必分"就可以诠释的——

　　公元5—6世纪，这里先后被汪达尔人和拜占庭人占领；

　　公元703年，被阿拉伯穆斯林征服；

　　公元13世纪，被哈夫斯王朝征服并建立突尼斯国家；

　　公元1547年，又沦为奥斯曼帝国属地；

　　公元881年，成为法国保护领地；

　　公元1956年，法国承认突尼斯独立……

　　所幸，就在这历史的废墟前不远处，无数鳞次栉比的大厦又竞相攀比、挺立在广阔的海湾边；成群的鸽子欢快地翻飞在蔚蓝的天空上；星星点点的游船则在海面上划出一道道诱人的弧线。迦太基的城镇可以反复被毁灭，迦太基的土地、人类的生命力和创造力不也还是周而复始、繁荣至今吗？

　　然而，历史就必须要如迦太基这般兴衰无常地运行吗？

　　眼前的繁荣、和衷，会不会又在某一天，如科尔内利乌斯·西庇阿当年忧虑的那样毁于一旦呢？

　　短期而言，我相信是不会的，毕竟时代不同了，人类已经进入现代文明社会，历史的车轮也日益趋向正道。但长期而言，仅仅想到人类已屯聚了足以摧毁地球数百遍的核武器，我就不敢轻言乐观。

其实，早在1200年前，诗人杜牧就已在其《阿房宫赋》中沉痛指出："灭六国者，六国也，非秦也。族秦者，秦也，非天下也。嗟乎！使六国各爱其人，则足以拒秦；使秦复爱六国之人，则递三世可至万世而为君，谁得而族灭也？秦人不暇自哀，而后人哀之；后人哀之而不鉴之，亦使后人而复哀后人也。"

好一个"嗟乎"！

人啊人，快"鉴之"！

好在人类进化至今，理性已日益成熟，有史以来也从不缺乏爱、和平与向善的吁求。这是世界历史发展和民心的主流，哪怕在仍然遥远而蛮荒的原始丛林——仿佛是回应我的疑问，回程车上播放的电影《禁忌之恋》中，苍老的部落酋长带领他的子民们，深情唱出他们的心声：

> 智慧来自苦难，
> 杀戮只会带来悲伤。
> 一方争夺权力，
> 另一方就会复仇。
> 四分五裂的孩子们，
> 和平共处吧，
> 我们需要过
> 没有恐惧的生活……

逃之夭夭——别不了的"贡院"

是的，我没写错，这题目就是我参观了新落成的南京江南贡院，以及构思巧夺天工、建筑极尽富丽堂皇的中国科举博物馆后的主要感受。如果需要再强调一句，我想说的是：万分庆幸，我"逃"过了那个时代！

其实，这么说并不准确，甚至有些自作多情。即便我生为彼时之人，以我对自己人格、学识，尤其是心理承受能力的了解，野心未必没有，但如江南贡院展示的这般科考历程，别说是去尝试一下，就是想一想都会毛骨悚然。就是进去了，恐怕也多半不是被憋死在里面，就是被吓死在里面，甚至是自决在里面，总之怕是难有重见天日的可能；更没有一举高中，骑大马，挂红绶，吹吹打打，"春风得意马蹄疾，一日看尽长安花"的风光与狂欢的可能。虽然博物馆分明告诉我们，当年可是届届都有无以计数的老童生、小神童，一而再再而三地屡战屡败、屡败屡战，以求功成名就，可是，光宗耀祖的诱惑真就有这么大吗？难道他们都是铁打的人吗？而他们作为人的尊严、人格又何在？

或许，正因为我不是当时的人，所以我永远无法理解他们的真实心态，所以我只能望洋兴叹、逃之夭夭……

当然，仅就我参观的江南贡院及科举博物馆来看，其展现出来的许多当年胜景，还是令人叹为观止的。

江南贡院始建于南宋孝宗乾道四年（1168年），明清鼎盛时期，是中国历史上最大的科举考场，可同时容纳20644名考生。江南贡院为中国历史发展提供了大量优秀人才，从此走出的名人包括吴敬梓、翁同龢、张謇、郑板桥、陈独秀、方苞、唐伯虎等许多风云人物。林则徐、曾国藩等清代重臣曾在此担任过主考官。科举制度自隋创立、唐完备、宋改革、元中落、明鼎盛至清灭亡，历时逾千年。数不清的中国读书人在科举道路上，以经史子集为本，以"学而优则仕"为纲，穷其一生，竭尽全力，换取仕途功名……

进入科举博物馆的参观过程，犹如探宝。这个尘封已久的"宝匣"深建于地下，游客由狭长的坡道盘旋而下，一边是布满文字的经匣，另一边是瓦砾堆积的立体庭院。参观者在漫步中逐渐远离市井的嘈杂，开始体验当年科举路的艰辛，直到地底。

地底是一个环形水池环绕的开放庭院，庭院晴天有日影移动，雨季有水滴涟漪。庭院中央是四层通高的魁星堂，仰望上空，在魁星四周，历代状元名录在明灯照耀下熠熠生辉，引得观者云集，啧啧不已。我不禁感叹，此真可谓"一将功成万骨枯"呢。那更多的、无以计数的落第之人，其魂安在？

参观者沿自动扶梯而上，在恍惚之间穿梭于千年科举的历史烟云之中。其内容丰富，主题明确，展示手法也生动多样。从环幕影音到各种电子屏幕，可以任意点击阅览；其中还有很多历朝历代考中者的牌匾等珍贵实物。通常，我们在某个展览上看到一份完整的科考试卷已很难得，在这里，你却可以看到许多完整清晰的试卷。那些字迹工整、大小如一，简直就像印刷出来的馆阁体手卷，不仅令人大饱眼福，更为当时考生的功底击节三叹！

不过，我在此更想说的，还是参观中最刺激我的一些具体感受。到底是什么使得我竟至于想要逃之夭夭？

在我看来，科举制度在具体实施的层面上，实在有着太多不近情理甚至匪夷所思的问题，其根本症结并不在技术或经济等条件的局限。比如为防作弊等，采用一人一个号舍，且关起来不允许随意出入的办法。虽然这无可厚非，但那是什么样的单间啊？每间号舍三面有墙，南面是敞开的，没有装门；每间仅宽3尺，深4尺，后墙高8尺，前檐约高6尺。清代1尺大致相当于现在的31.1厘米，那么每间号舍的建筑面积只有1.16平方米。考生们不仅要在这巴掌大的空间里终日冥思苦索，挥毫疾书，还要在这里解决三天两晚的吃喝拉撒睡，放置餐具、食品等。《儿女英雄传》中对主人公安骥进场前的准备有过这样的描述：

"及至拿了这个篮子来……只见里头放着的号顶、号围、号帘，合装米面饽饽的口袋，都洗得干净；卷袋、笔袋以至包菜包蜡的油纸，都收拾得妥帖，底下放着的便是饭碗、茶盅；又是一分匙箸筒儿，合铜锅、铫子、蜡签儿、蜡剪儿、风炉儿、板凳儿、钉子、锤子之类——都经太太预先打点了个妥当。因向公子说道：'此外还有你自己使的纸笔墨砚，以至擦脸漱口的这分东西，我都告诉俩媳妇了。带的饽饽、菜，你舅母和你丈母娘给你张罗呢；米呀、茶叶呀、蜡呀，以至再带上点儿香药啊，临近了，都到上屋里来取……'"

再来看看考生们的具体感受吧。中国现代史上的名人陈独秀先生，有过参加江南乡试的切身体会。就来看看这位过五关斩六将的幸运儿，是怎么描述那一盛况的吧：

"……我背了考篮、书籍、文具、食粮、烧饭的锅炉和油布，已竭尽了生平的气力，若不是大哥代我领试卷，我便会在人丛中挤死。一进考棚，三魂吓掉了两魂半，每条十多丈长的号筒，都有几十或上百个号舍，号舍的大小仿佛现时警察的岗棚，然而要低得多，长个子站在里面是要低头弯腰的，这就是那时科举出身的大老以尝过'矮屋'滋味自豪的'矮屋'。矮屋的三面七齐八不齐的砖墙，当然里外都不曾用石灰泥过，里面蜘蛛网和灰尘是满满的。好容易打扫干净，坐进去拿一块板安放在面前，就算是写字台。睡起觉来，不用说就得坐在那里睡。

"一条号筒内，总有一两间空号，便是这一号筒的公共厕所，考场的特别名词叫作'屎号'……那一年南京的天气，到了八月中旬还是奇热，大家都把带来的油布挂起遮住太阳光。号门都紧对着高墙，中间是只能容一个半人来往的一条长巷，上面露着一线天。大家挂上油布之后，连这一线天也一线不露了。空气简直不通，每人都在对面墙上挂起烧饭的锅炉，大家烧起饭来；再加上赤日当空，那条长巷便成了火巷。煮饭做菜，我一窍不通，三场九天，总是吃那半生不熟或者烂熟或煨成的挂面。有一件事给我的印象最深，考头场时，看见一位徐州的大胖子，一条大辫子盘在头顶上，全身一丝不挂，脚踏一双破鞋，手里捧着试卷，在如火的长巷中走来走去，走着走着，脑袋左右摇晃着，拖长着怪声念他那得意的文章，念到最得意处，用力把大腿一拍，跷起大拇指叫道：'好！今科必中！'

"……我并非尽看他，乃是由他联想到所有考生的怪现状；由那些怪现状联想到这班动物得了志，国家和人民要如何遭殃；因此又联想到所谓抢才大典，简直是隔几年把这班猴子、狗熊搬出来开一次动物展览会；因此又联想到国家一切制度，恐怕都有如此这般的毛病……"

不妨再看看，清朝时期的美国传教士盖洛，又是怎样描述他亲见江南贡院的观感吧：

"万一有人在考试中不幸死去，尸体也都是从砖墙上方递出来。紧闭的大门上有总督的狭长封印，任何情况下都不得启封，除非主考官因公殉职，死在场内。

"这些举国尽知的'大考'或'科考'具有诸多非同寻常的特征。

"其中最特别的是考生的年龄差异。我曾听说过一个神童的故事，他12岁便中举，相当于获得硕士学位，但却英年早逝。用他声名显赫的后裔的话来说：'他太过聪明，20岁便去世了。'年过七旬，甚至已过八旬的老头儿，哪怕多年努力仍名落孙山，也不改初衷，每年如期而至，希望能赢得匾额和旗帜，以此来光耀门庭。

"生员们的宗教信仰并不妨碍他们自杀身亡，有的吞鸦片，有的上吊，还有的抹脖子。科考失败是导致忧郁、走向自我毁灭的一种原因；而科考时的极度紧张和持续压力所造成的精神错乱，迫使很多不幸者被淘汰。而且科举考试总在八月份举行，即一年中最炎热和最易发疾病的季节，正是人体机能因酷暑而变得虚弱的时候。无怪乎，即便是习惯于酷热和不怕吃苦的当地人也经常会想不开。南京金陵医院的比必医生给我讲过一个有趣的故事：一个年轻人用利刃抹了脖子，人们都以为他中了魔，所以为他举行了特殊的驱邪仪式。比必医生被请去时，发现那人正躺在床上。床前一张方桌，上面有各种蔬菜及点着的蜡烛，桌子下面则捆着两只公鸡。一个道士抓起一只公鸡，割断鸡的喉咙，把鸡血洒在屋里。在洒血仪式中，道士频频做出怪相：十指交叉、屈膝躬身、喃喃念咒，并不断走到床边，查看他的符咒是否已经见效……比必医生用手指将年轻人那已切断的气管捏在一起，以便让他能连贯地说点什么，从而发现了他那轻率举动的真正原因。那不幸的家伙神志完全是清醒的。

　　"文怀恩是南京的长老会牧师。有一天路过街道旁的一口水井时，他发现水面上露着一双男人的脚。当时科举考试刚刚结束。就在头一天，有个考生不小心让一滴墨汁掉在了自己的试卷上。眼看所有成功的希望毁于一旦，既没有时间修复污损，也没有时间重写文章，于是他决定投井自杀，以便一劳永逸地结束自己的失望和生命。文怀恩所看到的正是那名不幸的生员。

　　"有人告诉我，以前这里有个习俗，一位官员要站在贡院中央大门前的小桥上，挥舞一面长方形黑旗。就在考生们进考场之前，他会高喊：'有恩报恩，有仇报仇……'伦理道德被神奇地糅合进中国的教育体系中。学子们都深信有些凶残的鬼魂会在这时闯进考场，夺走作弊考生的命。许多人屈从迷信，胆战心惊，吓得当场毙命……"

　　好了，不用多说了。还是让我快些逃离这里吧。

　　说"逃"，固然有所夸张。但当我拾级而上，步出这富丽堂皇的科举博物馆时，心头顿觉豁然开朗。我长长地呼出一口气，尽情享受着舒畅而令人释然的新鲜空气。

　　地上华灯初上，眼前灯彩烂漫，周遭的氛围迷离匆迫却温馨。最是那一辆辆来来往往、密如过江之鲫的汽车，猩红的尾灯像点点渔火，令人生出美好的遐思。假如芥川龙之介魂归今日，他又会生出什么样的感慨来呢？

当年的芥川也到过江南贡院。也是这样的时分，他眼前的景象与今日相比，无疑有隔世之别。难怪当时之他会觉得："在耸立于暮空中的明远楼的白色墙面之下，无数瓦片相叠连绵不绝的景观，不仅让人觉得十分夸张，同时也更显荒凉。我仰望着那些屋顶，忽然觉得普天之下的考试制度都无聊至极。同时，不禁对于普天之下落第的书生们深感同情。如果诸位也曾在考试中落第的话，那并非由于诸位的无能，只不过是一个偶然的不幸而已……千万不要怀疑自己的能力。如果真的为此而怀疑自己的能力的话，不仅葬送了自己，还会令高高在上的考官们深陷于'精神杀人'的罪行的渊薮中。事实上我自己即使落第，也从未对自己的才能产生过丝毫的怀疑……"

说得是呢，芥川先生！今日之我，仍然有着相似的感受。只不过，我有着更多的幸运感。毕竟我已经逃离了那个时代、那种考试。虽然，某种现实仍在提醒着我，还远远没到可以向身后的贡院挥挥手，潇洒地道一声"别了，贡院"的时候——这不，身后一对母子正在交流着他们的观感。

我回头看了一眼。一位母亲正满怀艳羡地敲打儿子说："江南贡院真了不起啊，出了那么多名人。你看那些中举的人，不仅能光宗耀祖，连邻里乡亲都敲锣打鼓放鞭炮，他们也跟着沾光呀……"

"出名人？出得更多的应该是范进吧？"儿子显然是一位中学生，他闷闷地抢白道，"还有那么多连范进都不如的人！"

"你这孩子真是的，怎么这么想呢？怎么不想着好好学学那些成功人士、先进榜样呢？"

"先进榜样？搞笑喔！反正你不用受那么些罪了，是不是？"

"怎么叫受罪呢？吃得苦中苦，方为人上人嘛！哪像你，现在条件这么好，可是叫你去住校还推三阻四的……"

儿子一扭身子，不吭气了。母亲则继续嘀咕不已。而我已没了听的兴致，加快步伐，隐入了人流。看来，"科举"虽然是寿终正寝了，"贡院"的生命力还依然强盛，想说"别了"，却未必别得了呢……

别了，斗牛士

关于斗牛，过去我知道的也许不能算少，但并无直观的印象，不过是从书本的介绍或新闻的片段，以及海明威的著作里，尤其是后者那对斗牛士近乎膜拜式的一咏三叹的描述中，了解到那是一种人与凶顽的动物之间展开的、足以证明人的力量与尊严的殊死决斗，我也因此而对斗牛者打心眼儿里充满了敬仰之情。以至于一听到《西班牙斗牛舞曲》那铿锵激越的旋律，我便禁不住手之舞之，足之蹈之，浑身充满了作为人的自豪与激奋。

也许正因为如此，所以当我从体育频道上完整地看到了一场被称为生死之战的斗牛比赛后，我的感觉竟发生了一个自己也始料不及的裂变。确切地说，我有一种过去纯粹是受骗上当的感觉。过去一切关于斗牛的既有印象都变得虚伪而令人厌恶，感情的天平在刹那间情不自禁倾覆，不是倾向于披红挂彩的所谓斗牛士一方，而是那可怜又孤立无助却始终保持高贵尊严而至死不屈的牛的一方。

这不是斗牛，而是牛被逼无奈地为捍卫生命而进行的与人类的殊死搏斗！这不是比赛，而是人凭借武力与欺诈打着堂皇的旗号对异类的公开屠杀！

我们凭什么能将之称为斗牛呢？那可怜的公牛从不明白这是所谓的比赛，更不知道比赛的结果总是必然地要以它的牺牲为句号。它手无寸铁地被逼迫、诱哄着孤零零地抗击着骑马佩剑的斗牛士、捆牛士乃至数十名助手、挡板和成千上万鼓掌欢呼的看客，甚至还有那纯粹是人类欺诈、作伪精神象征的红布，这样一边倒的阵势也叫比赛？这样的场面也值得观赏？这样的结局还值得讴歌？

这种无耻的比赛，除了能令人沮丧地证明人类的不公与凶残外，还能证明什么？或许你可以说这是一项传统文化，因而便应该予以认可——不！"文化"二字并不是遮羞布，"传统"二字也绝不是挡箭牌，远古及战乱时期尚有人吃人的传统，难道我们也该为之山呼万岁？

这样的比赛据说已有上千年历史，奇怪的是为什么很少有人客观而公正地指出，这不是一场势均力敌甚至也不是符合起码游戏规则的角力。它从根本上就是人类对异类生命的蔑视与充满血腥、残暴和欺诈的恃强凌弱，其结果压根儿显示不出人作为人应有的基本品格。如果说它真有什么价值，那就是满足和暴露人的天性中最可耻的嗜血欲、屠戮欲和肆虐欲！更令我悲愤的是场上那充塞于耳的欢呼、鼓噪，以及电视解说员那令人厌恶的"精彩""漂亮""多么优雅的一击"的话语——的确够"优雅"的，两把、四把乃至七八把镖枪刺进一个活生生的生灵的身体时，那喷溅的血流的确够让"人"满足而兴奋的！

最让我不解的是，这种比赛居然继续兴盛于动物保护协会多如牛毛的西方。而西方人来到中国，几乎是无一例外地要对食用宠物的现象表示深恶痛绝。人哪，你究竟是怎样一种"动物"，实在是让我困惑了。不错，现成的答案早已有了。孔子说："人者，仁也。"苏格拉底道："思维着的人是万物的尺度。"莎士比亚也说："人是宇宙的精华，万物之灵长。"而人，真能毫无愧色地当得起这一顶顶自封的桂冠吗？

不管怎样，我还是要坦率地告诉我的同类们：我对此类毫无人性的"斗牛"及一切视生命为草芥的行为，将永远厌恶与反对。

别了，海明威；别了，斗牛士！说实在吧，我甚至自始至终地在为那些身体中晃荡着好几把镖枪的公牛暗暗鼓劲——顶死他！顶死那手持红布的屠夫、伪斗士、嗜杀犯！而不是那无耻的红布！

也许只有经常出现这样的结局，才有可能终结这种令人发指的屠杀！虽然我很清楚这种可能是多么渺茫，但它压根儿就不是所谓的"比赛"或"体育"！

但无论如何，在我眼中，处于这种悲剧中的牛，虽败犹荣；而人，虽胜犹耻！

耐得重复

电影《摩登时代》中，卓别林手拿大扳手，终日重复拧螺丝的机械动作，以至见了女士胸口的纽扣也要拧几下的镜头，想必给观众都留下了难以磨灭的印象。我后来每见类似情景，比如流水线上的装配工作，便会下意识地咧一咧嘴巴，总有种复杂的滋味袭上心头。卓别林的表演，意在抨击资本家对人的摧残和机器奴役下人格的异化，虽夸张，却因其荒谬而益显真实、典型。我想说的是，若非夸张地看，现实人生中，我们谁又不是终日重复不已地"拧"着什么呢？

换言之，尽管我们的人生形态各异，但程度不等的重复和机械化，乃是一切生活形态的基本特征。流水线上的工人终日钉着同一个纽扣，卖烧饼的成天揉面贴饼子，屠夫一年到头有杀不完的猪，小贩春夏秋冬守着同一个摊子……我呢，每日到同一个地点去上班，面对键盘绞尽脑汁。即使是那些工作场所变动较频的导游们，也永远手拿小旗，召唤着一拨又一拨的游客。哪怕是当大官的，他们日理万机，面临五花八门的问题，实际也逃不出开会、写报告、批文件这几样俗务。

如此看来，重复某种状态，实乃人类不可逃避的宿命。

而凡事一旦不断重复，就难免令人生厌、伤感或生出惰性来；故而，当你听某豪客哀叹山珍海味吃怕了，别忙断定他是在作秀。甚至，某种很不得已的重复至极端的话，不免会如卓别林演的那个可怜的小工人一般，令人发狂！理想的人生最好是有可能兴趣化地生活，今天做导游，明天当司机，后天呢，跳上台作它番颐指气使的大报告，沉醉于狂热的喝彩声中。遗憾的是，这种期盼因社会和个人的种种局限而只能是一枕黄粱。尽管很多人不断跳槽或寻求新的生活、休闲方式，还是觉得累得慌，烦得慌，其实他是心累，是因不耐重复而烦。何况即便如此，你仍免不了重复的命运。一日三餐，日出而作，日落而息；一年四季，春花秋月，朝花夕拾——这岂非也是种重复？再往大处看，有人类以来，父生子，子生孙，孙而又为父——"明日复明日，明日何其多"。这绵延不息的循环往复，谁逃避得了，又有谁企图逃避呢？

其实换个角度看的话，重复未必是可悲的——如果我们与必然合作，习惯或作好承受它的准备，并细心品味其中的细微差异、点滴意趣的话，也不难发现，太阳真是每天都是新的呢！实际上，真正让人生厌的只是那机械而又令人心死、看不到一点希望的生活。一般的生活形态，哪怕你终年重复着卖肉、捡破烂的营生，只要是你自由地抉择并心甘情愿地接受它，且怀有某种憧憬或信心，都是不难耐受的。那些离乡背井来城市寄人篱下、凭炉卖饼或出卖苦力者，他们死心塌地甚至常满怀喜悦地重复着旁人看来难以忍受的活计，就因为有故乡那温馨的炊烟、亲人的期盼和梦想中的新房在支撑着他们呀！

实质上，人生的重复毕竟只是一种表象，一种外在形态而已。世间哪有不变的人和事呢？在不断重复的量变中，我们谁不在必然地走向质变？成效的丰或歉，结局的成功或毁灭，都在这不断的重复中悄然奠定——决定结局优劣的因素自然很多，但是否耐得重复，是否怨天尤人，怕也是其中根本性的因素之一。所以，耐得寂寞，耐得重复，也是我们做人的一大基本能耐；而"一箪食，一瓢饮，在陋巷，人不堪其忧，回也不改其乐"，想必颜回也乐在其中呢！

落英咏

一夜劲风，晨起顿觉天地大变。暗云低垂，空气寒冽。银杏树上黄叶所剩无几，地上通道和小院花草，无不身披黄澄澄的落叶。鱼池上也蒙了厚厚一层小指般大的石榴叶片。我仿佛刚知道时已入冬，竟举目四望，愣怔了良久。

此情此景，或会让人心生萧瑟。但实在说，此时我倒并无悲老叹秋之感，反为大自然这鲜明泰然的性格而油然赞叹。远处保洁员忙不迭清扫落叶的唰唰声，让我为叶片们叫一声屈。"天行有常，不为尧存，不为桀亡"，落叶们如同这自然界一切草木虫鱼、一切生命一样，只不过循着必要的生存节律按时换季，春来萌发、秋来飘落，可谓一种明智的生存哲学。而落叶是为了减少消耗、对抗寒冬。化而为泥的叶片不仅为树木积蓄了来年的养分，还为人世增添了难得的美感。我们何不效法屈原"朝饮木兰之坠露兮，夕餐秋菊之落英"，为之喝一声彩呢？

其实自然界的四季循环，花鸟虫鱼的生生不息，在默默地昭示着生存的哲理。譬如事物的兴衰、生命的存亡，乃是世间的头等大事。对死亡之恐惧、对生之留恋是一切生命的天性。你放眼看看，人们富极贪生，穷极依然怕死。然而过于贪生惜命，则可能堕入病态，对此我们需要的是无畏的精神，和超脱的认知。试想，花草也会留恋生命吗？也会有死之恐惧吗？我想会有的。因为恐惧，所以它们才会生得更努力、更红艳、更有品位。而恐惧之于生命也确有独特功用，它实质可说是自然间一切生机的催化剂。风雨袭来，草木伏俯；雷电击去，蛇窜狼奔；一俟雨消风息，植物又攀缘拔节，奋力向上；动物又交欢追逐，竭力繁殖；一派欣欣向荣！而恐惧也罢，坦然也罢，我们作为大自然之一分子，其实是永恒不灭的——如果我们不执着于一种生存形式，死亡不过是生存的某种转化而已。所以淮南子会说"生如寄，死如归"。一个人生则生矣，死则死罢，一切顺天知命吧。而作为更高等生命的人类，我们唯求生得辉煌，死得壮丽。一旦撒手人宸，我们"化作春泥更护花"，不亦快哉？

那双眼睛

　　喜欢四方云游者都知道，国外游少不了进教堂，国内游呢，多半也逢庙必进。坦率说，我已无此兴致。因觉陈陈相因，亦无膜拜之心。不意近日偶然参观了下高邮镇国寺，倒有了些特别的感受。

　　话说这镇国寺是座千年古刹，据说开山祖师是唐僖宗之弟。虔信佛教的他，放弃荣华富贵，削发为僧，偶然来到高邮，顿觉大运河畔环境幽美，特宜清修，便求哥哥在此建一寺庙，供他修行念佛。僖宗准其请，便有了此庙。而天下名刹林立，能号"镇国"者罕见。

　　现今镇国寺是世界遗产、全国重点文物保护单位。其主体与一般寺庙无甚差别，露天观音、天王殿、大雄宝殿、藏经楼、罗汉堂等一应俱全。特别的是寺中巍然一座造型古朴典雅的方塔，塔身全系青砖砌建，是座高35米多的七层楼阁式宝塔。塔顶为四角攒尖式，顶端立着二米高的葫芦形青铜塔刹，上刻"风调雨顺、国泰民安"八字。此塔与西安唐代大雁塔极为形似，被誉为"南方大雁塔"。

　　镇国寺还有一大特色：寺院整体伸展在河心岛上，成为运河上唯一的岛寺；外形也像极了破浪远行的巨船，那七层石塔便是风帆。且因寺在岛上，入内须经一座高低错落、长达百米的"普度桥"。这仿古大型廊桥由桥身、卧佛亭、东西碑亭等组成，串联起了镇国寺与西堤风光带。桥廊两侧及顶端均饰有浓墨重彩的佛典书画，桥上游人熙来攘往。流连于花木欣欣向荣的古塔廊殿间，果然有氤氲于众香佛界的感觉。但它最让我心动的却是几个别处未见的细节。

一是其寺前牌楼上，独家大书匾额：来此做甚。我识点禅宗，知道这是个"话头"。你曰我来礼佛，固然不错，但若仅此而已，你来不来有多少差别？若说别有所获，究为何物又可能有何结果？总之问题简单，未必好答；但其当头棒喝，却颇有警醒之功。

更具禅意的是在离开之际，我蓦然发现廊顶鲜红的底色上绘有两道柳叶弯眉，眉下那两只月牙形的眼睛，正不无悲悯却也不无威严地凝视着我，似乎又在问我："来此做甚？"似乎还在探测我的五脏六腑。寺院住持心然法师说，绘此意在宣诫众生"人在做，天在看"……

我忽觉心头一凛，近乎躲避似的低下头，匆匆而过。

说实在的，到现在我也不明白自己怎么会有那种反应。是我自觉有什么畏惧或惭愧的吗？似乎是，又似乎不是，却又不得不承认有那可能。但不管怎样，未来的生涯里，我不会忘了那一双神机莫测的眼睛。

退思师俭

　　每至同里，退思园是少不了要去看看的；而到了震泽，自然也要重游一下师俭堂：盖因两座园宅同为吴江乃至苏州、江南庭园建筑之翘楚。退思园更是一众江南古镇中，唯一入选联合国《世界遗产名录》的园林。虽如此，在我眼里，退思园和师俭堂都是吴江、苏州的骄子，好似一对情趣相投的老哥儿俩。退思园"生于"1887年，师俭堂"生于"1864年，都有了一大把年纪，都有着独到的精神追求和人格定位。其筑园理念及其风格也有着明显的相类之处，都不重大而重精巧，都不尚浮丽而重格调。百多年来，"老哥儿俩"都已看惯秋月春风，也饱经了人世沧桑，却仍风华正茂、别具一格，故而都成了全国重点文物保护单位。更了不起的是，"老哥儿俩"都从一开始至今，乃至可以肯定还将千秋万代地给人以无尽的启迪与警诫。这从老哥儿俩的名字即可看出：一名"退思"，寄寓了园主任兰生"进则尽忠，退则思过"的人文情怀；一曰"师俭"，寄托了园主徐汝福师奉萧何"后世贤，师吾俭"之殷殷期望。这样的园名即鲜明标示出两个园宅的格调与品位。我本苏州人氏，从小对名满天下之苏州园林如数家珍，但仅就园名而言，吴江的这两个园宅，可谓别出机杼、独具哲心。这应非偶然，而是吴江特具的历史人文地理因素之必然产物。其内因究竟为何，也很值得我们玩味呢。

此来吴江采风，因分组原因，我未及再览退思园。但重瞻师俭堂时，本以为多次光顾，没甚新意可觅了，不意刚至堂前，那"师俭"二字，却简直当头棒喝般让我怔在原地，心头泛起许多以往不太在意的况味。想是因为不同年龄段者，对人事之观感亦会不同吧，已近七旬之我，蓦然发觉这"师俭"之义，不仅反映了堂主勤俭持家、谨慎经营的态度，还包含着更多精神层面的寄寓。就我而言，虽大半生已付诸烟云，然心理上、人格上、生活习惯或观念上，经意或不经意间，却早已背荷沾染了数不清的"包袱"甚至是谬误、陋习。此时我更当师或思的，已不再是物质生活上的俭朴，而是俭约、明智、科学的生活态度和方式。年轻时过炽的七情六欲，是时候裁抑一下了；不当或有损健康的生活方式、追名逐利形成的某些观念、习惯，亦当好好"退思"一下，好好清减一下了。简言之，即鲜衣美食已不再是我之必需，时尚流风亦不再合宜于我，升官发财之欲则更应付之梦境了——如此这般，庶几我才能活得单纯一些、轻松一些、现实一些，因而更健康而多寿一些。

其实呢，类似念想，本亦是我年轻时就隐约于心的。只不过那时心高气盛，并不太在意"师俭"之实质，故不像老来时这么知天命罢了。而今我再度省视人生意义，恍然又悟到一些浅显的道理：每个人在其生命的旅途中，无论背后的烟云有多浓厚，无论脚畔的收获有多丰硕，抑无论前头的景致有多繁喧，在其心灵深处最景慕的，常常不过是一小块澄澈清宁、远离尘世喧嚣的净土——他自己的"师俭堂"。如他故居那青苔斑驳的老屋，似他梦境中与世无争的童年，好供他疲了、乏了、烦了或喜极、悲绝时憩一憩，静一静，想一想，醒一醒……

意 外

旅游本是大快事，孰料也有伤心时。

我驱车看罢剑门关，回程中忽见路边有一指示牌，大书"剑门关古镇：12公里"。看看时间刚到下午4点，何不去游览一番？于是我按箭头拐进岔道。谁知那是条既险僻又不见车的盘山乡道。两旁巨峰耸峙，林幽水深；道路又忽上忽下，绕得我头晕。走了七八公里，天色已然擦黑。忽见路边冒出两个老人，一个背着竹篓，扶着另一个挂根竹杖的更老者，站在崖壁下喘息。我心一动，便停车问他们去哪儿，想着反正车空着，或可捎他们一程。然而我立马后悔了，因为那满脸疲惫估摸也在七十开外的老人说，他们是父子俩，身边那气喘吁吁又口齿不清的秃头老者，是他92岁的父亲。而他们要回的村子竟在我来的方向。我看看导航，距古镇还有5公里。想到来时的艰险费时，要我返回专门去送他们，不禁心寒；要他们先跟我去古镇，再带他们回去，似又不合适。商量半晌，两位老人答应在原地等我，待我看完古镇回来捎他们。再也没想到，等我匆匆游览并拍了几张照返回时，导航指的却是省道。我东张西望，就是找不到先前拐出来的乡道入口，又不知那条路或村庄的名称，没法重设导航回老人等我的地方。想到那来时的路况，想到那两位老人苦等不见我的失望甚至痛恨之情，我顿时冒出一身冷汗。正竭力安慰并为自己开脱时，忽又发现先前省道上那块指示牌。我一脚刹车停下来，心里剧烈斗争开来。那条路可不好走啊，况且现在都5点多了！如果我再从这里进去接送老人，等于从头开始，这一来一回又要个把小时；但如果我就此回宾馆，那两位老人还在等我的话，就算他们不怪罪我，我兴许也会让良知啃噬一辈子呢……

终于，我咬紧牙关，一把方向拐了进去。七绕八旋间，心里又焦躁不已，唯恐他们等不及我走回去了，那我连辩白的机会也没有了。唉！结果还真是如此。我把这条山道走完，并且又掉头从原路返回，却再没见到他们——这不能怪我，我尽力了。人生中难免有误会，而我已证明了我非不守信用之人——可是这有什么意义呢？两位老人凭这回感受，必将认定我就是个为数不少的失信甚至竟戏弄垂老者的小人！这倒罢了，可是想到两个风烛老人苦苦蹒跚、爬高落低、摸着黑挨回村中的情形，我又无法原谅自己。

但愿那两个老人平安无恙。他们都是走惯山路之人，倘若没碰到我，不一样要走回去吗？虽然他们难免会对我有恶感，但哪怕是痛骂或诅咒我，只要能让他们的情绪有所宣泄，我也可心安一些——我只得这样想。

站　着

　　不知几时开始，街头不大看到凭炉卖饼的人了。许多摊档卖的都是电烤箱出来的烧饼。而我却常会想起一种曾经的风味、一个曾经的人，那时我还住在南师大边上的巷子里——

　　嘭，嘭……声音清晰而有点沉闷，像球场上远远传来执拗的运球声。每天清晨五六点钟，它准将我唤醒。起初我闹不清怎么回事，后来弄清是楼下那打烧饼汉子揉面的声音，气便消了。这家人过得挺不易的，一天里任何时候，只要我下楼，总见这敦实而沉默的汉子，在饼香和煤气熏腾的烤炉前不停忙碌着，揉、做、贴、卖，全是他一个。他的妻子，那胖而有点咋呼的农妇，负责将烧饼送给附近大学宿舍前的小贩，然后便成天围着炉后那不足五平方米的小披棚打转转：或洗或晾，或大声吆喝着，照应那两条小狗般总在大人脚边转个不停的双胞胎儿子。小披棚没有门，里面的全部内容只是那木板拼搭的一张铺，所有衣服、杂物被几道铁丝吊在头顶，使得里面越发昏暗，看不见也无法想象这一家四口是怎么睡的。

　　但从早到晚除了两个孩子，我从没见这夫妇俩躺下过。

尤其是汉子，印象中他总是站着。即便中午闲时，他也站在炉前切菜、烧饭或吃饭。站着，机械单调而几乎一刻不停地忙碌，是他生活的主要方式甚至全部内容，连和人说话也极罕见。偶尔见他歇气、喝水、与等买烧饼的顾客或妻子聊上几句，也是在炉边站着。早上和傍晚生意多时自不必说，晚上快10点时他仍在"嘭嘭"地揉面，因为大学还有生意。这样他每天躺下的时间不超过六七小时，而节假日、病休之类压根不在他生活辞典之中。三两天罢了，经年累月的，一个人怎能承受这样的生活？他活着的乐趣何在？动力是什么？仅是本能吗？如果我和他对换，能这么过下去吗？答案是否定的。但若非现在，而是从一开始就互换角色，我想我也是可能适应的。人对生活的耐受力有多大，汉子提供了生动的典范。细想，还有更多耐人寻味的东西，远比我或汉子自己意识到的要丰富。"站"着而非"想"着活，是他能活下去的重要原因；而一个人尽管总站着，但只要站得堂堂正正，亦是他能有尊严并令人尊重地活下去的一大理由吧。

无论如何，总还有什么在心中支撑着他那两条坚忍地站着的腿吧？或许是那两个年幼的双胞胎。他这般苦苦地站着，正是为了让他们日后少站或不站吧？但这只是我们的猜测，从汉子木然的表情上你是很难看出什么来的。实际上他也很少顾及那两个孩子，即使妻子去送货时，他也还是站在自己的炉前，顶多隔一阵盲目吆喝一下，让两个在他看不到的地方抓土、玩树枝或铁片的孩子别跑远。有回我见那两个中的一个被另一个推倒在地哇哇大哭，另一个跟跟跄跄地推着破童车跑远了。不问青红皂白的汉子从屋角冲出来，大约觉得不该躺地上吧，反对着那受欺侮的孩子屁股上啪啪两个巴掌！舐犊之情毕竟是有的，偶尔他会往脚边的两个娃娃嘴里扔几粒芝麻；或一手一个将两个小孩子揪起来，高高举过头顶。这时候，娃娃和妻子的惊叫，会让汉子的脸上绽开灿烂生动而难得一见的畅笑来。

有天夜里10点过了，我在大学门口碰见送完货往回走的汉子。他腋下夹着空箩，兴冲冲地晃着肩膀，那老站着似乎都不会迈步的双腿，在黑乎乎的夹弄里噼啪踢踏着，嘴里竟还哼着一串乡音浓浓的安徽小调；词儿很含糊，依稀有油菜花开了的意思——我想我是不会听错的。虽然眼下还很冷，但"冬天到了，春天还会远吗"？待家乡的油菜花又兴的时候，背井离乡的汉子怕是看不到的，但他心中，定会时时荡漾着那一派醉人的金黄呢！

受用不尽的卡耐基

多年前，因过度写作、性格缺陷等原因吧，我陷入了一场如今想来仍不寒而栗的精神危机：连夜失眠，连日沮丧，对前途莫名悲观，对现实完全提不起兴趣。用当今那个时髦的词来说，没准儿是得了某种程度的忧郁症。但那时还不太懂这个，懂了恐怕也不会、不愿往精神层面上考虑，成天的思虑都是我是不是得了什么绝症。于是小有不适便乱翻医书，翻完后反而更加疑病，以至短时间内我一连被"患"了包括癌症在内的至少十来种重病，闹得身心交瘁。

助我摆脱困境的是时间和心理医生，更有那远在美国早已谢世的卡耐基。

一本躺在书架上多年却一直没在意的竖排本《人性的优点》，如三月里温煦的风，吹散浓云，一下子晴朗了我的心。

"我们怕被闪电打死，怕坐火车翻车时，想一想平均率，会少得把我笑死。"

卡耐基用这样生动的口吻对他的读者说："解除忧虑的第三条规则是：让我们根据平均率测算一下，我现在担心会发生的事，可能发生的机会如何？"

他又在第二条规则"解除忧虑的万灵公式"中告诉我："问你自己：一、可能发生的最坏结果是什么？二、如果你必须接受的话，就接受它；三、然后镇定地想办法去改善最坏的情况。"

诸如此类。正如读过卡耐基的人都知道，他的书循循善诱，举例生动，亲切温婉地将你带入似曾相识却崭新的广阔天地，像位睿智的老伯父，将武器、更将防身盔甲、照明手电之类最简单却最有用的器械，交给身不由己却在人生沙场拼杀的人们，让他们获得保护，也获得了更为宝贵的信心。

至今我一直推崇并向许多亲友赠送、推荐卡耐基的书籍，就因我是个实实在在的受益者。

记不得当时我是怎样具体领悟的了，但我一口气读完了收罗到的所有卡耐基的书，读书本身及书所给予我的心理武器，很快将我从忧郁的魔障里解放出来，并使我一直比较平和地生活到现在。今天，只要我心境灰暗或心绪不宁，总忘不了去和卡耐基倾谈一番，这不仅获得我所需要的心理支撑，还使我获得另一个宝贵启示：开卷有益。但开什么样的卷，大有讲究。一个人可以读很多文学书、专业书，但不可以不读一点科普书，尤其是卡耐基这样有益处世、有益心理健康的书。因为现代人生活节奏快、社会压力大、七情六欲丰富，故无论你追求什么，无论你多么忙，读一点言之有物的、励志的、关于处世哲学的书，有百益无一害，甚至是必须的。

正如卡耐基作品的出版者所说："卡耐基并没有解决宇宙中深奥的秘密，但他源于常理的哲学影响和教育实践，却施惠于千百万人，这些哲理如文明一样古老，如十诫一样简明。卡耐基在帮助人们学习如何处世上，帮助人们获得自尊、自重、勇气和信心上，在帮助人们克服人性弱点上，发挥人性优点、开发人类潜能从而获得事业成功……在如何获得人生的快乐方面，他或许比他这一时代其他哲人所做的都要多。"

此言不谬。与卡耐基同时代的弗洛伊德，以心理分析学说开山鼻祖著称，其学说一度在全球广为流行。然至今日，却已日落西山，不仅学术界非议渐多，普通人几已将其遗忘。其因就在于心理分析学说太艰涩难懂、不太实用，同时也难以得到科学验证。而卡耐基并无高深理论，却是处世哲学、生活艺术之集大成者，千百万疲惫心灵的一味精神良药。

遗憾的是，尽管他的书在我国一版再版，拥有无可计数的受益者，却鲜见推介他的文章。所以我想对所有一味疲于追求的现代人认真说一声：如果你读过卡耐基，不妨时时温习之；如果你没读或者不爱读任何书，务必也读一读卡耐基。对于至今仍视请教心理医生为畏途，视种种心理障碍为闹情绪而难以得到理解的中国人来说，读点卡耐基尤为切实而必要。要不然，洛克菲勒怎会说"我愿意付出比太阳之下任何更高的代价购买'卡耐基'"？

能否容我喘口气

电脑开机时我不禁哑然失笑：今天我想说的，分明是对电脑的微词，而依靠的，却正是电脑！倘若这台机器有思想，会不会拒绝为我服务，甚至打出一通强烈抗议的妙论来？！

而这，正是我想要说的话题之一。

电脑（在此也泛指互联网等），越来越成为我们生活中不可或缺的工具，它像一只无限生长的章鱼，用那密不可数又无所不触、无所不攫的触须，将我们的政治、经济、文化等几乎一切生活牢牢地黏在自己怀里。如我，离开它几乎就找不到写作的感觉，一日不开机就有点怅然若失，便是明显的例证。这本非坏事，人类发明电脑，原本就为了让它服务于我们。问题是，一旦这眼下看来也确如宠物般乖巧伶俐、言听计从，却也在以比人类更敏捷的速率"进化"的机器，有朝一日生长成有独立思想的活物，它还会如今天这般俯首听命吗？它会不会真成为一条如动画片中那样力图统治世界、吞噬人类的巨无霸章鱼？到那个时候，俯首贴耳乖乖听从任何命令、摇尾低眉做奴隶的，恐怕就不是它，而是人类了！

这种担心不是危言耸听，更不是空穴来风。机器再先进，毕竟只是机器，而一旦它具有自我意识，就完全可以反过来操纵甚至"制造"我们。而人，就其本质来说，究竟是一种什么"东西"，我们难道还不清楚吗？肉体的人，既是天使又是恶魔，当天性中恶魔的一面暴露出来的时候，我们可以通过天性中天使的那一种力量，即法制的、道德的力量来制约它，惩罚它；而一个神通广大的机器"人"，一旦成为恶魔，我们这些始作俑者的肉体凡胎，又能奈何？难怪英国剑桥大学物理学家汉弗雷斯教授要说："任何科技的发展都是既可被用于造福人类，又可被用于破坏人类。我希望这种研究只会被用于医学。"

这种看法是现实的，却又是多少显得过于善良和幼稚的。因为一旦这种半人半机械的怪物诞生了，就可能不再由我们来决定它是否仅用于医学了！而具备了"人"性和无穷威力的超级"章鱼"，会有多大可能听从我们的意志？美国科幻小说家阿瑟·克拉克在其新出版的小说中，描述了将人类精神和思想输入一个名叫"思想捕捉者"的芯片中，然后移植到别人大脑中，达到控制别人目的的故事。控制别人、称王称霸可说是人类最古老、最丑恶却也是最强烈的原欲之一，超级"章鱼"这位老兄如果也想满足这个欲望，一旦在那时早已遍及全球、渗透我们每一个社会细胞之中的互联网上，发出一道小小的指令，这个饱经沧桑的蓝色星球将会如何的痉挛而高烧呢？

而依照目前电脑的发展速度来看，这种可怕的前景成为现实，未必是很遥远的事情了。

这就是我的忧虑之一。而这忧虑在目前来看，至少还是想象多于事实的。但即便这只是一种纯粹的想象，飞速发展的电脑就不会带给我们别的忧虑了吗？很不幸，也许天性过于杞人的我，感觉却仍然是可疑的。当然，这种可疑或许更多地出于我这么一个写作者对书籍和传统阅读方式的怀恋。

法国哲学家利奥塔在他那本著名的《后现代状况》之中写下过如此一段话：

"到目前为止，学术知识已经转换成电脑语言，教师的传统角色将被电脑存储器替代，教师的授业内容也将转让于'传统记忆库'和电脑记忆库的器械，学生可以坐在终端机前随时调用。"

事实上，现在的电脑已经远不止用于学习，它为这个世界制造了多少令人惊讶的奇迹啊！它全面介入并越来越深入地操纵着我们置身的这个世界，实际上已经成为一种远比章鱼的触须更严密的控制系统，牢牢地左右着我们的生活——在这个密如蛛网的大系统下，信息如大潮般每分每秒在不停地奔涌、狂涨、爆炸，让我们欢欣鼓舞，更让我们瞠目结舌，于不知不觉中患上五花八门的焦虑症——"低头族"越来越普遍就是一个明证。尽管如此，"数字化生存"，即依靠计算机网络为基础的生存方式依然在加速成为现实；国际互联网正在把世界上所有国家和地区紧紧捆绑在一起……

在这样一种密得让人几乎喘不过气来的网络的控制下，有朝一日我们失去的何止是传统阅读方式或学习方式，我们失却的是自我、人性及传统意义上的温情与快乐。越来越多的低头族痴迷于荧光闪烁的屏幕和手机，忘却了柴米油盐，冷落了老婆孩子，鄙弃了一切别的生活、娱乐方式甚至社会职责，这日益成为普遍现象。也难怪，他们终日因此而乐不思蜀，高度兴奋，心跳不已，你还要强迫他考虑或寻求别的什么东西呢？一般而言，生活方式的改变未必是可怕的事情，但假如越来越多的人在每天关机时感到头晕眼花、沮丧疲软，看什么都无所适从、了无兴趣，甚至日趋感情淡漠、自卑麻木，你会觉得这是个好现象吗？

更糟糕的可能是，这发达之至的后现代，并不能令人类特有的诸多功能也强化起来，相反却日益削弱了。在一张无所不包、无所不能的超级网络面前，你还需要思索或创造什么呢？你的记忆能力甚至都可能丧失了，因为你不需要再记忆什么，"美国国会图书馆、甚至全世界都随时随地为你开放。你的想象力没有了，声光色电立体出现，目不暇接，互动式多媒体的表现方式太具体、太充分，留下的时空极为有限，越来越难找到想象力发挥的余地了。你的分析力下降了，答案都是现成的，一大批专家静候你的召唤，随时为你破谜解题，你就不用费心了。你的消化力减弱了，潮水般涌来的信息把你淹没了。面对整个世界，你吃得下去吗？你成了只会在一条条岔道上寻找什么的流浪汉，成了只会对着一扇扇窗户窥探的傻子，你不知道接下来要做什么。传统文字所激发的意境和隐喻，书本以外的声响、色彩和动感的体验，也许也一并消失了"……

这样一幅图景，究竟是值得我们欢呼还是忧虑？有必要为之深思吗？有没有可能改善或扬弃什么？

很遗憾，我看不出在这样一张已经神话般成熟起来的网络面前，我们还有多少作为的余地。我们眼下所能做的，或许只能是为它的正面价值欢呼，而听天由命地任着它的性子，向着怎么想象也难以穷尽的另一面奔去——听凭它的处置，也许是我们的唯一选择。它要带你于天堂，你就高高兴兴地上天堂吧；它要拽你入地狱，你就欢天喜地地下地狱吧——在一张牢牢黏吸着你的"神网"之前，你除了挣扎，或摇尾乞怜，还能做什么？

或许仍然来得及改变些什么？

或许仍然可能拒绝它？

或许这一切都是现代人而非未来人的杞人忧天而已？

或许，我们应该向神灵或干脆就向这看起来已经越来越富有"灵性"的超级"章鱼"乞求：请稍稍走稳些，请尽量走正路，请不要武断地将我们拖入过于陌生的世界；或者，请不要跑得太快，容我间或能喘上口气吧，至少，留一条容我急需时得以返回或哪怕就在原地倒毙的小径吧……

第N个吃河豚的人

先说明，第N个吃河豚的人，就是在下。

这里有两层意思：从广义上看（同时也隐含着我的敬意），据考证，国人享用河豚，视之为天下极品美食，以致明知有毒仍趋之若鹜、不惜"拼死"以快口腹之历史，至少已有两千年以上。那么，余生也晚，当我有幸面对河豚之际，已经不知是第几代第几个品尝者了，因此只能算是第N个。千百年来无以计数的先人，已经以一种在我看来至今仍称得上大无畏之精神品尝过河豚的美味，体验过"拼死"的意境；而其中的佼佼者，则积累了烹饪河豚以使他人可安全无虞地享用的丰富经验——这些人真可谓善莫大者，值得我为之起敬。而其他一切先人，无论吃过多少回，烹过多少回，必定都各有各的第一次及其带来的丰富多彩的心理况味。依据鲁迅先生"第一个吃螃蟹的人是勇士"的逻辑，这些第一次吃河豚的人，在我这样的人看来，某种程度上也都可以视为勇士。虽然比起目前已无法考证、但的的确确存在的那个历史上真正第一个吃河豚的人要逊色得多，但那位"第一个"，显然已不在勇士或英雄的范畴内了。因为河豚毕竟不是螃蟹，虽然它看起来远不像螃蟹那样张牙舞爪地吓人，敢于率尔尝试它者，却必定是一个"死士"。这第一个人虽然更可敬，同时也未免太可悲，因为他一定是还没弄清是怎么回事，就做了糊涂鬼。但客观说，他（及更多的他）的死给别人敲响了警钟，使后人从教训中反复摸索，找出办法，虽然肯定还有许多不幸的牺牲者，但最终却给后代们蹚出了一条安全而又不无刺激性的路子，使人类多了一种可大快朵颐又可满足猎奇心和探险欲的新活法。无论如何，那些发明出独特有效的烹调法而造福于千千万万后人者，值得我们为之立一丰碑，千秋万代祭拜之。

所以我总觉得，吃河豚的意趣首先并不在于其美味，而更在于实际仍称得上不普通的食物之多少具有的神秘性，及其某种程度的刺激性和挑战性。因而吃不吃和怎么吃河豚，就不仅是一种饮食现象，更是一种精神文化现象。

相比起来，如我这般的吃河豚者，不仅已是第N个，且只能算得是个懦夫了。

因为我从20世纪末期起，就有过多次品尝这一极品美味的机会，但当同桌人都在争相下箸兴味盎然之际，我却敬谢不敏，一筷子也不伸。要知道，那年头河豚还未开始大规模人工养殖，因而它不仅难得，还相当昂贵，有时几乎是头面人物才能享有的待遇。而我竟然不识抬举，不是说我有多么矜持或淡定，多么不贪口腹之欲，或多么胆怯。早年我下放时当过外线电工，十来米的电杆乃至几十米高的铁塔都爬过——但那是我的工作，不容推辞；而吃不吃河豚在我看来并不是一种必须或生存的唯一抉择，且我性格中天生有某种成分，使得我心存狐疑，不愿冒非必要之险，亦不想为一时之快而堕入不必要的惴惴不安中。当然我也得坦承，我的确是个怕死者。只是在河豚面前，我怕的其实并不是死亡，何况我清楚地明白现代人食用河豚致死的概率不到万分之一。故而准确地说，我真正怕的是，那种由此可能产生的对死亡之恐惧与杯弓蛇影感，这滋味在我看来比"一了百了"难受百倍。因为我天生是个想象力过于活跃的家伙，倘如我这天恰巧有点感冒或血压有点偏高，一旦吃了河豚，我必定会因此而捕捉任何一点蛛丝马迹，稍有些头晕或不适，定然会联想到那据说比氰化钾还毒上1000多倍的河豚毒。那份随之而来的惊惶恐怖与疑神疑鬼，可想而知是要比死亡本身或河豚的美味难以消受得多，既如此，倒不如不去弄险以安心了。虽然我也明白，这种心态在许多人看来不是神经也是杞忧，但在我这类于某种情形下总不免不怕一万就怕万一之人看来，任何无万全把握的事情，还是避之三舍来得妙些。毕竟而今的人生患的已不是物品的匮乏，而是过多的选择。不吃河豚，自有其他大量河鲜供我大啖。所以，我总觉得没必要为多一个口福而让自己不愉快。其实，我这类人并不在少数，只是表现的场合各异罢了。君不见，明知坐飞机只有几百万分之一失事率，许多人还不是照样望而却步？

也许这种个性及其带来的阴影过于浓重，以至当河豚养殖业日益成熟，控毒河豚取代了野生河豚游上餐桌，我可以更加确信它万无一失而终于决定伸出第一筷之际，某种心理仍然在本能地作怪，必得待同桌都吃过10分钟以上才肯下箸。为此我总要饱受同桌者的嘲讽与奚落，但我从不为所动。首先我没有道德上的顾忌，因为我比别人迟吃是我自己的事，参照别人的反应只是我之心理热身。别人吃或不吃也是他自己的选择，万一真有何意外，与我吃不吃或早吃晚吃并无干系。只是，就这点而言，我不能不成为同食者中的异类。从另一个角度说，同桌者中特意于第N个吃河豚的人，也是许多人眼中的懦弱者或卑怯、自私者。但有什么办法呢，我就是这么个人，世界上就是有这样那样的人——更谨慎者甚而还怕被树叶砸伤头。而喜好弄险逞强者，岂止是食个河豚，徒手攀岩或极地探险也不在话下，有人还爱于万仞绝壁间无任何防护走钢索呢。同桌者，您比起他们来未必算得上英雄好汉呢，所以就请你包涵一下吧。好在这不仅非关道德，也非关原则或民族大义什么的，反而因我这样人的存在，让河豚这一独特的食文化又多了些趣味性和玄妙性，从某种程度上说，未尝不是我的一大贡献呢？

一笑。

真正要说到贡献，河豚这种既有毒却又美味的生物，对人类菜单丰富之贡献，对许多地方经济及文化发展之贡献，却是怎么言之也不为过的。比如全国最为著名的河豚之乡扬中，据说其经济起飞之初，就曾得益于河豚之美名，每年吸引多达十万人之众前来，河豚之贡献又焉可谓不巨？

唉，怎么说呢，小小的河豚，大大的牺牲。真正该立一面丰碑的，恐怕首先得是这集剧毒与美味于一身，且时而会鼓起个圆滚滚、刺茸茸却不无可爱之相的河豚兄呢！

浪漫与现实

有首禅诗流传甚广，即无门慧开禅师的："春有百花秋有月，夏有凉风冬有雪，若无闲事挂心头，便是人间好时节。"

到底是开悟之人，豁达、开朗、睿智，还不无浪漫情怀。凡夫俗子，几人堪比？禅师道得也确实在理。生而在世，如果你到了夏日就哀叹"赤日炎炎似火烧"而觉不着习习凉风的舒畅，进入冬天就畏惧"风刀霜剑严相逼"而看不到漫天飞雪的飘逸，显然是无法活人的。西谚也有类似意思，所谓有人能看到杯子里还有半杯水，有人看到的却是杯子里只剩半杯水。显然，前者是乐观主义者，或曰开悟之人，而后者，无疑是悲观主义者了。

谁不想开悟？谁不知道乐观主义者活得潇洒快乐，因而"日日是好日"呢？然而，这世上究竟是乐观主义者多一些，还是悲观主义者多一些呢？我不得而知。我能确信的是，我自己似乎更像是个矛盾主义者，或者美其名曰现实主义者。即我时而是个乐观主义者，比如夏日里若得闲于树荫下高卧片刻，我会由衷地赞叹凉风好爽；时而又是个悲观主义者，比如昨夜，我就被一只该死的蚊子折腾得几乎一夜无眠，想扑它遍寻无影，灯一关它即刻哼哼于耳，彼时就算习习凉风也压不住心头的无名怒火，最终我不得放弃了歼灭这个坏蛋的念头，总算勉强入梦。

说到蚊子，我不禁又想到禅师。到底是开悟悲悯之士，据说许多和尚对蚊子是采取共处政策的。问题是他们睡得安稳吗？我想或许是的。另一种情状似可佐证这个看法。比如我常见露宿街头的民工呼呼酣睡——虽然时不时会于梦中抓头挠耳，毕竟他们是睡着了的。当然，这是一种无奈。白日的劳顿和条件的限制让他们被动地采取了一种顺其自然的原则，只要你咬不死我，权以我血换睡眠吧。如此看来，他们似乎也可算得上现实主义者，虽然是被动的现实主义者。

而人生里岂止只有蚊扰这种小小的烦恼呢？张爱玲就有言："人生是一袭华丽的旗袍，只是上面长满了虱子。"虱子可不比蚊子，蚊子仅仅在夏日里扰人，虱子可不管你春天是不是有百花，秋天是不是有月亮，它的一生只有一个词，那就是吸血。何况，人生里何止只有吸血的虱子，较之烦人百倍的"虱子"都多了去了。此时你就是把"春有百花秋有月"当经念，恐怕也未必乐观或潇洒得起来！

当然，乐观主义本身是没错的，但有时，恐怕还得再来点"现实主义"为宜。比如对付蚊子，能扑就扑，而且力求除恶务尽；扑不到你就承受它，或者多喷点药水，多点个灭蚊器什么的。尽管我们也不得不因此而多吸点毒雾，其效果终究要比光念叨几句百花或秋月来得实用得多。

其实，无论是春有百花还是倒春寒，秋有明月还是叶凋零，都是自然和人生不以个人意志为转移的客观规律。因此，最明智的态度应是顺乎规律，顺乎自己的才智、机遇和境况。不以晴喜，不以阴忧，今天下雨就过雨天，明天天晴就过晴日；该做什么做什么，能做什么做什么，可做多好做多好。逆境无须多悲观，顺境不要太陶醉——能如此，未尝不是一种浪漫、一份充满禅意的福分了。

生命之珠

今夜我在渭塘。

想来有些玄奥。我本苏州人，少时居处就在距渭塘不过20来公里的葑门。50余年却阴差阳错，从没到过这个早已因"中国淡水珍珠之乡"而驰名中外的江南名镇。但命运终究还是将我牵引到这里，凭窗眺望着珍珠湖畔那串串珍珠般诱人的灯火，感觉竟熟稔而亲切，毫无陌生之感。这就是乡情吧？

适逢"雷米"台风袭境，酒店屋顶一块被撕裂的铁皮在高风中呻吟了一夜；暴雨更似万马狂奔，一昼夜竟降下百余毫米。据说镇领导都赶赴各村组织防汛去了。正所谓闻风而动啊。世人都道当官好，其实还得看你当的是什么官，至少，当下要当个称职的乡镇干部，尤其是渭塘这样经济总量在苏南乡镇都名列前茅的乡镇干部，其背负的压力和经受的磨砺，恐怕也只有他们"甘苦寸心知"呢。而不多日前江苏还煎熬于亢旱之中，世事和人生的变幻莫测也如此！那么，渭塘的养殖珍珠和经济会不会受到影响？

好在次晨即雨消风歇，阳光粲然了。风雨洗涤后的渭塘如新出的珍珠般璀璨，我们的"江苏作家采珠行"也得以如期进行——两个身着蓝印布衫的船娘，一个摇橹，一个俯身水面，从长绳牵扯着的网兜里摸出几个硕大的河蚌；上得岸来当场剖开，居然一个个都孕育了数枚乃至十余枚光洁圆润的珍珠。显然，这绝非短时之功，据说好珠之蚌得有数年才能长成。罗丹说，对于我们的眼睛，缺少的不是美，而是发现。这一刻我们发现的，岂不就是人见人爱的大美；而孕育它们的，却是那其貌不扬、黑不溜秋的普通河蚌。生活之美，都如是吗？

赞叹声中，我不禁细细把玩手中的珍珠，暗忖人类何以会如此钟情于这小小的颗粒。而关于珍珠的形成，古来就有许多神话传说。东方人说珍珠是晨露掉进海上呼吸的贝中形成；西方人则说珍珠是圣母的乳汁凝结。更多传说则将珍珠与眼泪联系。古罗马人说它是爱神维纳斯的眼泪，或是亚当和夏娃因犯"原罪"而悔恨之泪；在我国古代"鲛人之泪"的传说中，珍珠就是所谓鲛人之泪。《天工开物》则说"凡珍珠必产于蚌腹，月影成胎"。无疑，这看法虽富诗意，却不太靠谱，但我国是世界上利用珍珠最早的国家之一，却无可置疑。早在四千年前，《尚书禹贡》中就有河蚌能产珠的记载，《诗经》《山海经》《周易》也都记载了有关珍珠的内容，珍珠向有"东方之美者也"之誉。国人对它的喜爱还体现在由此衍生出大量以珍珠美喻事物的成语，如用"掌上明珠"喻受宠爱的儿女或物品；用"珠联璧合"喻美好事物的相互映衬；用"珠圆玉润"喻歌声婉转优美或文笔流畅明快；用"珠光宝气"喻服饰或陈设之华美富丽。其中最接近事实的，我以为还是"蚌病成珠"。珍珠，原是河蚌抵御外来物刺激之结晶，实际上就是它的病、它的痛、它的赘疣和苦恼。可贵的是小小河蚌并未因此沉沦，而是于磨砺中努力分泌，顽韧地一天天长大，终于化病痛为神奇，变磨难为大美。更令人嘘叹的是，母蚌奉献其珍之日，便是它生命终止之时。因而，我们在赏玩珍珠之余，是否也应看到"蚌病"的艰辛与付出呢？

其实世间的万事万物，皆有内在的因缘和相通的逻辑。人之命运也像极了河蚌。谁的生命里不充满烦恼与挫磨，甚至危难与牺牲？而凡成功者，则必如冰心所言："成功的花，人们只惊慕它现时的明艳！然而当初它的芽儿，浸透了奋斗的泪泉，洒遍了牺牲的血雨！"

愿我也活得坚忍些，好歹也孕些个生命之珠，证明自己。

不知你是否还记得，有年冬奥会上，用一曲抒情而富张力的冰上"梁祝"，打破自己长期低迷徘徊的状态而勇夺铜牌的陈露，她面对世人，喜极而泣："我终于证明了自己！"

此言令我动容的，首先在她的坦诚，如一眼由衷而恣肆的喷泉，冲破了许多运动员每当此时必定要念的"为祖国为某某，感谢教练，感谢某某"，却就是不言自己的教条。而那些个"为"其实原是不言而喻的，你致力于证明自己，同时也必然证明了祖国的荣誉，证明了你所要证明的一切，反之则什么也证明不了。为什么我们要对这个"自己"讳莫如深呢？

令我动容的还在于，透过陈露肩头，我看见了那些掩面低首或仰天长叹的"失败者"痛惜的内心。他们来到赛场，乃至任何人来到人间，谁个不想"为某某"，哪个不欲"证明我自己"呢？而证明自己的道路是多么曲折崎岖，甚至多么激烈残酷，赛场可说是一个最形象、最直观的教材。然放眼人世，何处不是赛场，何人不在竭力证明着自己呢？农家以金黄的谷粒和满掌的厚茧证明自己，将军以肩上的军阶和累累的伤痕证明自己，作家以等身的著作和早生的华发证明自己，商人以丰厚的利润和"轻别离"证明自己。即便那些通宵狂赌、虚掷生命的赌徒，那些追腥逐臭或动辄挥以拳脚逞强的无赖，又何尝不是在用一种变态诉求证明自己呢？

为什么我们如此顽强而执着地企图证明自己？换言之，为什么我们如此热衷于竞争，热衷于表现自己的强大或才智？譬如商人，与其说商人重利轻别离，不如说商人更看重的是证明自己的价值和意义，否则，那些千万、亿万富翁们，其利早已是十八辈子也挥霍不完了，为什么还要如此痴迷地追逐更大的利润？这难道不是证明了追逐利润不过是表象，证明自己才是他们根本的欲望吗？

这个问题真是意味深长，远非三言两语说得清楚的，但我相信这必与人性的本质乃至种族强大的需要、人类追求生存的意义等艰深的哲学相关。我可以肯定的是，以合乎人性和社会正义的方式来证明自己，终究是一种合理而无须讳言的欲望。当一个人可以如陈露那样充满自豪地向世人宣称"我证明了自己"，无论如何也是一种最值得别人羡慕和效仿的至境！但愿你我都能在某一天，也这般大喊一声："我证明了自己！"

黄　昏

黄昏如有名字，应是仓皇。

无论春暮秋夕，我眼中的街头总是流动着一片异样的氤氲。灰蒙蒙的暮色里，密如过江之鲫的自行车穿行如梭，大车小车烦躁地嘶鸣；行人大都绷着张淡漠的脸，匆匆步履写下纷乱的焦灼；小贩扯起嘶哑的嗓门，急欲将最后一把青菜变成纸币；小吃铺冒出的腾腾热气，更多地勾起路人急迫的想象——炉灶在等着他们开锅，孩子在盼着他们的踪影，自己的肠胃也不安地咕噜个不停。

眨眼之间，天就乌透了。行人大多像是被黑暗一口吞没般淡隐了，那团乱哄哄却令人感到亲切的白昼里最后的繁喧，也消失在狭窄的小巷或挤迫的住宅楼里，街头霎时清寂。而那陈陈相因、次第燃起昏黄灯光的人家，开始变幻出一幕幕此时绝对大同小异的生之片断。一天的另一扇门被打开了。

也许是我的个性使然，也许是律动了一天的神经感到了疲倦，又或者是受这种特有气氛的感染，每当黄昏，不论我是否在和大多数人一样奔忙、赶路，每每会有种不期而至的仓皇小鹿般撞上心头。那感觉，有点像惆怅，有点像悲哀，淡淡的、莫名的，似乎毫无理由，似乎又能找出无数理由：城市生活的紧张庸碌，光阴的飞速流转，欲望的消长顿挫……

还有一个更明确、更直接的缘由：从时间、从氛围、从实际目的来看，黄昏都是一个特定的信号，使人如倦云恋岫、归鸟思巢般更容易、更必然地感觉到，总在忙忙碌碌的自己原来还有一个家。

我这么说，是因为每个人，哪怕是个单身汉，也都需要有个家，但工作、学习、社交总是在不知不觉中使我们淡忘了它。清晨，一个寻常的关门动作，实际上将我们的生活形态分割成两个板块，家成了一种名义，一种抽象的存在。我们天经地义地与家人告别，你去上学，我去上班。整整一个白天，我们与家、与亲人几乎被近在咫尺的时空和感觉障碍隔绝着，是黄昏才使得家这个概念"突然"又回到我们的知觉中来。一旦意识到这一点，回家、团聚，这心驰神往而分外实在的愿望，便成了我们每一天中最具体最直接最急迫最悬念的目标和归宿，这黄昏，能不仓皇，能不令我们心潮波荡吗？

黄昏还是乡愁的酵母。尤其对于独在异乡，对新环境充满陌生、疏离感的匆匆过客，黄昏莫凭栏，凭栏欲断肠。为何断肠？黄昏那熟悉的氛围，多么轻易地勾起我们对家、对亲友的那份亲切而熟悉的感觉啊！那年一个黄昏，我在青海德令哈城边漫步，身在西北，心便被这份感觉揪回了江南。忽然驰过一辆泥污疲惫的卡车，目光掠过卡车的尾牌时，我竟忘情地欢呼不已，并追着汽车一顿傻跑，直到汽车绝尘而去，才发觉自己竟湿了眼眶，只因我看见的是一辆江苏来的汽车！此时此地，这平素司空见惯的汽车竟成了最亲切、最多情的家之象征，使我动容的自然是时空塞给我的乡愁，酿出它的，不正是这西北旷野上灰红的黄昏吗？

"日暮乡关何处是，烟波江上使人愁。"真绝句啊！

黄昏如有名字，应是乡愁。

幸 福

幸福是羡慕或嫉妒的私生子，我们从别人的羡慕或嫉妒中感受到它。而当我们想将它长久地拥在怀中时才察觉，我们并非它合情合理的拥有者。

幸福是一筒焰火，燃放它时，若无别人观看，我们的快感便黯然失色。

幸福的感受因人而异，"幸"得让他跳起来的物事，未必让我获到分毫乐趣。所以，正如世上没有两块相同的石头，世上也绝无两种相同的幸福。

实际上我们谈论得最多的这个"幸福"，常常会令我们闹不清它究竟为何物。

一个明丽而欣欣向荣的早晨，我上班经过一个混乱而热闹、五彩缤纷却臭气熏天的农贸市场。在密不通风的空间里，我不得不推车钻行于人流之中。这时我目睹了一个有趣的小插曲：一个浑身油污斑斑的卖肉汉子，接过小店伙计送来的一大海碗热气腾腾的面条。面条是菜煮面，面条与绿叶之间漂浮着大片油花和两个白花花的鸡蛋，隔着好几米远我也能嗅到那浓浓的香气。或许是我此时还没吃过早点，我的注意力莫名其妙地被那汉子和他的面条牵扯住了。但见汉子用刚刚抓过肉的油腻腻的手，从身边一个卖菜的摊子上抓起一个巴掌大、生翠碧绿的尖辣椒，咔嚓就是一口；接下来就是连汤带水的一大口面条；再接下来则是风卷残云、痛快淋漓的狼吞虎咽了。须臾之间，尖辣椒和那一大碗面条一起进了那个粗壮的肚囊之中。一声响亮的喷嚏之后，汉子旁若无人地向身后吐出一大口痰，蒲扇般的油手在脸上眉毛胡子一大把地捋了一下，转瞬间嘴上又多了一支卷烟。有意思的是卖肉人的烟卷也和他的人一样，是通体被油濡透了的，可是他并不在乎这个。长长的一条烟线喷出来之后，是一声不由自主的充满惬意的深叹。

"嗨，这位老板你要来点什么？"随着一声粗嘎的吆喝，一大块猪肉被汉子扔到我面前的案板上。"不，我什么也不要。"我慌忙后退并溜走了。

"什么也不要看我半天干吗？"

听着身后那老兄奇怪的嘟哝，我暗自好笑，不免觉得自己有些莫名其妙。

然再想想，尽管是那样的一种氛围、那样的一个人和那样的一种平常而有些粗鲁的吃相，至少对于彼时的我却是产生了一种难以抗拒的诱惑力。我着实是有些羡慕他呢。在他吃面的过程中，贯穿着一种虽平常却又何等畅快的满足啊！食物是再普通不过的，吃相也远远算不得雅，但那种酣畅淋漓的吃法和那份独特的口福，便是时常穿行于酒山肉海中的人也未必能享受得到。在我看来，那实在算是一份有滋有味的幸福了。更重要的是，他获得的绝非仅仅那样一份口福。我揣测那小刀手的心态，也是终日碌碌奔忙于名山利谷中之我辈所难以获得的。并非他不计名利，而是相对于我们这些自认为具有高雅远大追求的人而言，我想他的目标会近得多也小得多。他的期望恐怕主要在肉与钱中打转，这相对容易实现，因而也必然相对容易满足而获得更多的幸福感。

然而，作为当事人的他本人，是否真也会如我想象的一般，活得比我辈更幸福一些呢？我又怀疑了。或许作为旁观者的他，从他的角度看我们，不必终日在一片酸腐混乱中守着一大堆血淋淋的肉块叫卖，就已是一份难得的幸福呢！何况，当我在羡慕他那一份口福时，他自己是否便觉着那是一种福分呢？未必，至少他自己并未清楚地意识到。吃饭就是吃饭罢了，赶紧吃完了，还有一大堆肉要卖呢，什么幸福不幸福的。恐怕他听了我的感受，会用一大口臭烟喷我一头一脸呢！

如此看来，方才只不过是我看人家放了一个"焰火"；而那放的人自己则压根儿没觉得这世上发生过什么。当然，也许这本身就是一种幸福。

幸福者，就是这么一回事吗？

想象力

没有想象力的人生是不可思议的。

发达的想象力，对于乐于进行科学探索或文艺创造的人来说，无疑是一种福分。

然而，人生中的许多情状却又是难以想象或不宜深究的，譬如某些富翁的第一桶金，譬如某些官员的财富来源，譬如死亡——尽管我们天天看到或说到这个字眼，听到或目睹这个悲剧，但只要非关亲友或切身利益，通常我们不会十分在意。因为我们早已见惯而不惊了。但是，一旦你联想到自己，一旦你静夜冥想其万劫不复的实质，我不知道还有几个人会不为那越想越无法消受的无涯黑暗而毛骨悚然。

现在的都市人已不兴纳凉了，因而我们已忘了夏夜卧于竹榻上仰望星空的种种想象了。但是我还清楚地记得，幼时我曾是如何惊恐地捂住了自己的眼睛，因为我越想越难以理解，何以抵达我眼中的星光，竟会是几十、几百甚至几万光年远的某颗星体早已发射出来的；我们赖以生存的庞大地球原来仅仅是太阳系中一个微不足道的行星，太阳又不过是银河系中一颗微不足道的恒星；而由数千亿颗太阳般的恒星系组成的银河系外，尚有无以计数的类似银河系的河外星系存在！而这一切的一切，竟是缘于数百亿年前的一次宇宙大爆炸，大爆炸居然又产生于一个"黄豆大"的奇点，大爆炸造成的膨胀还远没有终结——如此，天上一颗星，地上一个人岂不就是笑话？因为迄今地球上的人口包括死者，也抵不上一个银河系的恒星多！至于什么狮子座、仙女座等所谓会影响我们命运的星座，乃是由许多太阳系似的星系组成，微渺的人儿竟敢妄称自己的命运与它们有关！那么，到底何处才是宇宙的起点，何处又是终点？爆炸前的宇宙又是什么？显然，这样的穷思竭虑对于无知的我而言，结果只能是恐惧。

唉，别管这些玄虚的了，还是现实地面对自己短暂的生活吧。然而，现实里想象力带给我们的也未必总是美妙和愉悦，有时我们甚至会被自己的想象力捉弄得哇哇乱叫，那滋味其实也不那么好受。譬如一个没多少医学知识却又想象力发达的老兄，如果某一天看了几篇医学文章，没准儿就会惶惶不可终日地往医院拱了，因为他的想象力告诉他必须尽快这么做，否则他就可能死于某种绝症。

类似的境况在生活中不胜枚举。听见同事在电话机旁喜笑颜开，看见某男与某女在路边谈笑风生，听说某人与某人在一起看了场电影，都可能令我们的想象力展开翩翩羽翼。于是我们便发现了一个密谋或一起桃色新闻，于是我们便切齿相传，便愤愤于言表，甚而至之，我们可怜的心儿也被妒火烤得吱吱冒油……

想象力并不总是欺骗我们的，但想象力并不完全靠得住也是显而易见的。因为没有缜密而逻辑的思辨参与，想象力便会被感性支配而胡作非为。客观现实的一个基本规律便是它的丰富性与复杂性，想象的一大缺陷则恰好是它的简单化和感情化。当我们想象某事时，常常不由自主地被自己的主观牵入一条条死胡同而全然无视别的客观因素；所谓看人挑担不吃力，正是因为我们在看人时忘了自己挑担的吃力。其实，只要设身处地，成为你想象的那一个或进入那一种情境，我们的理智便会帮助我们避免许多臆断。联想一些自身的经验也是克服虚幻想象的良药，比如想到我们曾如何憧憬一次美妙的旅游，结果却远不如想象得那么理想；我们曾怎样构划一次美丽的艳遇，结果却只落得一顿当头棒喝——这样，我们的想象或可在一阵激灵之后，回到现实的坚土上来。

建筑与被建筑的

建筑是立体的诗，是凝固的艺术，是历史的坐标，是审美的客体，这么说自然都不错。但也不能忘了，建筑根本上还是一座座供人住、为人用的房子。所以在艺术细胞不那么发达的我眼里，建筑最实在的定义就是，它是人类需求的产物。从这个意义上说，森严肃穆的紫禁城与流浪汉栖身的桥洞本质上是一回事。不同的是没人会赞美或羡慕流浪汉的寓所，而末代皇帝被逐出紫禁城却会让无数长辫子遗老们哭绝在地或结绳上吊。这就又回到艺术、历史或审美和价值判断这类建筑和人与生俱来的互动关系上来了：它因人而生，人又因它生，更因它而情；人与人处久了会成朋友，房子住久了，会比朋友还让人恋恋不舍。因此，说建筑是人类灵魂的附着物，是艺术，是可触摸的诗，又是个绝不夸张的客观定义了。比如我，打从1980年来南京后，搬来搬去待过不少地方，其中既有历史文化积淀极厚的古迹如总统府，又有平凡无奇的老房子如建邺路174号省委党校2号楼。多少年过去了，每当我路过那些地方，仍不免停步驻足，心情复杂地冲它们呆望一会儿，许多个模糊的日子又会如初恋情人般颦颦笑笑地闪烁于眼前。

相对而言，我在总统府待得最短。1980年元旦后我在那里工作过几个月，并在东厢的地板上打过一阵地铺。说实在，总统府给我的第一印象是有些失望的。看起来，它远没有解放军战士踢倒青天白日旗、插上五星红旗的著名照片上那么高大威严。不过，当我在黯寂的夜晚独自穿越森森长廊时，立即感受到它那不可撼摇的内在力量。肃立两旁的那粗壮高大的红漆廊柱，浑似两长列令人不敢仰视的天朝武士，让我战栗于历史的逼视是那般沉峻无情，文化的内质竟又是如此凝重而不可捉摸。我也曾在西花园石舫上踯躅嗟叹，举头望天，残月似与我一样感慨万千；低头抚桌，洪天王分明又坐在侧畔，只不过拂过耳际的，再也不是他悲鸣或狂放的笑声。凛凛夜风诉说的，只是个早已被历史打入冷宫的短命王朝之旧梦。

蒋氏王朝的命运也不比洪秀全好到哪儿去。建筑在这里也尽显它独特的功能。我曾在一个中午溜进蒋委员长的办公室转了一圈，印象最深的是此公在大陆的日子实在也乏善可陈。委座办公室不过有一张宽大些的硬木桌和几把椅子什么的。我还特地到据说是他上过的厕所里去撒了泡尿。唯一的收获是，第一次意识到"总统"和凡夫俗子一样也首先是个人。不过无论如何，总统府作为两代王朝的墓地和历史的见证者，注定了要在史册上保有它显赫的地位。这又是建筑的一大特性了：通常它总能比人或王朝长寿。而今的总统府，王朝不知何处去，游人依旧笑春风。想来真是耐人寻味。

省委党校里的2号楼曾是省文联办公楼，虽看似平常，却也是颇有年纪的民国建筑。坡顶，老虎天窗；里面是火车车厢般暗而长的走道，大小无二的房间分列两侧。我在那儿待了七八年，办公于二楼，栖息于四楼阁楼间。面积倒不小，只是刚入住时，脑袋老与那斜度颇大的房顶闹摩擦。夏日热到四十多摄氏度，因为漆的软化，地板上黏黏的。印象犹深的，是那被蜂窝煤和各家杂物挤得水泄不通的筒子道里，几乎永远沸腾着呛鼻的油烟或嬉笑、吵闹的交响乐。我每天要自西向东小心往返至少十次，为的是到公用龙头提水、洗涮。2号楼让我颇觉留恋的内因恰也于此。虽说条件简陋，却是我事业与人生之名副其实的摇篮。朔风凄唳的冬夜和挥汗如雨的夏日让我苦不堪言，却也催孕出包括我的小说处女作在内的多半作品。建筑是人造的，却又反过来"建筑"我们，这岂非又是建筑的一大特质？这或许也是有一次距此咫尺的党校礼堂毁于冲天大火时，我痴望着云集我窗外楼顶扑火的消防队员不断祈祷、心如撕裂般痛楚的原因。狗不嫌家贫，我又岂能不为这母亲般庇护我的建筑怀一份深戚？

　　而今2号楼已不复存在，代之而起的是焕然一新的校园和幢幢现代化建筑，它们无疑更美也更实用了。但我初回此处时，心头还是感到莫名地失落。所幸我常在其下散步的老雪松还蓊然挺立，多少抚平我些许怅惘。这么看，建筑的确牵扯着我们的情感。它的命运通常又和人之命运相类：你的价值与存亡常和你地位与名望成正比。然而建筑毕竟是建筑，我们对它的感情或可长存，对它的处置有时却不得不依据现实而非情感或文化判断而作。比如2号楼消亡了，党校的价值和功能却不能不说是拓升了。当然，这也决不等于说，我们在处置那些富含历史文化积淀的建筑时可以恣意妄为。对待它们，你得有一份起码的敬畏和珍爱。它们已非一般意义上的建筑了，栖居其中的，可是有生命、有神性的历史老人哪！

洛社散记

观运河

子在川上曰："逝者如斯夫，不舍昼夜。"

孔子喟叹的是流水般义无反顾的时间。其实那"奔流到海不复还"、日夜不息的逝水，亦让人叹惋。科学和现实早已证明，水不仅是地球上一切生命之源，亦是维系生命、繁荣种族和发展国计民生不可或缺的血脉。所以古来人类都逐水而居，为水而歌亦为水而战。有道是"仁者乐山，智者乐水"，其实一切生命都对水都有本能的亲和感。而水又赋予人类无限哲思——"上善若水""水利万物而不争""水能载舟，亦能覆舟""人不能两次踏进同一条河流"……而在我看来，水之于一切生命，尤其是人类，实是患难与共、相互依存的关系。没有善于利用水的人类，水就只是潲漫无聊的流体；有了人类的规划利用，水亦成了大有用处的生命。故而有史以来，从远古的大禹到历代帝王，无不重视水利。某种程度上说，中国的文明史也可说是一部水利史。如乾隆皇帝六下江南，四次都在宿迁驻跸，为的就是督导黄淮水利。他还钦敕宿迁建了一座我所见过的最宏大的龙王庙，殷殷之情可见一斑。而今我站在洛社大桥畔，眼前哗哗流淌的京杭大运河，宛如秋风在不停地吟唱。那一阵又一阵的船机之歌分外清亮，听上去喧哗却又安详，因为其中饱含着蓬勃的生机。而这条大运河的历史，分明也与中华文明史同步。大运河从洛社穿镇而过，流经其境达137公里。而我眼前的洛社段运河，果然分外开阔而热闹。没想到现代交通方式如此先进的今天，运河运输仍然是不可或缺的重要一环。河上的货船日夜不息地穿梭往来，多为数千吨位的大铁驳，突突突地，一艘接一艘驶来驶去，搅得河上波浪拍岸，没有片刻宁静。有如此繁喧而发达的物资大流通，无怪洛社会成为全国最具活力的经济重镇，而这得天独厚的运河交通，无疑也是厥功至伟呢。

当然，运河固伟，更令人感念的还是开发、征服运河的人。每观河景，我总会忆起一个深沉的雨夜：但见风冷雨摇，幽雾沉沉的河面上，犹自明灭跳荡着不眠的灯火。珠链般长长的轮队中间，还活跃着点点渔火。那是渔民在捕捞着他们的生计。耳畔油然响起古人的咏叹："江上往来人，但爱鲈鱼美。君看一叶舟，出没风波里。"想那蜿蜒千里、世代繁荣的大运河上，从来都浸润着船工和渔人的心血啊！观赞之余，我们的咏叹中，焉能忘了对他们的眷念与祝福？

李金镛

洛社人李金镛，无疑是洛社人的骄傲，同时也是中华民族的骄傲。

有些汗颜的是，说来我也算个关注史乘之人，但我是到了洛社，才知晓李金镛这位值得我们仰视的晚清名臣的。虽说他官职不高（其实他死后也被朝廷追赠为内阁大学士），却是一位不可多得的清流良臣和兢兢业业、大公无私的实干家。他不尚空谈，专注务实，对国家和民族的贡献应该大书特书，不想却被时间冷落于历史之隅，这不能不让我先为他叹一声屈。

好在洛社人从来没有忘记他，当时的清廷也没有漠视他。当他出师未捷身先死之际，李鸿章特别请旨为他加封。清廷颁旨给李金镛在国史馆立传，荫袭一子（入监读书），并准予在漠河及原籍无锡建立祠堂，以示恩宠。而我就是在洛社李金镛故居纪念馆感受到他的高风亮节的。

据馆志介绍，李金镛（1835年—1890年），字秋亭，号翼御，江苏无锡洛社人。他早年随父经商，后在李鸿章的淮军中任职，因尽心尽力、务实苦干，得到李鸿章的保举。1876年—1879年，他因多次倡导义捐赈灾，安抚各地灾民，被提升为知府。1882年，吉林将军铭安很赏识他的才华，向上奏请，留他在吉林府任事，并让他担任了第一任知府，派他前往图们江口勘定界址。他有理有节，迫令俄方退还占地，重立了界碑。1883年，李金镛代理长春厅通判。在他任上的三年中，因他广施德政，很合民意，长春厅得以大安。1887年，又由李鸿章推荐，李金镛从吉林被调往中国最北疆、最苦寒的黑龙江漠河，筹建金矿。他积极奔走于天津、上海、烟台等地，募集资金，招聘矿师，购买机器，筹运粮食、军火，招募矿丁，于1888年10月创办了漠河金矿；先后开设了三个金厂：漠河金厂、奇乾河金厂、洛古河金厂。

至于在此过程中李金镛的具体事迹，不是本文所能尽述的。但凡当时与其相处过的人，无论是官宦还是普通矿工，都说李金镛是一个豪爽正直、富有民族气节的传奇人物，这就相当地难能可贵了。而其诸多细节，亦都深深打动了我。如1890年9月14日，李金镛因操劳过度而积劳成疾，在漠河金矿临终之际，他的家人和僚友们守在身边，李金镛挣扎着坐起，慷慨叹曰："大丈夫视死如归，有什么遗憾的。我所抱憾的是金矿刚见成效，苍天不给我年华，使我不能见到三年后的盛况。望诸君好自为之！"说完，吐血数升气绝。临咽最后一口气，他也没论及半句自己的私事。僚友们无不伤感流泪。据说直到现在，采金人在开挖矿井前，都要首先顶拜李金镛的亡灵，以表示对他的敬服。

再者，李金镛后任者检点金矿账册，竟发现他从金矿开创至死，几年中居然未曾在矿上支取分毫薪金！仅此这一点，就已如高天爝火，足以点亮多少人心，亦足以让李金镛成为当时中国脊梁一类的人物。而他那"兴办实业，求富以达强"的雄心与艰辛实践，在特殊大历史背景下仍然保持清廉本色且身体力行更是证明了他的杰出。李金镛同时代人为他所送的挽联称其"启国家开矿之任，安边兴利，默运精心，功业迈古今"，无疑也是他当之无愧亦深合我心的。

诗　意

"仁者乐山，智者乐水。"那么凡夫俗子如我者，又将爱何呢？

我亦爱山，我亦乐水，乃至花木与小草：总之我钟情于一切自然的形态。尤其是在楼宇挤迫、空气污浊的现代都市之间，哪怕是一星绿草、几枝红梅，在我看来，都要比摩天大厦或群鱼般穿梭的豪华轿车来得赏心悦目。其理由十分简单，因为我是人。一个人，如《圣经》所言："来自泥土，终将回归泥土。"而一切有情亦无不诞自泥土；一切诞自泥土的生态，无不令我们从心底焕发出本能的亲近。至于一座城，我们或生于斯，或客于斯，最值得我们回眸流连的是什么呢？难道不是整洁的环境、清新的空气、优雅的生态所酝酿的诗意吗？

无疑，灯红酒绿、摩天大厦和车水马龙亦是我们的向往。它们给我们喧腾和鼓舞，令我们舒适而满足。可是当许多古风悄然流逝，当一座城和另一座城几乎分不出伯仲，当尘烟充塞我们的肺腑，当心灵清点我们的所得时，你是否也会如我一样，或浓或淡地有些怅然，似乎感到缺失了些什么呢？也许你也会如我一样安慰自己——有所得便有所失，这是必须付出的代价。但当我有机会徜徉巴黎时，我的看法动摇了。巴黎无疑是最发达的都会之一，却也是最宜室宜家的城市。若以繁华或现代的眼光度量，这里的楼不高，这里的路不宽，甚至这里的灯彩亦未及我们煊赫。令人驻足叹羡的，却正是被我们以高楼大厦飞速蚕食着的绿树、红花、古典建筑和不能买卖的新鲜空气！

或许正因这样的背景吧，当我做客洛社时，最令我动容的不是那越发现代的风姿，而是那整洁的市容和春芳般星星点点遍布城乡的花木、绿荫。它们是那么轻易地撩拨起我的温情，令我油然欢欣，怎么也看它不够。以至在尚田小镇晚餐时，我也忍不住溜到饭店外围去观赏诗情画意。是的，那连片成陇的蔬菜地充满了诗情画意，连空气中都洋溢着丰收和成熟的意味。看那一排排士兵般佩满饱硕穗棒的玉米，多么生机勃勃；那叶片间缀着乌油油果实的茄子田，多么令人疼爱。而青绿的辣椒、连片的红苋菜、欢实地蔓延不已的南瓜藤也不甘示弱般争艳着，让我流连不已。

说得偏激些，若非这些随处可见的田园气息和红花绿草，我或许都不太会觉得洛社较从前有何更值得称道之处。因为不断新生的大厦和街道，已是当下中国任意一座城的寻常景观，而充满绿色的生态环境，才真算得是一座城的"诗眼"所在呀！个中原因很简单，我们谋求发展之根本目的，乃是要如海德格尔所言："诗意地栖居在大地上。"而若缺少了绿意，诗意云乎哉！

顺便提一句，当我离开洛社时，正是清晨。朝霞与公路两旁树梢和小村上萦绕的炊烟，融成一幅静寂的水墨画，徐来的清风里有桃园的清香。更让我稀罕的是，远处那一方方明镜般灌了水、即将插秧的水田里，竟然还栖着那么多四面八方飞来的白鹭。而我的车头前，还两度有黄鼠狼悠然穿行。若非生态良好，百姓顾惜生命，何来这般景象？而这景象，令我这"惯看秋月春风"之人，也情不自禁地引颈长吁一声："好美呀！"

这就是诗意。而诗意乃生活之盐，其形固千变万化，其根则断不能离弃自然。

欣赏"哭年"

偶闻全球新年同一笑，极尽狂欢之能事；唯有印度一民族，却是以哭迎新年。个中缘由也简单：他们的哲学认为，新年意味着生命又少了一年，是为一哭。

对此，闻者无不引为滑稽，俱道"旧的不去，新的不来"，一笑了之。而我笑则笑矣，欣赏之情却又油然而生。

我笑的是：这个民族未免太不够浪漫，朗朗乾坤之下，谁不明白过一年便少一年？以笑贺年，以乐度年原不过是浪漫加乐观，可谓明智又超脱。

我欣赏的也恰恰在于我意识到，若论浪漫、乐观与明智，这个"哭年"的民族实际比谁都有过之而无不及。首先是他们的逆向思维可嘉，凭什么过年时候不能哭？且他们哭得极有板眼，恰如庄子，老婆死去，鼓盆而歌，谁能说这不是一种难能可贵之大乐观、真乐观？其次是他们正视现实之勇气可嘉，人生苦短，谁无此慨？爽爽快快一哭，未必比掩耳盗铃之狂欢来得悲观；睁大眼睛看现实，至少比眯着眼睛之浪漫显得坦率些。

当然，这么说，并不等于我从今开始亦将邯郸学步，以哭度年。或哭或笑，一样过年，生命不会因此或多或少，本质原也是殊途同归。赞赏几句"哭年"，不过希望世人不可轻易嘲讽自己不习惯的思维或风俗。某些逆向思维看似不合常伦，实质大有深意存焉。而我倒希望自己能得乐且乐，这未尝不是一种有价值的哲学。何况我绝不敢在新年里，去冒那被人当疯子的风险。

镜子告诉我们什么

镜子可说是人类最忠实的朋友。它不受感情或理智的支配，将你的姣姣倩影或"牛头马面"不加粉饰地反映给你。或喜或悲，相信或是怀疑，是你自己的事，它从来不予理会。

当然，这也在无形中映出了一个可悲的疑虑：如果镜子是有理智、有情感且如我们一样聪明而不无狡诈的生物，它是否仍会如此耿直不阿地忠实于客观？

疑虑归疑虑，且不管它。但若真以为我们人人都会因此而从镜中看到真实的自我，未免就有失天真了。

镜子忠实与否，有没有灵魂是它的事，我们可是有血有肉有灵魂的啊！看到眼角的鱼尾纹，我们不会不明白此乃镜面蒙尘的缘故。瞧见丝丝白发，我们不能不考虑到光线的作用。气色似乎有些晦暗，想必是天气阴郁所致。至于那几颗黑痣或暗疮，"看"上去与鲜美的苹果上那几颗小小的疤斑有什么两样？瑕不掩瑜嘛，衬出的只能是分外地美丽呀！至于别人眼中的自己美不美、丑不丑、英俊不英俊、潇洒不潇洒那是别人的事，镜中之我永远是俊美而洒脱、年轻或轩昂的，要不然，我们怎么能信心十足地离开镜子，投身于浩瀚人海呢？

当然也有相反的情形，别人和自我都告诉自己"你沉腰潘鬓，你美轮美奂"，然而镜子却无情地刺入你眼中几颗可恶的"青春美丽痘"或是一圈太粗的腰！你挤啊挤，束啊束，可气的是痤疮挤而复生，腰围束而仍粗——除了砸掉镜子，或者改用西施时代那雾里看花式的井中之镜，还有什么更好的办法？

如此看来，镜子的忠实是不是我们人人所需要的，似乎可以打上一个问号。换句话说，人活于世要直面现实还真不是容易的，有时候呈现在眼前的明明是绝对的真实，然却未必是最讨人喜欢的。这倒也罢，客观的忠实与真实毕竟还是客观地存在着，不以我们的意志为转移。而主观的（包括对自己的）真实与忠实，是否也真正地不以我们意志所转移地存在着，简直可以打上个大大的问号呢！

重症监护室——亲历与随想

缘　起

直到在电脑前敲打此文之际，我仍有点恍恍惚惚、亦真亦幻地疑虑：这辈子除了20世纪70年代在一个乡镇卫生院因割盲肠住过三天院以外，再也没生过大病或住过医院的我，真的曾那么"亲密"地与重症监护室甚至是死神有过干系吗？换言之，那感觉上迅即又漫长、痛苦又怪异却又仿佛自然而然的半个多月中，我真就差一点沉沦于鬼门关，经历了一场与"黑白无常"苦苦相持的拔河战吗？

答案是不容置疑的。

顺便说一下，尽管我们总在说"天有不测风云、人有旦夕祸福"，其实没病没灾时，绝大多数人不会真把这种话放在心上。该吃吃该喝喝，该争什么争什么。即便真正遭遇不测，除非是那种顷刻让你一命呜呼的结果，否则，我们也未必真就意识到这是什么或将会演进为什么。无论感受到什么，我们的内心深处总还有着一种有时近乎坦然的自信或希冀在撑持着自己。人活一世太不容易，不仅需要物质的支撑，还需要某种心理的自保机制；再者，天天念叨着病啊灾啊或恐惧着悲观着某种结局，还活不活哪？

这次意外的经历还让我悟到一点：凡事都有其另一面。所谓"大难不死，必有后福"便是一种通行的说法，未必有理也未必没理。但大病一场于我来说，真的有了许多过去想不到的体悟。比如我现在就常会生发些让人觉得矫情的想法，假如我当时完了也就完了；没完呢，那我现在的每一天每一分钟每一点人生体验便都是白白混来的，细想真其妙无穷呢！

即便从最实际的角度看，若不是这场不测，我又如何知道突发一场大病究竟是啥滋味，住在重症监护室里到底是怎么回事？我不知道还有多少作家亲历或描写过重症监护室，但我可以肯定的是，我所亲历的这场重症监护室里的"采风"，还真比我过去所经历的许多"坐着小车转，吃喝一头汗"式的，或精心编排主题先行实质却浮光掠影、走马看花、虚应故事式的采风有意思得多——记下点什么来，谈不上多大意义，却自有其价值存焉。

不由分说滑向必由之地

我这病起得有些怪。莫名高烧三天了，其中有两天也挂上"头孢"和"地塞米松"且口服了退烧药"散利痛"，体温却仍由6月17日的38.9摄氏度攀升到19日夜间的39.7摄氏度。是时我感到一阵恶心，到卫生间欲吐，突如其来的一阵晕眩，让我向后便倒。幸好人被洗衣机撑住，头没伤着。但我明白，这回绝不是普通的感冒发烧了，必须再上医院好好查治。但次日一早到医院，我却一时不知该看什么科，因为我至此仍然除了头痛、晕胀及高烧的疲弱，一不打喷嚏，二不咳嗽，三不觉哪里有明显的疼痛或不适。最终我选择了五官科，往年我常因咽炎发烧，看看是否有这方面隐因吧。经查，五官科大夫严肃地说我没这方面问题；高烧不退，应赶紧换个科住院细查才是。于是我和妻子立即经肾病科（因这种科室就诊人少些）办了入院手续。

住院医生换上了青霉素，同时决定次日开始通过查血、拍片等手段全面排查病因。通常不明高烧的排查颇不简单，病毒或病菌感染、血液或肝肾系统病变，甚至某种癌症等都可能持续高烧。而我的结果却又来得轻易——次日中午医生告知我，胸片提示右肺有明显炎症，初步可诊为感染性肺炎。

也许是为了证明医生的诊断无误，当夜我开始咳嗽且逐渐加剧，几乎整夜不停咳出褐色或深黄色痰液，间或有些血丝。更糟的是尽管加大了青霉素剂量，高烧依然顽固不退。用退烧药可遏止一阵，很快又回到39摄氏度以上，且还在三天后的深夜，腋温攀达40.3摄氏度的高峰。次日我即在亲友的强烈建议和努力下，转院住入本省一家著名医院的干部病房。该院医生面对如此高温和新拍的ＣＴ片的提示，第一步就是给我家属发了个"病危通知书"（此后又发过一次），并进一步为我定性为"重症大叶肺炎"；用药则调整为头孢、阿奇霉素和泰西沙星三种抗生素同时输入，体温高时再加10毫克地塞米松和吲哚美辛肛门栓塞剂（新型退烧药）；睡觉时则让我双腋各夹一个冰袋以物理降温；为增强免疫力，还为我用上了人血白蛋白、静丙球蛋白和胸腺素"日达仙"……

幸运的是，因为轰轰烈烈的Ｈ7Ｎ9禽流感问题退潮不久，医生认为我有必要做这方面检查（我自己也有这个疑虑），所幸咽拭子检验结果为阴性，这让我大大地松了口气——懂些医学知识的我很清楚，"重症大叶肺炎"的病死率也不低。而且我紧接着得知，干部病房已帮我落实转入本院呼吸科重症监护室治疗。当然，我听到的是委婉的说法——呼吸科治肺炎比干部病房更专业，但他们的普通病床一时没空，故让我先在重症监护室过渡一下。

至此，适当回顾一下我的心路历程，也比较有意思。虽然据妻子说，此前烧得太高时我曾不断胡言乱语，并多次大喊"怎么就这么难受哇！死的感觉就是这样的吧"，但我自觉整个过程中，思维和意识还是基本正常的。尤其是心态，远非自己或家人想象得那样会多紧张或恐惧。而我平时其实是个意志相对薄弱、对病痛和死亡的承受力不高且时而会有些疑病的人，但当一个医生或亲友眼中相当严峻的危难真正骤临于身之际，我的感受却并不如想象得可怕。怎么说呢？平时的担忧或预想毕竟都是臆测，而不确定因素总是比现实更令人恐惧，真到了现实之中，仿佛一切都是自然而然、本当如此的；而且它是逐步演进的，心理的承受能力也在逐步增强，反正"听天由命"是我那些天脑海中出现得最多的一个词。"纵浪大化中，不喜亦不惧；当尽便须尽，无复独多虑"——陶渊明的诗也被我恰当地忆及并反复默吟。我甚至冷静地想过几次，如果就此"吾命休矣"会是怎样一种局面，得赶紧交代些什么……真的，或许人就是这样，内心始终存着某种特殊的机制，在关键时刻便启动而自保，虽然无助于事态，多少可以稳定些情绪。

所以，当我听说要转入重症监护室时，虽然并不相信医生的理由，却也并未因此而添几分紧张。人到了这种地步，除了听天由命，任医生处置，还能如何？况且，去那儿虽然意味着你的病势严重，却也意味着你将获得更好的治疗，何忧之有？

然而，当轮椅转出电梯，眼前蓦然出现"重症监护室（ICU）"几个黑森森大字时，我的心还是不由自主地挛缩了一下。尤其是当那扇极少开启的大门为我而开，又很快在我身后闭上之际，"当尽便须尽，无复独多虑"不知去了哪里，脑海中油然浮现的，竟是个让我的身子好一阵微颤的念头：曾经有多少人进来了就出不去了吧？

我呢？

优势与特色

重症监护室与普通病房相比，根本的差别就在于，这里的设备和护理水平明显优胜一大截。如护理上，这里实行的是病房全护理制，即在普通病房可由家属或护工代劳的一般看护、擦洗、大小解、喂食等，这里完全由护士及其助理（里面称之"阿姨"）担当，家属除每天可有一两人进来探望半小时外，理论上不承担任何事务，这样的规定可能是为了保障护理规范和质量吧。

重症监护室里，每个床边一般都配有呼吸机（有创／无创）、心电监护仪、麻醉机、氧气系统、输液泵、除颤仪、有创血压监测等，还有一套中心监护设备掌控全局。条件较好的医院，还会配备可移动的X光机、超声、心电检查仪甚至内镜等多种床旁检查设备。重症监护室病房建设上也比普通病房有高得多的要求，需要无菌、空气和温度的调节、转运方便等很多方面的考虑。

由于重症监护室收治的都是重危病患，病情变化快，除实时监控，医生还需要随时了解患者的病理情况，对他们进行频繁的检查。各种血液、生化指标，都常常一天之内反复查测。比如使用芯片进行血气分析时，它能让医生在几分钟内了解患者现在是否存在酸碱、电解质的紊乱，以调整呼吸机的参数，指导下一步治疗等，往往调整完毕还需再复测以了解效果，每次都要消耗一张芯片和一个专门的针管，检查费用达一百多元。

我住的这家医院呼吸科的重症监护室颇宽敞，全部面积估计有300平方米，分成三个有走道联通、中间有墙和窗户大半隔断的空间，每个空间有近百平方米大，放着4张病床，全部就有12张床位（我在时这些床位都是满的）。每张床上方又各有可全方位拉动的落地布幔，必要时可隔断成一个独立的隐私空间。故这里的病患并不分男女，我住的这小间中，四个病患就正好是两男两女。而据我观察，住进这里的病人除我而外，少有60岁以下者，大多是70岁以上的老者或危重病患，因而也无大所谓男女之防了。

医疗设备都很新，也很先进。每床配有一台功能相当全面的心电监测仪。病人入住的头一件事，便是换上病号服，然后由护士将联结着7根细长导线的7个触极片贴在胸部，导线另一端连接到监测仪，屏幕上便即时显现出该病患的心率、血压、血氧饱和度、血氮指标等许多生命参数和重要指标。每台监测仪都汇联到总监护台处，某一个病患的某项指标不正常，该仪器便会及时示警给医护人员。仪器还附有不少具备医治功能的仪器，如随时可使用的呼吸机等。

这些仪器的使用虽说昂贵，但与生命相比，也不算什么。

相怜者

重症监护室里没有轻症病人，凡有意识的病友，在这里自然会有种特别的惺惺相惜感。而我住进来前，亲友们曾对我说，你要有思想准备，别受一些状况干扰，尽量保持自己的心态平稳为宜。后来知道这是医生教他们说的，感到这一预防针打得很有必要，里面的某些状况还真出乎意料。不过总体而言终究都会适应，毕竟自己也病病快快，常常就顾不得别人如何了。

不过，某些"别人"，却是你再冷血也没法不顾的。比如住我左侧对面31床、标牌上写着年龄74岁的蔡老太。

我住在30床，应对完管床医生和护士的种种例行问询，刚放倒身子，就感觉到某种异常而相当粗重的声音。那声音仿佛有谁拿着个大喇叭筒在不停吹气，满耳是令人不快甚至有憋闷感的"呼——哇——呼——哇——"之声。细察才明白，那是31床蔡老太所发出来的。

蔡老太瘦小的身子完全为被褥所包裹，而她那更瘦小的脸庞，则几乎被一个猪嘴样的东西罩没。原来她正套着呼吸机面罩，粗重的喘息声就是她被机器所放大的呼吸声。再也没想到重症监护室病房里会有这种噪音。这倒罢了，十分压迫人的喘息声中，还时不时夹杂进一串尖而迫切、粗又含混、仿佛发自深井底部或空幽山洞的呼唤声。我听了半晌分辨不出是何意思，便问护士，为什么没人理睬蔡老太的呼唤或吁求。护士叹口气道："没办法理她。除非迷糊着了，否则她就顽固地吵着要喝水，要吃东西。可是她一摘面罩就要咳呛，再给她吃东西或者喝水就很可能呛死。"

"那她不太难受啦？"

"根本就是受罪，可又有什么办法呢？"正说着，护士嚷嚷着扑向31床，"不能动！不能动！再不听话又要把你的手约束起来啦……"

原来蔡老太又费力地抬起扎着输液针头、细瘦犹如枯枝的右臂，试图把呼吸面罩摘掉。

"哎哟哎哟，又拉了，全是稀的，还这么黑，不会有血吧？要采个化验样才好——阿姨快来，31床又拉了……"

晚上，蔡老太的种种噪声，尤其是那凄惨无望却又顽强不息的"我要喝水、喝水"的哀求就更突出、更磨人了。多次被她扰醒的我并不怨恨她，反而是那种感同身受的同情和绝望感让我久久无法重新入睡。总以为到了医疗条件这么好的地方，病人的生机或许能多些，痛苦至少该减轻一些，没承想，许多苦原是生命所不可回避的，许多难仍是患者所必得承受的，甚至直到死……

所幸两天后，这份对我而言的特殊折磨就消失了——蔡老太家来了一男一女两个亲属，和医生护士一阵窃语和忙碌后，贴着老太耳朵喊："你再忍忍啊，之后就不用这么难受啦——我们帮你转到更好的医院去。"

"我要喝水！我要……"老太的哀声突然提高了。"好的，好的，出去就让你喝水吃东西……"

我既为老太庆幸，又有些狐疑。这地方都解决不了的难题，还有什么医院能解决？直到羸弱的老太被抱上推车，连带便携式呼吸机一起推出重症监护室后，我的疑惑才得到解答。一位阿姨对我的疑问撇了撇嘴："这还看不出来？老太回家等死去了。"

我的心猛地抽搐了一下，这样啊……

"她在这里也是等死，也是活受罪，还不知道哪天能死成。早走一天对她家里人来说，起码能省两三千……老太是可怜。不过还算好，我估摸她离了机器，明天都挨不过。"

我怔怔地望着突然空寂的31床，觉得那里变得太静了，静得让人心里毛毛的，久久暖不过来。

还有我正对面32床78岁的章爷爷。章爷爷是因为肺部感染住进来的，至我见到他时，已住了30多天。现在他的感染已获控制，血压、心率等基本生命体征也都平稳，却出不了院——据说他进来时还能说话、吃东西、认识人，但很快因复发了脑梗而丧失了基本意识。每天探病时候，我总能看见他那满头银发、颤颤巍巍的老伴出现在他床畔，贴着他耳朵固执而徒劳地反复呼喊着他的名字。末了，她总要对护士重复这样一句感叹："怪了！好好的一个人哎，真成了植物人啦？"

没错，现在的章爷爷只要离开营养液和仪器支持，随时就会丧命。但只要家属一天不放弃，他也就可以长期这么"活"下去。至于能活多久，我私下请教过一位护士。她的回答是："你住的这张床，先前就是一个和章爷爷一模一样的女病人住的。知道她住了多久吗？整整7年半。"

"天哪，那不成了个毫无意义的烧钱机器吗？"

"意义嘛，要看你从哪个角度看了。对于自费但又承担得起的富人家来说，家属用高额费用换取的是心理和道德的安慰。对于章爷爷这样有公费医疗也有身份的人来说，费用基本不必家属操心……"

但无论如何，我是不愿意成为章爷爷这样的情况。

吴阿姨

"阿姨"是重症监护室里对护士助理的称呼。

之所以说到她们，是因为她们的工作性质决定了她们和病人的接触更多也更密切，她们的工作优劣也很大程度上关乎着病人在重症监护室里的感受。而且，她们相对较有个性，说话行事都较随意些，容易给人留下印象。而医生、护士们的行为则要严谨、规范得多，工作时其个性也比较内敛，表现都中规中矩，无论是输液、打针、发药或抽血化验等都操作都很规范而到位。但就整体而言，重症监护室的医生、护士们包括呼吸科的主任、副主任级的医生们，其敬业精神、业务水准和规范程度、对待病人的态度等，都给我留下了相当良好的印象。

阿姨们也都称得上认真负责。我接触到的几个阿姨，服务都相当到位。而且不论多脏多累的活儿，偶有人会嘀咕几句，却没有一个人会因此而推诿、敷衍。

而吴阿姨有些另类。

她是那种让人看一眼就记忆深刻的人，也是几个阿姨中最年轻些的。她的年龄约莫在40到50岁之间，细长的蛋形脸，炯炯有神的眼睛，说话时表情总仿佛特别强调了的，相当突出。她个子很高，看上去也结实有力，难得是还挑染着头发，红红黄黄的，估计下班后换身打扮也够潮的。她的性格明显属于那种开朗、直率型的。喜说话（有时可谓饶舌），常常是手上忙活着，嘴里也不甘寂寞地评这儿论那儿的。偶尔心情松快时，她还会突兀地哼上几句歌词。

头回近距离对话她，是因她在护理我隔壁卧床不起的29床老太洗漱时，说了几句话（老太住的时间不短了，两人显然很熟，吴阿姨常喜欢像对孩子般和她说笑几句）："……笑一个嘛，笑一个！早晨醒来笑一笑，一天都会精神好……还笑不出来呢，我要像了你，天天人上人样儿让人侍候着，睡梦里都要笑醒来！哪像我，一天到晚地伺候别人……"

我信口插了句话："其实我现在真愿意跟你换个角色。没病没灾健健康康的，比什么都强。"

话音未落，两床间的布帘唰地被扯开了，吴阿姨一脸严肃地回过头来："你当真？你要有本事当真，我立马跟你换！一天到晚躺床上，吃好的，喝好的，用得还是最好的药，还不知足，还要怎样？"

我不禁无语。我知道她的意思相当真实，且无恶意。但话从她嘴里说出来，再加她那种特有的语气和腔调，不知怎么就有了点批评的意味，容易敏感的病患们怕不太好消受呢——有时候，就是病人本身不敏感，如植物人章爷爷，但其家人在的时候，吴阿姨那不经意的嘀咕，比如"冤家哎，我的饭都是为你吃的吗（指太为他费劲）""还不能吃饱饭，不然都得吐掉"，恐怕也未必让家属舒服。

还有天深夜，隔壁29床老太忽然按了下呼唤铃，睡眼惺忪的吴阿姨很快来到她床前。这老太平时给我的印象是安静得仿佛不存在似的，既不说话，也很少哼哼，仿佛她没什么需要似的，但就好像有点空间强迫症，只要我需要拉起布帘时，不多会儿她就会微弱却坚定地喊起来："闷啊！"常弄得我心神不安，草草了事。原来她觉得拉了帘子会影响她呼吸足够空气。

不过，这老太也确实需要良好的空气，因为其血氮含量很高，医生护士每天都哄着劝着她用呼吸机。她则恐怕是被前面那个蔡老太戴着"猪嘴"的惨状给吓得吧，总是坚决摇头；勉强用上了，一个半个小时就怎么也得摘下来。

再者就是，这老太头脑蛮正常的，有时却会在吃的事上犯糊涂。明明吃了饭，不一会儿问她，她便会说："好像吃过了。"有时甚至会反问对方："我吃了吗？"她还经常会在半夜喊饿要吃东西。有天晚上碰上的是吴阿姨值夜。吴阿姨跑过来后拉开她抽屉翻了翻道："吃吃吃，只有一包纸，拿什么给你吃？"

随即又道："哦，还有块小蛋糕。我给你倒杯水来。"

水倒来了，病老太也吃上了蛋糕。本来一切都正常，谁知老太又轻轻求了一句："水再热点儿。"而吴阿姨呢，事情照做了，嘴里却未免又多了几句话："还不热？就吃块小蛋糕，几口就完了。"

"最好再热点儿。"

"就你事多……你看你看，又嫌烫了吧？真是的！说你越活越小了吧，你还不认账……"

——言语就是这样，有些话别人说可以，某些人说，或对某些人说，就不太合适了。吴阿姨这类话，就其身份、对象而言，几次下来，一般病患还敢轻易要求服务吗？

类似问题，我也碰上过。ICU里每个病人都自备两个盆，放在病房外，需要时由阿姨端水来给病人洗脸或擦身。这天晨起洗漱，我一看吴阿姨端来的是我洗身子的大蓝盆，于是赔着笑脸道："哎呀，这是我擦洗身子的盆哪。"吴阿姨掉头出去，重新用洗脸的小红盆端来温水，只是嘴里却在强调："昨天我问你用哪个盆洗脸，你说是用蓝盆，今天又说用红盆了。"——其实，这是我第一天在重症监护室洗脸，哪来的昨天呢？这也罢了，怪的是第二天。或许是被今天的事绕了下脑子吧，吴阿姨又用那大蓝盆端来了洗脸水。

我哭笑不得地再请她换红盆。她二话不说又换了红盆，只是那嘴里更坚定有理了："我说你啊，是不是让高烧给烧的，昨天我给你用红盆吧，你偏要我换蓝盆。今天我给你用蓝盆吧，你偏又要用红盆，存心拿我开胃啊？"

我忍不住想争辩说，且不说红盆蓝盆了，就是看看大小，总不会洗脸用个大的盆，洗身子用个小的盆吧。但再看看她那汗涔涔的脸（一早上特别忙），硬把话给咽下去了。但心里总觉得，这ICU可谓周到但又多少让人有点"仰人鼻息"感的护理模式，因为"人"的因素存在，实质未必理想呢。

话也说回来，吴阿姨的某些言语是糙了也俚俗了些，应有改善为宜，但这种性格习惯了也并非完全不可接受，毕竟她并没有影响到服务的实际质量。一些方面，尤其是对章爷爷这样危重病患的护理上，她力气大，活儿熟而到位的优势还是明确的。而且，某种程度上看，重症监护室也非化外之地，有时候还真需要有这么一种人来平衡"生态"呢。比如，隔壁那小间里新来了一位心衰的老头儿，据说也有80岁开外了，脾气却一点不见"衰"，还蛮得让所有医护人员和几个隔间的病人私下里都摇头甚至切齿。据说这老头儿多年前曾是个有点地位的官员，可其表现让人感觉比现任大官还要威风霸蛮。一天里除了睡着了，他基本就是莫名其妙地大声哼哼个不断，动不动还像个蛮汉般大喊："护士！护士！你长耳朵没有啊？我要喝水……我要吃蛋糕……我要拉屎……我又要撒尿了……我出汗了，快给我换衣服……"

总之，一天里满耳净是他的呼吼和层出不穷的吁求，病得都到ICU来了，不知怎么中气还这么足，嗓门粗嘎得让所有人听着都心烦。这也罢了，护士或阿姨动作稍缓，他破口就骂，不堪入耳。有些要求还频繁或过分得分明像一种刁难或耍泼，对此多数护士和阿姨都能恪守规章，竭力满足老头儿的要求，或相互提醒忍耐着点，多哄着他点。可这种情形到了吴阿姨这儿就大变了。老头儿初不知她的厉害，吴阿姨初也持着基本的耐性，可当老头儿又一次骂骂咧咧之际，吴阿姨一下子像团火，倏地滚到老头儿床前："你又骂人了吧？先头我警告过你，记不住是吧？那好，你再骂一句试试看？"

老头儿顿时没了声息，好一会儿后，变成了一串逐渐低沉下去以至于无的"哎哟哎哟"声……

我和正在给我换输液水的小护士相对笑了笑，都觉得解气。

我顺口问了她一句："这老头儿是不是精神有点问题，还是跟你们医院有什么过节啊？"

小护士迟疑了一下，摇摇头说："其实他也……因为久治不愈吧，两个眼睛又瞎了……"

我吃了一惊："是才瞎的吗？"

"进来前不久瞎的吧。"

"哦！"我的心宛如被乌云笼罩，陷入沉沉阴霾……

吃喝拉撒睡

之所以还要谈这个问题，是因为就我切身感受而言，重症监护室的医治条件和水准当然是首要和根本的，但吃喝拉撒等看似平常的基本护理，其优劣却在很大程度上关乎着病人的生存质量，更关乎着他们的心理感受甚至人格尊严等大问题。

这里吃的问题在我看来是差强人意的。病患和在普通病房一样，可根据病情和医生要求订普通或特别饮食。至于其饭菜质量和口味，虽说平平，但你本就不能要求医院有多高的烹调水准，所以，至少我是能接受的。而家属还可将半小时探视时间定在用餐时，不仅可亲自喂食病人，还可带些合乎病人口味而营养丰富的饮食来。

喝的问题和拉撒的问题，或许我有片面之处，总觉得存在着不小缺憾。比如我，虽有自理能力，想喝水亦可以喝家属预先备就的凉开水或矿泉水，不需要反复麻烦护士或阿姨，但晚上想喝热水，或那些不能自理的病人平时想喝水（尤其是经常想喝水）时，由于你没法依靠家属，势必要经常按铃吁求帮助，这就在无形中形成了一种有求于人和麻烦人的心理压迫。尤其夜里，至少我，虽然呼唤按钮就在手边，常常就尽量少按甚至不按了。虽然也有护士或阿姨会主动看看或问问你有何需要，但并非都是如此，夜间几乎完全没有这种关心了。此时我更不免要为那些没有意识或连按钮能力都缺失的人担一份忧：他们渴了怎么办？

拉撒问题上也类似。没有意识的病人，多久需要检查一下其是否有便溺情况并及时清洗、更换尿不湿，全赖于护士和阿姨们的经验与责任心。有意识的病人往往不好意思频繁求助护士们，毕竟她们不是自家人或雇佣的护工。而就我及我问过别的有自理能力者看来，ICU根本不设厕所未必没道理，却欠考虑。无论病人能不能下地，一律要求大家都躺在床上解决大小便问题，实在不是那么好适应的，且多少让人别扭，有损自尊；室内的空气也让人难以恭维。

值得一提的是，我初次向阿姨要尿壶时，她拿来后竟往我枕头边一放，我赶紧拿起来想放地上，阿姨笑道："你放心，我们所有尿壶和便盆都是100度高温消过毒的。不信你摸摸，这壶还是热的。"——后来我知道，那套清洗、消毒便具的设备，也是国外进口的。

我想ICU不设厕所可能是因为能用的人不多，或者担心有些病患下地上厕所可能会有摔跤等意外发生，但既然是全护理，此时为什么就不能有人看护或辅助一下呢？

同样，ICU完全不设卫生间等可供病人洗澡、洗漱的场所。即使能下地者，早晨洗漱、平时清洁也都在床上完成。我住院正值大暑天，所有病患一律靠每班一两个阿姨负责（有时会有一两个实习护士辅助），实际很难照应周全，于是便发生暗示或明示家属帮忙做病人卫生的现象。这实际上又是在推卸部分本属院方的职责。而且，每天仅靠擦抹几下身子、擦洗得到位与否还取决于阿姨的心情或忙闲，这种"清洁卫生"短期可以，长期下去谁受得了？

类似不尽如人意的细节，据我观察还不在少数。例如大夏天的，病人的盖被仍是统一配备的相当厚的内芯，热得我频频出汗。担心捂着容易感冒，要求换条薄些的被子，回答竟是没有。当然，室内是有空调的，本可以将室温调低些，即将风速调高以降温，谁知立刻又感觉头脸上凉风飕飕吃不消——设计时恐怕根本没有考虑到这一点，偌大的空间，居然将空调出风口都装在几乎正对每张病床的上方！

还有，为了病房内的整洁雅观吧，病患的毛巾等杂物须放在外间，可外间居然没设挂晾毛巾之处，以至湿毛巾只能窝着放于病患自己的脸盆内。冬天还好，大热天没多久毛巾已馊臭难闻。用这种毛巾，即使不会对身体本已虚弱的病人造成二次感染，也会让人倍感不适吧……

睡眠方面，病患们除非为病症所制，否则从早到晚一直就是处于时梦时醒的状态。但问题在于，想要踏踏实实地睡上几个小时或一整夜，却不那么容易。一是有前述之病患互相造成的骚扰存在，二是有打针、查体等医治需要形成的干扰存在，以至我出院好几天后，夜里还会有一两个小时醒一醒，形成某种新的生物钟了。

至于"三"嘛，其实这不仅属于"睡"的问题——夜班的护士们通常还是遵守规章的，但有时也会有夜班护士扎堆聊天的现象，音量还不小，似乎忘了这是什么地方。而且三个大间里的管床护士都爱集中于护士台处，或许也漠视了应尽的职责。尤让我心有戚戚的是，我常会在夜间想到一个不应该属于杞忧的问题：整个ICU只有一个值夜的医生，待在外面的医生办公室里。偶然也见他们过来一会儿，多是初出茅庐的年轻医生；后经探听，晚上整个病区包括普通病房，确乎少有主任、副主任级或富有经验的资深医生值班。万一哪个病患在夜间出了状况，就凭三四个护士或个把青涩医生，应对得了吗？应对不了或应对不当的话，又该如何补救，或者说补救得了吗？

当然，瑕不掩瑜，重症监护室的主流即根本价值还是无可否定的。相对医学发展史而言，它在世界上产生至今，才只有30多年历史，几乎还算个新生事物，但其功能、作用与意义却不可小觑，它实际上已成为现代化医院中危重病患的抢救中心、特护中心。监护水平如何、设备是否先进，已成为衡量一个医院是否有实力、医疗水平是否领先的重要标志。

我国的ICU事业起步稍晚，开始于20世纪80年代初期。历史并不比国外时间短，但实际水平较发达国家有没有差异或有多大差异，我缺乏了解。至少从硬件上看，目前国内设有ICU的医院还不普遍，但已受到很多重视，配备有ICU的医院越来越多，而且设备器材大多是进口的，估计比国外落后不了多少。某些方面由于后来居上等原因，可能还要先进些。若有什么问题，我想主要还是出在软件如体制、管理水平和经验、态度上。

但不管怎么说，就我个人的观察和体验看，当下中国ICU的水准和质量还是可以信赖的，其发展前景也是值得期待和乐观的。否则，例如我，这回倘若没能及时转入ICU，恐怕也就没法在此絮叨这类话题了。

由此，我特别想再说几句应该不能算跑题的感触：

过去，我作为一个自诩具有环保意识的文人，常常对地球村日新月异的现代化进程持怀疑、否定的态度，总觉得人性太贪，原本一瓢饮、一箪食足矣，却仍要永无止境地耗损地球资源，导致了人类懒惰、奢靡和浪费等恶习。而在医疗方面，或许出于对国粹中医之文化认同和传统情感，也或许对西医的科学性、先进性缺乏认知，以往也总和许多国人一样，对其持相当程度的怀疑甚至贬斥。现在我觉得，以往的观念多少是有所偏颇的。因为科技进步和现代化根本上还是一个造福于人类的、利大于弊的必然进程，看待它，应用辩证思维与合理的视角，不可片面或极端。这里存在的应是一个发展合理、有序、有度与否的问题，而不是人类社会该不该发展、该不该不断现代化的问题。

试想，假如没有突飞猛进的现代科技对现代医药技术的有力促进，再具体说，假如没有那么些先进、高端、精确的西医诊疗技术和设备，如ＣＴ、彩超、核磁共振等形形色色多达数百种的电子检测，乃至新医技、新药品的产生和发展，人类将多么缺乏安全感，又有多少人（无疑也包括我）将会早早地告别这个总让人心烦却又更让人留恋的蓝色星球啊！

文明之累

昔有老宿（禅师），畜（养）一童子，并不知（教）规矩。有一行脚僧到，乃教童子礼仪。晚间（童子）见老宿外归，遂去问讯。老宿怪讶，遂问童子曰：

"阿谁教你？"

童曰：

"堂中某上座。"

老僧唤其僧来，问：

"上座傍家行脚，是什么心行？这童子养来二三年，幸自可怜生（怪可爱的），谁教上座破坏伊？快束装起去！"

黄昏雨淋淋地，（行脚僧）被逐出。

——《五灯会元》

养一童子，自己不教规矩，实行"愚童政策"；别人好心教化，他非但不谢，反怪其破坏，怒而逐之。老宿的心态大怪，却是典型的禅宗性格。

礼仪、规矩是人类文明的产物，也是一个人乃至一个国家是否文明，是否有文化教养的标志。老宿却对此深恶痛绝，必欲逐之而后快。这在四大皆空、鄙弃一切既有文明之束缚、"饥来吃饭，困来睡觉"且食的不是人间烟火的禅宗那里，是很自然也完全做得到的，因为他们是出世者。

其实，率性自然、无拘无束地生活，应该说也是我们一切在世间的人们共同的本愿。但没有规矩不成方圆，世间若无章法约束，将成一盘散沙，结果是自由反被自由误，这是无须论证的。所以我们在家有家规，出门有国法，时时处处得文明着点，有教养些。无拘无束，永远只能是一种幻想罢了。即使一个人在家独处，潜移默化形成的习惯也会无声无息地管束着我们的手脚，比如你高卧在家，身边没任何人管你，你也不至于一时任性，便将墙头作画布，恣情挥洒吧？

不过，文明也的确是一柄双刃剑，利人也未免累人，有时候甚至显得太沉重了些。一个人终其一生，总得无时无刻地背着它，实在不是那么快活甚而是很无奈的事情。尤其是当它形成许多繁文褥节后，做个文明人实在很够呛。不信你瞧，连那小孩子家家的一旦进了幼儿园，也得"小手放腿上，小脚并并拢，说话先举手，才是好宝宝"！

再随便举个例子吧：你收到张洒金红帖，要去赴一个高档宴会。这原是大好事一桩。然而，且不论你为穿什么衣服、该怎么修饰操的那份心，就说进门时那你揖我拱的礼让就够麻烦的了。入席时还得为一个所谓的主座而争后恐先地折腾上十几个回合；握手时那分量轻也不是重也不成，得恰到好处。好不容易将这番老套戏演完，拿起了筷子，却又得一而再、再而三地起立，为这个的健康、那个的事业三番五次地干杯。闹腾够了总可以大快朵颐了吧？万万使不得，如果你忘了右手使刀、左手使叉的规矩，那可是要贻笑大方的！还有，喝汤不可出声，吃鱼不能翻身；要随时想着给长者布菜；要随时记着给主人或尊者敬酒；主座没动的盘子你可别擅自下筷……

你说，你这是去图快活还是找罪受呢？

幸而我们也都习惯了。

习惯，可真是我们为人处世所必备的第一大能耐和最绝妙的铠甲呀！而那些老宿们，谅必是习惯不了，便只能躲进被文明放逐的深山老林里，去养一个他以为可爱的童子喽。即便如此，还是会有个把莫明其妙的行脚僧，来破坏他好不容易造就的小环境。真是天可怜见。那多事的行脚僧，该逐！

文明之累

107

艰难的任性

"我在马路边，捡到一分钱，把它交到警察叔叔手里边……"

这首耳熟能详的儿歌，恐怕没有人不知道。现实中，相信大多数人碰上类似的情形，也会毫不犹豫地这么做。可是，如果面对的不是一分钱，而是一元钱、十元钱，甚至百元、千元、万元，你也会毫不犹豫吗？如果犹豫，又会如何犹豫呢？而不论如何犹豫，结果却不外乎如下几种：交给"警察叔叔"；悄悄掖起，闭门偷乐；胡吃海喝，挥霍一空。即便你选择的是交公这一高尚的行为，内心里恐怕也不会不经过种种考虑。而主要的动机也不外乎这么几种：体恤失款人的焦虑；认为理当如此；为了心境平和；想要博得美名，也许美名能换来比这笔横财更大的好处……

总而言之，面对从天而降的"一分钱"，你的心理会随此"一分钱"的多寡而波澜起伏。心定如水，视若平常，只觉得该怎么做就怎么做的人，想必也有，但恐怕不在多数。作为一个普通人，这很正常。现实中的人哪怕在他独处的时候，也绝不是真正独立的、自由的。他清楚自己的任何一个行为，都将上对天，下对地，中间还有个自己的良知——长期生活、教育形成的四维八德、伦理纲常、利害得失，都会在你做出任何一个判断、选择时跳将出来，决定和左右你的行为。不同的是，有时候它为我们所清楚地感觉到，有时候它表现得不那么明显，起作用的是一种习惯形成的直觉，即下意识罢了。

然而，不要小看了这小小的一点儿不同，或许它就将决定你是否够得上是一个悟道之人！

我这么说，当然也不会仅仅是心血来潮。不妨也请你和我一起来品品《景德传灯录》记载的一个小故事吧：

> 澧州龙潭崇信禅师，本（来是）渚宫卖饼（人）家子也，未详姓氏，少而英俊。初，（道）悟和尚为灵鉴所请，住持天王寺，人莫之测。（崇信）师家居于巷，常日以十饼馈之（道悟和尚），悟受之，每食毕，常留一饼（还给崇信）曰：
>
> "吾惠汝以荫子孙。"
>
> （崇信）师一日自念曰：
>
> "饼是我持去，何以返遗我耶？其别有旨乎？"遂造而问焉。
>
> 道悟曰："是汝持来，复汝何咎？"
>
> 师闻之颇晓玄旨，因请出家（为道悟之徒）。
>
> 悟曰："汝昔崇佛善，今信吾言，可名崇信。"由是服勤左右。
>
> 一日（崇信）问曰：
>
> "某自到来不蒙指示心要（佛法）。"
>
> 悟曰："自汝到来，吾未尝不指示心要。"
>
> 师曰："何处指示？"

悟曰："汝擎茶来，吾为汝接；汝行食来，吾为汝受；汝和南（行礼）时，吾便低首。何处不指示心要？"

师低头良久。悟曰：

"见（领悟）则直（当）下便见。拟（一）思即差（错）。"

师当下开解，乃复问：

"如何保任（持）？"

悟曰："任性逍遥，随缘放旷。但尽凡心，无别胜（更特殊的见）解。"

瞧，在道悟和尚那里，玄法大义就这么简单。别人给茶，我接受；别人行礼，我回礼。如此便是掌握了心要，算得个悟道之人了。而且，只需尽此平凡之心，"无别胜解"。

但是且慢，分明他还是有着一个明确的前提的，那就是"任性逍遥，随缘放旷"，而且"拟思即差"。也就是说，遇事但凭直觉，一任自性，想怎么做就怎么做，万不可顾这虑那，犹豫不决。否则，是谈不上什么任性逍遥、随缘放旷的。若谈不上这个，还谈什么心要大法呢？

而这"任性逍遥、随缘放旷"八个字，在云山雾罩、人迹罕至的深山古刹里，或许还可一为，若在咱这车水马龙、万头攒动的茫茫人海之中，别说修得这份功夫，只怕是连想一想都是种奢侈呢！不信？那别的不说，就请你朝马路上吐口痰，或者闯一回红灯，看看会发生些什么！

如此看来，这心要大法，说起来倒真是没什么可难的。平常心是道嘛，但要用起来，恐怕至少得先把咱自身的环境给变上一变，才有门哪！

条条大路通罗马

帕斯卡尔说："人是一株会思想的芦苇。"芦苇有多脆弱，折一株便清楚了。可是且慢，这是一株会思想的芦苇，你若折它，它可是会问你凭什么折它的。你若说出一个道理，它可能会举出两个道理来反驳你，直驳得你下不了手；甚至即便折断了它，有一天你万一良心发现了，可能还得跪下来向它告饶——这就是人这株芦苇与一般芦苇乃至万事万物的不同之处。可见思想不是闹着玩的，人唯有借着它，才兀地高贵而尊严起来。

可是思想也同时给人带来了麻烦。因为思想会带来正误之分、尊卑之别，有了比较心和辨识欲，也必然有了无穷无尽的困惑与烦恼。困惑多了，烦恼狠了，人又自然而然地想从中解脱，于是便思想出种种主义，演化成色色追求。参禅学佛以求彻悟的自然也不在少数，所以，翻开禅宗故事，求佛心切、企盼一夕顿悟的弟子们问得最多的便是这类问题："何为佛法大意？""什么是（达摩）祖师西来意？""如何为道？""如何是禅？"

有趣的是，我发现历代高僧大师们对此明确而单纯的问题的回答，几乎没一个相同的，更没有一个确切的意思。

有指着灯笼道"大好灯笼"的，有舞着蝇拂道"好个拂子"的，有答"空中一片石"或"蚊子上铁牛"的，有道"虚空驾铁船"或竟是"古董杂碎"的，有一听此问题劈头便打的，或者干脆两眼一闭："西来本无意！"

识得一点禅的都知道，禅宗与一般教派不同之处便在于它的鲜明不羁的个性。即使教学方法，也多由说公案、逞机锋、参话头来悟得；乃至棒打吆喝、拳脚相加都不稀罕。可再怎么，也总不至于连个佛法大意、何为禅、何为道也顾左右而言他，玄而乎之，让人不得要领吧？细想想，又觉释然。若非如此，那还叫禅吗？那还见个性吗？至于他们所答之不同，恐怕根本就在于悟的途径不同吧。你有你悟，我有我觉，所以在他眼中是"大好灯笼"，在彼眼中便成了"好个拂子"。而佛法无边，大音若希，通途原非一径。所谓条条道路通罗马，悟得者，你便立马进了城；执迷者，我便是明白告诉你，你还道我说得不明不白或太浅太白呢。于是乎，还是一头雾水地在城外徘徊，不得其门而入了。

不过，究竟我这样理解对不对，我也似"空中一片石"，拿它不准。且罢。倒是觉得自己生而为"一株会思想的芦苇"，既是幸事，亦是先天之一大缺憾。因为这世界上"思想的芦苇"何其多，而"芦苇"的思想又何其之多矣！彼此间的沟通因此而大为艰难亦不论它，便是往罗马的道路，有时也觉着未免是太多了些——多少人一不留神便走岔了道，多少人稀里糊涂或自以为明白无误地穷赶了一辈子，终究还是在八百里外的旷野瞎转悠——想来好不让我"拔剑四顾空茫然"，两眼白瞪费踌躇！

沉默是金

相传，广主刘王诏云门文偃等禅师在宫内度夏。禅师们过从密切，日日参禅说法，好不热闹。唯独云门文偃从不与人交流，终日默默无言。宫内有一名直殿使，看出云门文偃的无言并不是他无话可说，相反，恰恰证明是一种不可测度的最上乘禅。于是他写了四句偈语，赞曰：

> 大智修行始是禅，禅门宜默不宜喧。
>
> 万般巧说争如实，输却云门总不言！

的确，云门的沉默无言，对于禅宗来说，是一种难得的境界。除了在外的无言，在家他也常用一个字来回答门人的提问，被传为高不可攀，颂为"一字关"。如，有僧问他："如何是云门剑？"他只答一个字曰："祖。"又问："如何是禅？"答曰："是。"又问："如何是云门一条路？"又答："亲。"又问："如何是正法眼？"又答："普。"再问："三身中那身说法？"又答："要。"

如此回答，真可谓高深莫测也！而世俗生活中也向有沉默是金的说法。相对于"万般巧说"之啰唆或废话连篇之误导，其境不知强却凡几。而且，在禅宗看来，语言是逻辑的工具，是对世界本体的分割或束缚。因而他们主张超越语言文字，用独特的"悟"来进入世界的本体，用非逻辑的观念和"第三只眼"来打破语言桎梏，发现逻辑之外的人生。

遗憾的是，作为一名愚钝不化的旁观者，我对这种哲学虽可理解其高妙之雅，却始终难以欣赏，更不用说实践了。因为在我看来，某种哲学再高明，却未必具有可操作性。将其实用或导向某种极致，总不免失之偏颇。而语言虽难精准把握世界或完整传达内心感受，却实在是人与人之间得以沟通、得以认识和联系世界的一座不可或缺的桥梁，因而它的存在本身就是一座无法撼动的大山。这是不须论证的。否则，两个人见了面，从早到晚"竟无语凝噎"，谁也闹不清对方葫芦里装的是什么药的话，客观倒客观了，但究竟彼此"悟"了些什么劳什子，谁能说得清？相对而言，彼此间可能造成的误会，恐怕无论如何要比开口说话来得大吧？

即便在禅门，一大群僧师终日里打坐、冥想，或一言不发地望来望去，再无二话，那光景不说有点儿瘆人，起码也太凄清混沌了吧？没错，这些人之所以不言不语，是因为一开口就陷于执缚，所以要"于一切法无言无说无示无识"，以消灭一切对立，好入那不二法门。可入得那法门以后，他们或他们的魂儿还不说话吗？如果永远这么不哼不哈，还活个什么劲？甚至，还算得个人吗？再说，如果大家都以云门那套来相待，全不问逻辑不逻辑，问什么都吐上一个字，说什么都哼上三两声，恐怕并非一件难事。可这到底算啥禅理，到底是何哲学？

总觉得什么事再好，终不能弄得过于极端。而语言再有缺憾，矫枉过正则可能更为荒谬。

不禁想起冯梦龙所编《广笑府》中一则关于"不语禅"的笑话。虽然它也如我一样，是在用凡俗的眼光看禅境，因而必然如语言本身的缺憾一样，讽刺得未必得法，却言之不无道理，因而至少能获得我的同感——

一僧号不语禅，本无所识，全仗二侍者代答。适游僧来参问：

"如何是佛？"

时侍者他出，禅者忙迫无措，东顾复西顾。游僧又问：

"如何是法？"

禅不能答，看上又看下。又问：

"如何是僧？"

禅无奈，辄瞑目矣。又问：

"如何是加持？"

禅但伸手而已。游僧出，遇侍者归。游僧乃告侍者曰：

"我问佛，禅师东顾复西顾，盖谓人有东西，佛无南北也；我问法，禅师看上看下，盖谓是法平等，无有高下也；我问僧，彼是瞑目，盖谓白云深处卧，便是一高僧也；再问加持，则伸手，盖谓接引众生也：此大禅可谓明心见性矣！"

侍者进见僧。僧大骂曰：

"尔等何往？不来帮我。那游僧问佛，教我东看你又不见，西看你又不见；他又问法，教我上天无路，入地无门；他又问僧，我没奈何，只假睡；他又问加持，我自愧诸事不知，做甚长老，不如伸手沿门去叫化也罢！"

如此不语禅师者之沉默，于他而言，显然真算得上"金"。但对那游方僧而言，得到的亦是金吗？

有偈便好

清代梁绍壬的《两般秋雨庵随笔》卷六之《和尚破荤》，有如下轶事：

> 人馈得心大师鸡子若干枚。师大吞咽，作
> 谒曰：
> "混沌乾坤一壳包，也无皮骨也无毛。老僧带
> 尔西天去，免在人间受一刀。"
> 是大慈悲，大解脱。
> 张献忠攻渝，见破山和尚，强之食肉。师曰：
> "公不屠城，我便开戒。"献忠允之。师乃食
> 肉，说偈曰：
> "酒肉穿肠过，佛在当中坐。"
> 是大功德，大作用。

寥寥数语，有事有理，更有几分幽默。不禁想起《笑林广记》中一则似乎不很相干的笑话，说的是某员外最忌食肉，凡手下犯事，轻则打手心，重则打屁股，更重的惩罚便是罚他食肉。弄得手下人不患犯错，唯恐犯的不是大错。张

献忠显然不是蠢员外，更没有幽默感。他深知食肉对于和尚是个"饿死事小，失节为大"的要害事，存了心想陷其于两难，却不料碰了个软钉子，那和尚信的是禅宗，因而不但吃肉，还吃得堂而皇之，吃出了"大功德，大作用"。而且也并不因此而有妨他的修行，正所谓"酒肉穿肠过，佛在当中坐"。相较而言，得心大师似乎气短了些，他食蛋破戒的理由似乎牵强了些，显得有些道貌岸然。好在他也有一偈，说得有理有据，也较破山之偈更有诗意，于是给自己赋予了一个"大慈悲，大解脱"的责任感，破戒的意义就幡然出新，成了一次几乎不亚于破山和尚的壮举。

由此可见，破戒不破戒，在禅宗那里并不是一个机械的桎梏。只要名正言顺，有一个说得过去的理由，当然最好是有"偈"，那么，怎么做都依然是大慈悲或大功德。哪怕这在戒律森严而一丝不苟的净土宗看来，是大逆不道的败坏。对此，我要说的是，虽然我已经表示了一定程度的牵强感，且也能理解净土宗的观念（如果都像禅宗那样，戒律还有存在的必要吗），但如果要我作一个选择，我仍然乐于信仰灵活实际而富有人情味的禅宗，而不是看起来更高尚、行起来却冷硬如铁的净土宗。

不过这样一来，禅宗的哲学从某种程度上看，似乎便与普通人的性格无甚差别了。比如生活中，我们伸手摘下一枝花来，谓之爱美；垂钩钓上一条鱼来，谓之乐趣；凡此种种，只要有一个理由（或许也包括许多"偈"），都会被视为理所当然。别的宗教也告诉我们，凡飞禽走兽五谷四蔬，都是上苍赐予我们的食物。

然而事实果真如此吗？

艳丽的花真是为满足人类的赏美而存在的吗？

鲜活的鱼真的要奉献自己的蛋白质才有价值吗？

最简单的答案是：我们不得不如此，因为我们需要生存。

然而我们并不如此回答问题。我们总要找一个美丽而堂皇的理由（或一个"偈"），诸如乐趣，诸如爱美。这也是人与人之外一切生命的根本差别之处吧？

便逐东风又何妨

> 东坡守彭城，（禅僧）参寥往见之。坡遣官妓
> 马盼盼（向参寥）索诗。参寥作绝句：有"禅心已
> 作沾泥絮，不逐东风上下狂"之语。
>
> ——《续㩜骴说》

食色，性也，因而也是人所最难克制之大欲。然而禅僧参寥则不然，他将自己的心好有一比，恰似那沾在泥泞中的柳絮，再也不可能随风轻狂，亦即心如死水，再不可能为任何色相之诱所动。参寥的道行可谓深也。然而巧的是，我的敬意还未消时，又从苏东坡先生的《苏长公外记》中读到了别一段关于这位参寥子禅师的记载：

参寥子言：
"老杜诗'楚江巫峡半天雨，清簟疏帘看弈棋'。此句可画，但恐画不就耳。"
仆（苏东坡）言：
"公系禅中人，亦复能爱此语耶？"
参寥云：

"譬如不事口腹人，见江瑶柱（海味珍品）岂免一朵颐（咀嚼状）哉？"

我们知道，杜甫的"楚江巫峡半云雨"用的是巫山神女典故，出自宋玉《高祖赋》：

"昔者先王尝游高唐，怠而昼寝，梦见一妇人曰：妾，巫山之女也，为高唐之客，闻君游高唐，愿荐枕席。王因幸之，去而辞曰：妾在巫山之阳，高山之阻，旦为朝云，暮为行雨，朝朝暮暮，阳台之下。"

后世因此就以"云雨"为性的象征与代称。而参寥禅僧在此所言，虽然仍自比为不事口腹之人，毕竟还是坦承了他欣赏"云雨"之意，恰如见到鲜美诱人的江瑶柱一样，虽然吃不到或不敢真的去吃，终究也还是忍不住会朵颐几下。

如此言语，竟出自上则轶闻中那个"禅心已作沾泥絮，不逐东风上下狂"的道貌岸然者之口，是不是太矛盾了些？这倒未必，人心本来不是铁板一块，此一时也，彼一时也，今天这么说，明天那么想，正常得很。但假设一下，如果说这两则记载中有一个是假的，那你觉得哪个是真，哪个是假？或者说，如果两则都是真的，你更乐意接受哪一个参寥子的观点？老实说，我是宁愿相信后者是真的，亦即更乐意接受后面那个参寥子的观念。因为前面那个参寥子似乎很可敬，却总觉得虚伪而令人感到难以亲近；后面那参寥子之言虽然表面看来与禅师的身份有点儿距离，但因此而显得真实也可亲得多。原因很简单，无论是禅师还是俗人，根本上都是有血有肉而活生生的人，是人就有欲，是欲就不妨承认，真心实话，没什么可以羞耻的。就是有点儿可羞，也比那满嘴的仁义道德、一肚子男盗女娼堂皇得多。何况，别忘了禅僧们可不是一般的僧侣，他们中一向不乏"活泼泼、净洒洒"的旷达而不羁之士，甚至，还有许多敢于逢场作戏、"以淫止淫"的激进者。因为他们本是超脱了一切之人，岂复为男女之大防所缚？而世间之所谓声色，原不过如慧力悟禅师所言：

　　一切声，是佛声，檐前雨滴响泠泠。一切色，是佛色，觌面相呈讳不得。便恁么，若为明，碧天云外月华清。

——《五灯会元》卷十四

"生无恋死无畏"

　　人生不过百，常作千年忧。而一切忧烦，莫不是因欲而起。饮食、男女、财富、地位，无不可欲，无不可忧。即便一切都满足了，那最大的忧烦——谁也无法长生不死之现实，又来啃咬我们那本来就少得可怜的一点儿欢乐了。说到底，我们的一切痛苦、一切烦恼，皆系这万劫不变之大敌：死亡在作怪呀。怕死，是一切生命的本能；贪生，也就成了一切生物迈不过去的一道深壑。

　　那么，这世上真就没有不怕死的人了吗?

　　当然不是。古今中外，从来不乏视死如归的英雄好汉。然这并不意味着他们先天就没有怕死之本能，或后天有了克服恐惧的什么法宝。可以说，他们作为人，在很多地方和怕死如鼠之庸众是并没有什么两样的。不同的是，他们舍得为了某种真理或信仰，在需要或不得已的时候，断然放弃、牺牲自己宝贵的生命。我们之所以称他们为英雄，便是敬服他们这种难能可贵的牺牲精神。

　　不过，林子大了，什么鸟都有。这世上的的确确也还存在着一些真正意义上的视死如归者，他们坚持某种信仰而真正地视死为乐、为求之已久的美妙归宿。在他们看来，人的身体，不过是各类元素因为一定的机缘而暂时组合在一起，不是属于自己所有，而是属于宇宙。如此，死亡便不过是回归本源之入口而已，再平常不过。因之，他们面对死亡，显得极为洒脱而豁达，且毫不萦怀，言笑自若。

诸如谭嗣同，诸如那些悟道的禅师们。

他们之所以不怕死，靠的也就是那个平常不过的字眼：觉悟。

这类人或事，在他们的世界里比比皆是。以下两则，可见一斑：

本朝（宋太祖）遣师问罪江南，后主纳土矣。而胡则者据守九江不降。大将军曹翰部曲渡江入寺，禅者惊走，（缘德禅）师淡坐如平日。翰至，不起不揖。翰怒呵曰：

"长老不闻杀人不眨眼将军乎？"

师熟视曰：

"汝安知有不惧生死和尚邪！"

翰大奇，增敬而已，曰：

"禅者（其他和尚）何为而散？"

师曰："击鼓自集。"

翰遣禅校击之，禅无至者。翰曰：

"不至何也？"

师曰："公有杀心故尔。"师自起而击之，禅者乃集。翰再拜，问决胜之策。

师曰："非禅者所知之也。"

——《五灯会元》卷八

（北宋）建炎初，徐明叛，道经乌镇，肆杀戮，民多逃亡。（性空妙普禅）师独荷策而往，贼见其伟异，疑必诡伏者。问其来，师曰：

"吾禅者，欲抵密印寺。"

贼怒，欲斩之。师曰：

"大丈夫要头便斫取，奚以怒为！吾死必矣，愿得一饭以为送终。"

贼奉肉食，师如常斋。出生毕，乃曰：

"孰当为我文之以祭？"

贼笑而不答。师索笔大书曰：

"呜呼，唯灵劳我以生，则大块之过。役我以寿，则阴阳之失。乏我以贫，则五行不正。因我以命，则时日不吉。吁哉！至哉！赖有出尘之道，悟我之性，与其妙心，则其妙心，孰与为邻？上同诸佛之真化，下合凡夫之无明，纤尘不动，本自圆成。妙矣哉！妙矣哉！日月未足以为明，乾坤未足以为大。磊磊落落，无恚无碍。六十余年，和光混俗。四十二腊，逍遥自在。逢人则喜，见佛不拜。笑矣乎！笑矣乎！可惜少年郎，风流太光彩。坦然归去付春风，体似虚空终不坏。尚飨！"

举箸饫餐，贼徒大笑。食罢，复曰：

"劫数既遭离乱，我是快活烈汉。如今正好乘时，便请一刀两断。"乃大呼："斩！斩！"

贼方骇异，稽首谢过，令卫而出。乌镇之庐舍免焚，实师之惠也。

——《五灯会元》卷十八

性 情

静夜听风（一）

　　记忆的春风里，时时飘旋着一只滴溜溜打转的皮囊，是那种橄榄形的、以一根根细亮的长丝悠悠地悬挂在杨树或柳树上、终生躲藏在叶子和丝黏织成的坚韧如皮的小巢里、自以为聪明的小虫。我至今不知道它的学名是什么，打从小只管它叫皮虫。

　　皮虫乌溜溜、肥嘟嘟的，个头儿、长相酷似蚕虫，习性也与蚕虫有许多相似处，能吐丝，也以树叶为食。所不同的是它终其一生都蜗牛般严严实实地包藏在那只黑褐色的皮囊里，负着它啃食树叶，吃饱了就将自己用那根韧细的长丝悬吊在树枝上，优哉游哉地睡大觉。殊不知这长丝恰恰是它最薄弱之处。风骤起、雨大作时，那细细的丝缕如何能维系得住它的小命？更不用说人的侵害了。如果它在树上或许还不易碰到，但它悬着，手一揽就能将它捉住。再一挤，一个个无可奈何地露出头来，成了鸡鸭的美食。少时家贫，我家养了不少鸡鸭。课余我总拿个铁桶，四处采皮虫剥了喂鸡。那时并没什么特别的联想。大了，工作了，遇到什么事情了，或又看见它了，那探头探脑的皮虫，尤其是那根细长发亮的命运之丝，倒时不时地会在脑海中闪烁那么几下。有时，便觉得这小虫怪倒霉，也蠢，将自己的命运系于一根游丝上，如何禁得起风雨飘摇？但再想想，却又觉得这不过是它们注定了的生存方式，很自然。而且，它们的命运极富象征意味。大千世界，无数生命，各式各类，包括人类，世世代代，生生不息，但具体看，哪一个个体的命运不因了种种错综复杂、变幻莫测的因素而像皮虫一样，安危悬于一丝？区别的仅是那根细丝有形或无形罢了。风和日丽之际，我们在优哉游哉；疾风骤雨乍来，我们也面临过种种危厄。战乱、病痛、天灾人祸等种种不测，像一只只看不见的手，随时随地可能将我们的命运之丝一揽而断。

年轻时，我在苏南煤矿当过几年电工，是那种常年在高高低低的电杆（包括几十米高的铁塔）上爬上爬下的外线电工。就是在那时，我产生了一种自己特别像皮虫的感觉。危险并不在爬高，而在电。印象最深的一次是对6600伏线路进行检修——我受命更换电站门前一根电杆上的瓷瓶。8点整，我接到已停电、可以上杆的通知，便开始登杆。当我爬到距高压线伸手可及之处时，我发现我的登高板绳扣有些松，就停下来看了一下，就是这鬼使神差地短暂停顿使我幸免于难——别！别动！一个因恐惧而失了真的尖叫拉住了我——原来刚才停的是别一路线，我要操作的这路线8点30分才停！幸亏有人及时发现这一失误，再迟三秒，只要我一伸手，6600伏电源足以将我在刹那间烧成焦炭，从天飞落！

后来我改了行，从此不再与电打交道，但我发现我并没有因此而感觉特别安全起来。相对于浩渺人世中的庞大、繁复、玄奥、矛盾，个体意识和力量实在是太微乎其微了。虽然大多数时候我们总能因有意无意的某种必然（有时亦属偶然）而免于偶然的不幸，但意外的叵测及其后果的严重性，仍不免让我们在事后大大地出上一把冷汗。不久前，我与同事谈笑风生于公路上时，骤然间被一声巨响震呆——我们的小车与一辆高速行驶的卡车劈面相擦，卡车扬长而去，我们的司机座侧后视镜被卡车撞断又打在玻璃上，玻璃粉碎，渣子迸进车中，司机头面、左臂鲜血迸流……而真正的危险并不在此，如果会车时两车再近那么两三厘米，想必我已不可能再在此絮叨了。

过去我曾以为，相对于肩负着种种人生、社会磨砺的成人而言，活动很少的老人或备受呵护的孩子们的安全系数要大些。但当我有了儿子以后，却发现情形正好相反。比起自我保护能力和意识都强得多的成人，他们的不安全因素实际上要多得多。且不说抵抗疾病、应对地震火灾之类意外的能力他们要差得多，就是一般性意外在他们身上发生的概率，似乎也高得多。

儿子一岁多时，我在新村河边钓鱼。小保姆用婴儿车推着他来看热闹，孩子高兴起来，手一伸，脚一蹬，突然就从没停稳当的婴儿车里翻出。小保姆措手不及，只能眼睁睁地看着他从倾斜的岸坡上骨碌碌地滚向河中——幸好，水边的草丛挡住了他。而全神于钓鱼的我，在小保姆冲下土坡抱起孩子后才知道发生了什么……

庆幸之后自然是后怕。至今我仍然能清晰地体味出那份后怕的滋味，并且这种滋味时时于深夜临睡或夜半梦醒时钻入意识。但这还不是最严重的，令我情感震动的是，儿子5岁那年夏天发生在夜间游泳池里的一瞬。

我用个救生圈套住他，与他在浅水中嬉戏够了，便将他带到深水区，嘱咐他坐在池沿别动，自己去游上一个来回。或许是父亲的本能，或许是意识到某种疏忽，当我游到泳池中间时，总觉得有什么不对劲，便回头搜寻他的踪影。但我看见的只有一个空荡荡的救生圈！幸运的是游泳池的水清可见底，我才得以准确、及时地抓住那两条无力挣扎于池底的胳膊。事情就这么防不胜防——我刚下水，无知的孩子便摘下救生圈，俯身向池中嬉水，以至于滑入了三倍于他身高的深水。而他身边几个大人竟谁也没注意到这小狗般光溜溜的孩子的消失。如果不是我中途回看了一眼，如果我发现异常没能急速游返并及时找见、救起他，结果可想而知。

摸着孩子冰凉鼓胀的肚子，看着他那勉强挤出的在橙黄灯光下分外惨淡的笑容，我的头脑一片空白，无心揣测他那幼小的心灵此时正经历着什么样的恐惧、什么样的惊疑与什么样的悲哀，脑海中只有"差一点"三个字，在风中皮虫般反反复复地盘旋、抖颤……

凡此种种，谅非我个人特有之经验。相信任何人，一生中必定经验许多甚至比我多得多也玄得多的这类命运游戏。俗语道："一岁死到一百岁。"实际上，它从另一面说出了人生的这种微妙、无常之情状——任何时候都可能有某种无法左右的因素使我们惜别（或根本来不及惜）这个危机四伏却魅力无穷的世界。仅从安全这个层面上看，一岁和一百岁是没有任何差异的。生命之丝维系了一百年者只能说是幸运些，绝不能说是更安全些——相反，倒说明了他经历过比别人多得多的危机，付出过更优、更多的心智和体能。即便是如我幸免于难的会车危机，看似偶然，实际上主要还是两车呼啸相交的一瞬间里，司机的经验和意志赢得了可贵的两三厘米间距。而若无对儿子安危的强烈关顾与及时救助，儿子岂有从池底生还之可能？

当然，相对于客观矛盾和危机的错综复杂，个人的心力和体力都显得羸弱不堪。这就是为什么许多人会感到难以把握或左右自己的命运和安危，从而将之归结为宿命的原因之一。你碰上不幸是命，逃脱不幸也是命，一切都由一个终日忙得四脚朝天的上帝在九天之上算计、安排，这无疑是人类一个最富想象力同时也可说是最省心智的发明。但我不想这么看，也不想在此讨论这个很难扯清、扯清了也说不服所有人、吃力不讨好的话题。我只想说说我此刻突然生出的一个感慨——

人的命运在某种层面上看，有些类似于皮虫。但是，人毕竟不是皮虫。人与皮虫乃至一切其他动物的最根本区别，在于人是一个具有主观能动性和创造性思维的高级动物。因此，在维护自身及种族之生存、发展的斗争中，大多数的人都可以算得上一个了不起的英雄！

也许你会嗤之以鼻，但我仍然要作如是观。

古往今来，关于英雄的定义何止千种百种，但无论如何，提起"英雄"，人们脑海中油然浮现的总是一个叱咤风云的伟岸形象。这没错。然而，想到人生中有那么多的战争、疾病和种种飞来横祸，想到一个人从出生那天起直到死亡所必不可免地经历过、抗御过的种种艰难险阻，毫不夸张地说，每一个人每一秒钟都面临着生命的考验，每一分钟都在自觉或不自觉地与各种磨难、矛盾甚至死神搏斗（或许此刻就有一个刚才还活蹦乱跳的人不幸命丧轮下）！我敢深情地为之一呼：生命是伟大而无与伦比的，生存本身就是一部值得大书特书的诗篇！除去那些人类的公敌和丧失起码人伦的苟活者，每一个一息尚存的人，毫无疑问都是一个英雄、一个生的勇士——活着，本身便是一首凯歌！

由此想到那些非特异情境中自绝于人世的人，无论人们

将如何评价，我都要对其表示一点轻蔑：生存即斗争，自决
无异于投降！

　　静夜听风。

书：我的生存之"水"

作为一名作者，读书，读好书，更多地读社会科学方面的书，自然是其人生之必然。但就我个人而言，读书更是我当一名作家的因。书与我的关系无疑是胚与胎的关系，是书造就了今天的我。更进一步说，一个人之所以称其为人，读不读书，读什么书，如何读书，无论从哪一方面讲，都决定了人与人之间泾渭分明的质的分野。再就我个人而言，如果将家庭烙印、学校教育、社会影响视为铸就我基本人格的水泥、黄沙、石子，那么，读书就是使这一切成为一份真正意义上的混凝土所不可或缺的水。

不算夸张地说，我60余年生命中读过的书可谓车载斗量。当然，主要是所谓正统的中外文学作品。现在看来，书对成人的作用似可表述为细雨润无声，主要是潜移默化的陶冶；而对成长着的人来说，那种影响是简直可以用刀刻斧镂来形容。而且就前者而言，书起到的仅仅是一哂甚或是反被嗤之以鼻的作用，但对后者而言，书的影响则几乎总是单方面的、不可抗拒且决定性的。

由于父亲是大学教师，又做过未竟的作家梦，家庭影响使我年幼时就已识字并一本正经地读起书来。这就有了第一部对我此生产生启蒙意义的书——小学一年级时，我靠着字典和请教读完了此生所读的第一部长篇小说《苦菜花》。这本书强烈地左右了我的人生观，可以说我的作家梦就是冯德英给我的。当然还有我的父亲。他告诉我，作者冯德英是我们山东人的骄傲，更是我们的骄傲，因为我们与他同为山东省乳山市冯家集人！一个作家不仅能荣耀其自身，还能荣耀其家族、乡亲甚至国家？我幼小心灵就此植下对作家的崇拜与渴望。

从此我成了不折不扣的书迷。整个小学期间我读过的小说无以计数。而所有对我同时代人产生巨大影响的作家，我都与他们神交过——高尔基、奥斯特洛夫斯基、普希金、果戈理、狄更斯、罗贯中、施耐庵、鲁迅、巴金、曹禺、茅盾、吴强……他们对我的影响彼时似乎并未显现多少，倒是极大地影响了父亲。他从到处为我借书转而为搜书、藏书，再到几乎是恐惧地禁读一切课外书，因为他担心我会成为狂人。

事实上我已经成了书狂，嗜书令我废寝忘食、面黄肌瘦。禁书的唯一成果是我像时下最狂热的古董迷们一样，求爹爹告奶奶地四处找书看，把一切可以交换的东西与人换书看，偷偷地躲在别人身后蹭书看——五年级时我被一高年级学生揍了个鼻青脸肿，因为我以看完请他吃20根油条的代价借看他一本《不体面的美国人》，还时却迟迟无力兑现承诺……

前时我在书店偶尔见到了新版的《马丁·伊顿》，那份喜悦绝不亚于邂逅了多年不见却朝思暮想的情人！如果不是杰克·伦敦的这部小说，真不知道今天之我会是何等面目。

在那强调与工农打成一片的年代里，我曾何等痛恨读书给我带来的古怪个性及思维习惯啊，表面上的我努力与工人们打成一片，同欢乐共沉沦，但深层的我却总因找不到共鸣而惶惑不安。别人喜欢的我不喜欢，我津津乐道的别人嗤之以鼻。我郁郁寡欢却不得要领，我寻求解脱却不知如何解脱。一个残阳如血的傍晚我在山野乱转时，面对一眼痴寂的泉眼，憔悴的我久久不忍离去。我吟着哈姆雷特的名言，望着渐次昏朦起来的杂花、乱树，第一次深不可测地感到了人生的迷惘。

《马丁·伊顿》就是在这样一种背景下对我产生了救赎的意义。我是在附近村里一个知青那儿极偶然地看见这本书的。封皮已破，照片全无，书脊断裂成几截，幸而这并不影响我了解那个穷途潦倒而又奇迹般崛起的马丁·伊顿成为一个大红大紫的作家的全过程。也幸亏那时的我并未完全理解马丁·伊顿何以在成功后竟会从客轮上悄悄地自沉于虚无的大海，而导演了《马丁·伊顿》命运的杰克·伦敦本人后来又以惊人的相似方式自绝于人世，尽管这令我唏嘘，但其中的深层意义对当时之我却并未造成什么负面影响，深刻影响我的是马丁·伊顿那充满戏剧性的成功。我为他痛打《大黄蜂》编辑索取拖赖的稿费而发噱，为他失去可爱而高贵的露西之爱而叹息，更为他以一部《蜉蝣》一举成名、力挽厄运之狂澜而扬眉吐气，战栗不已。我一口气将书读了两遍，第二遍没读完时我已在磨笔霍霍、搜索枯肠了——我蓦然发现现在的我就是当年的马丁！那时的他仅是个水手，一文不名而心怀忧郁，现在的我同样是个忧伤迷茫的小小工人，然而我却比他多了一个虽不够温饱却足以确保我不致饿死的铁饭碗。他靠自己的大脑改变了自己的命运，为什么我不能试着写出我的《蜉蝣》？

从此我走上了写作之路。前提是从小所读之书的潜在影响，触媒则是必不可少的《马丁·伊顿》。虽然我至今甚至可能永远不能写出我的《蜉蝣》，但"蜉蝣"却常在我潜意识里漫游，诱惑着我奋笔捕捉，直到今天，乃至永远。

有一种理论相信，后人与前人常常会在文化心理、艺术风格上产生惟妙惟肖的相似，这是一种转世的文化精神之心灵感应现象。我认为这是无稽之谈。相似缘于前人对后人的思想、艺术感染与影响力，更缘于两者间相近的性格、经历乃至天赋。遗憾的是，杰克·伦敦尽管对一个他做梦也不会想到的中国小子产生了决定性的影响力，但却由于这个小子的主客观因素与之相差太甚，而最终没能成为中国的"马丁·伊顿"。这无疑也是因为这个小子太不成器。但无论如何，作为一个作家，杰克·伦敦那漂泊在大海中的亡灵足可以为此喝一杯了。

纵观此生，对我产生过重大影响的书还有不少。《钢铁是怎样炼成的》曾让我挥泪赌誓为共产主义奋斗终生；《红与黑》则在诱我努力爬向社会上层的同时，多多少少让我添了些自信多了些狡诈……然而回顾之余我也发现，若论书对人的影响，这无疑是绝对的，但这种影响却更是因人而异的，而且它根本还是要通过受影响者起到作用。读书是一种过程，某本书给人的影响无论正面、负面，仍将在读书中或消或化，一概而论或夸大书本的影响力未必站得住脚。而且根据我之个人经验，正如开头所说的，书对人的影响力主要作用于其最具可塑性的青少年期，所以在这个时期读什么书对一个人的一生真正是至关紧要，不可不慎之。成年人尤其是我这样的，自从成了个写作者后，虽然读书总量比青少年读书成癖时还多，但从单位时间来看，却因疲于创作、工作，数量少多了。更少的是读书时那种毫无功利的单纯的激动，那份膜拜式的投入。或许是同行相轻心理和有了功利的眼光吧，而今我之读书，尤其是读文学书，与其说是为了共鸣、愉悦，不如说是为了实用，因而沾染了匠气。更多的是对技巧或写作背景的关注，对内容则是审视甚至挑剔多于了接受。这于我是益还是害，现在还拿不准。或许这意味着我的成熟，抑或反映了我的偏傲、故步自封？

无论如何，我将永远喜欢读书，坚持读书。这是由今天各方面都相对稳定的我所决定的。对我而言，读书终究是人生无可替代的一大快事，哪怕仅仅是为了消遣。虽然书中看来是越来越不会有黄金屋了，但它充实人生、涤冶心灵之功却是永远不会消减的。读书本身就是意义。

开卷有益。从宏观上看，这永远是至理。

且说"真性情"

　　鲁迅先生说过，一部《红楼梦》，经学家看见《易》，道学家看见淫，才子看见缠绵，革命家看见排满，流言家看见宫闱秘事。西谚也云："有一千个读者，就有一千个哈姆雷特。"他们所强调的，都是不同阅历、个性和思想认知能力的读者的审美差异，及其对艺术的不同再造；从作品的角度而言，则是《哈姆雷特》和《红楼梦》中艺术形象的丰富性和深刻性。我由此想到的，则是创作《红楼梦》和《哈姆雷特》的人，即真正意义上的作家（散文家）们，也是一个个阅历、思辨、想象力和生命体验各异的人。他们笔下的生活、人和事，岂复还是本来面目？他们文本的风格和类型，他们抒情、叙事的方式，必然也各有千秋，异彩纷呈。他们的创作也将呈现为一个个"哈姆雷特"，欣赏或看待他们的创作，岂能以某些类型化的创作理念来规范或强求？

　　当然，这不等于就不能对文艺作品进行分析评判，相对的标准也对这种评判有着指导意义。不过它的前提是，你评价或欣赏的首先是一部有着真正艺术价值的作品。遗憾的是，当今貌似雄浑博大、意象纷纭的散文世界里，虽然也佳作迭出且不断涌现出个性化、精英化、文艺化的好作品，但给读者的总体印象仍是"雷声大，雨点小"，浩如烟海的各类各式散文家和散文，泥沙俱下。平庸之作有如三月飞絮，迷乱心志；而内涵丰美、富有特色的佳作或艺术形象，却相对不够丰富。我们常见的是千部一腔或千人一面，陈陈相因或人云亦云，云山雾障或不知所云，无病呻吟或故作高深的眩光飞影。所以，至少我，渐渐地心生厌倦或迷惑，日益不爱读"时文"而宁肯读些史上有定评的经典佳作了。但其实，正因为这种厌倦，我亦更期盼多多邂逅那些有内涵、有个性的好散文。也正因为这种厌倦，我们舞文弄墨者才更要踏踏实实、恭恭敬敬地把自己的文章作好。

新近，有个文友发短信问我，说要去参加一个散文讲座，问我对散文写作有什么高见。我回他："有一千个散文家，就有一千个'哈姆雷特'，创作上似无统一的高招可资所有人借鉴。至于我个人，更没有高见，亦无秘诀，唯有八字心得：真诚为文，见性见情。"

是的。我始终这么认为来着。某种程度上说，这也是我欣赏和写作散文的一个基本要求。虽然散文是一种最为自由、宽泛和便利的文体（以至常常被人误解为好写，实质上恰如诗歌一样易写难工），散文家们也是"高家庄的地道——各有各的招"。但不论你在艺术上是什么主义什么派，风格上是婉约还是豪放，类型上是先锋实验还是传统的卫道者，拿出来的东西终得是有着鲜明个性和丰沛情感、真实自如而有些独到体悟的。如果还要再说得具体一些，我想强调的是：好散文不能沦为任何工具或敲门砖，不能为某些"能量"去背书；好散文不能人云亦云，空洞无物，更不能跟风撒娇，装疯卖傻；好散文应是特立独行者的歌吟，先天长着一双慧眼；好散文的脊梁上插着风骨的标签；好散文浑身洋溢着真性情，即表露着真实的自我和心灵、吟咏着作者的个性和特识、饱蕴着歌者的深情与大义。

具体而言，我对自己的期许是：

一、"真"：题材、立场和态度是真实而合乎逻辑的，禁得起推敲和审视的。但我并不强求机械的"真"，也不反对符合本质真实的串写，或把过去的事、别人的事说成今天的事、自己的事等适度的虚构与组织，但不敢恭维某种任意过滤生活与洒脱不羁的虚构化。这样的话，何如直接去写小说或戏剧？而且，我更看重的是写作者要有真实的自我和姿态。虽然这本是散文创作的应有之义，但许多人仍然痛骂当今文坛充斥虚假平庸之作，其因用鲁迅的话说就是："人们失去了能想的头，却还活着。"最近，著名学者董健先生也强调："真实是一切文艺的最高原则。真善美中，真是核心——没有真的善是伪善，没有真的美是虚假之美。追求真实就是追求真理。"我深以为然。一些作品虚饰自己或社会，张扬的不是真实的自我，而是任意拔高的自己或生活，甚至是作假的历史，这在我看来尤不足取。

二、"性"：即无论是取材、叙述还是结构、语言，等等，总得要见出点个性和特色来。散文的取材范围十分广泛，大千世界几乎无不可写，所以郁达夫说："散文清淡易为，并且包括很广，人间天上，草木虫鱼，无不可谈。""散文作为一种文体，一石之鳞，可以为文。一水之波，可以写意。一花之瓣，可以破题。实在自由。"此言不差，但我们也不可因此而忽视鲁迅先生"选材要严，开掘要深"的箴规。现今很多散文创作，从选材开始就失于随意或人云亦云。我当过几十年文学编辑，最多见的就是某种套路或曰模式：我母亲、我老公，我的七大姑和八大姨；我旅游,我乡愁,我那优雅、傲人的好日子;或者是"杯里乾坤大,茶中日月长"——一个从古到今就被各代文人泡得淡出鸟来的茶叶,高手仍有文章可做。但有些人动辄便连篇累牍、大书特书——这类题材和这爱那爱,本可谓文学永恒的主题。只是当我下笔时,如果没有一丁点特别的感受和独到的再发现,如果不是在写命题作文或应景文章的话,我希望我会先问一问自己:"别人老嚼的馍,我真的还能嚼出滋味来吗?它还有几多新意和特色?它还能容下几分我的真情实感和个性?如若不能或勉强,能不能把脑袋抬高些,或把目光放开点,试着让自己有新的发现、新的表现方式或语韵;或则慷慨激昂、性情毕露上一回,或则'长太息以掩涕,哀民生之多艰'一把?"

想再强调的一点是,文章中的这个"性",首先也应该是真实的、本质的。人的性格和万事万物一样,也有阴晴圆缺,亦是高下并存。光明与阴暗、高尚与卑劣,往往是一个人的两个侧面。写作者无疑也应该力戒浮夸、虚饰而不事矫情,坦率地敞开真我,真诚地宣泄自性,这样的作品才可能成为好作品。

三、"情":这也无须赘述。散文之所以又被称为"美文",首先要有真实的情感和灵魂。散文特别强调个人体验,抒写亲身经历,带有强烈的个人色彩,所以应有真挚而浓郁的情感和灵魂深度,才能感人。"无情最是台城柳,依旧烟笼十里堤。"在这里,台城柳虽是无情的,诗人韦庄却是深情的。而这样的情感在我看来,才是好散文不可或缺的血与魂。有情、无情,或是寡情、矫情,亦就成了我区别散文优劣的重要标尺。无奈的是,我们见得多的,仍是"为赋新词强说愁"。

王国维在其《人间词话》中，反复强调的是境界："上焉者，意与境浑；其次，或以境胜；或以意胜。"他相当科学地分析了"景"与"情"的关系和产生的各种现象；而薄情或寡味，意境也无从谈起。王国维还强调，"景"与"情"要交融成一体。他认为这是上等的艺术境界，只有大诗人才能创造出这种"意与境浑"之境界。而我们尽管不都是大诗人或大散文家，起码也该作一个有感而发、情深意切的真文人吧？

顺便说句题外话：随着互联网的不断发育、成长，网文和自媒体也日益繁盛、发达。当下中国散文世界几可分成特征鲜明的两个世界。一是以纸介报刊、出版业为代表的传统主流世界；一是以浩如烟海的网文、博客及方兴未艾的微文和公众号为代表的另一世界。它们虽非主流，甚至不太为"体制内"或"文坛"所待见，却正以见性见情、生龙活虎的姿态风起云涌、睥傲文坛，日益凌厉地横扫读者的视野、抢夺纸媒的受众。虽然其中多有泥沙甚至垃圾，但仅以我的视野而论，由于互联网极大地开启了民智，方便了表达，许多从不见经传的草根智者的佳作良篇也如野火春风，大有燎原之势，它们的生命力正在传统文坛所相对不足的"真性情"中。他们没有沾沾自喜、自以为高明的套路，很少自我禁锢，生就一副桀骜不驯、言所欲言且活泼泼、净洒洒的"坏小子"脾气。而个性和风骨、特色与新意，却很青睐这些人。窃以为，主流媒体也不妨更多投注或吸纳其中的优良成分。

或许还有别的可能

据悉，有天在美国纽约一个地铁站里，一位卖艺人用小提琴演奏了6首巴赫的作品。他面前的地上，放着一顶口朝上的帽子。

没有人知道，这位在地铁里卖艺的小提琴手，是约夏·贝尔，世界上最伟大的音乐家之一。他演奏用的是一把价值350万美元的小提琴。可惜的是，在约夏·贝尔演奏的45分钟里，大约有2000人从这个地铁站经过，但只有6个人停下来听了一小会儿，先后大约有20人给了钱就继续离开。约夏·贝尔总共收到区区32美元。而两天前他在剧院演出，所有门票售罄。要坐在剧院里聆听他演奏同样的那些乐曲，平均得花200美元。

这就是《华盛顿邮报》主办的关于感知、品味和人的优先选择的社会实验的一部分。实验结束后，《华盛顿邮报》提出了几个问题：一、在一个普通的环境下，在一个不适当的时间内，我们能够感知到美吗？二、如果能够感知到的话，我们会停下来欣赏吗？三、我们会在意想不到的情况下认可天才吗？最后，实验者得出的结论是：当世界上最好的音乐家，用世上最美的乐器来演奏世上最优秀的音乐时，如果我们连停留一会儿、倾听一会儿都做不到的话，那么，在匆匆而过的人生中，我们又错过了多少其他东西呢？

这个实验实在是耐人寻味。

《华盛顿邮报》提出的问题及结论，值得我们反思，但我却仍觉有些单薄。生活中确实存在太多让人遗憾的"不识庐山真面目"的现象，也存在太多缺乏审美意识，不识甚至埋没天才的人。即所谓"千里马常有而伯乐不常有""此事古难全"。然而，此事还有没有这样一种可能，这实验无意中也揭示了另一种现象：约夏·贝尔的演奏美则美矣，却并未达到其最美的状态，因而无人识荆？他那把小提琴无疑是顶级好琴，但真的好到要值350万美元吗？真值350万美元，就一定能奏出超美的音乐吗？听他这样的名家演奏，自然应该付出更多代价，但真就必须得花上平均200美元吗？

我无意贬低约夏·贝尔和他那把宝琴的价值，只想提出一些可能是无知的思路而已。毕竟世上也存在着太多价值被种种因素高估，或"盛名之下、其实难副"的现象。比如某些名家的书或画卖到天价，其实得益于炒作或小圈子互捧；大众蜂拥追捧的，往往只是其头上的光环而非实际价值……再者，即便我们了解演奏者是约夏·贝尔，却因种种原因而匆匆而过，是否就意味着是一种错失？生活往往非此即彼，美好的有价值的事物也比比皆是，放过这个，或许获取了那个；少听一会儿好音乐就是一种错失，这结论似乎也有些武断……

如此看来，地铁实验提供给我们的，远比表面看到的要丰富得多。世界本身，也往往比我们感受到的要复杂得多。而凡事多想想，或可能更接近真实。不是吗？

母爱别谈

　　母亲去世后，家人意外发现她留下一大笔存款。零零碎碎十多张，都是年代较久的纸存折，存着她这一生的心血与厚爱。之所以说意外，是因为母亲早在20世纪80年代初就离休了。那年代人的收入还很低，尽管是离休，母亲的工资以今视之仍很菲薄。故母亲留下的存款虽不算太多，但以当时的标准来看，还是算得上一大笔了。

　　面对着这样一份特殊的心意，我们三个子女却快慰不起来，相反，还有一份百感交集的沉重坠在心头。这笔钱在今天虽不无小补，但比起存它的年代，实际价值已大打折扣，存它其实很不上算。这也罢了，实际情形是，母亲生前活得并不宽裕。相反，她这辈子始终抠抠巴巴，舍不得吃，舍不得穿，许多时候给我的印象是仿佛有苛苦自己的习惯，如我们给她买好的新衣服，她都一次没穿叠放在柜子里。少时家境拮据也罢，后来子女都自食其力，生活大大优裕，可说山珍海味也不稀奇了，但只要我回家，桌上的好菜，她总以怕油腻或吃了中药为由，极少动筷，却不停地劝我吃这个吃那个。有回我与正在炒菜的她说话，一粒毛豆米溅出锅来，胖且一条腿严重有疾的母亲仍颤巍巍地蹲下去，探身灶台下摸索一会儿，把那粒毛豆米拾到锅里……有好些年，母亲在屋后辟了块菜地，一下班就在那侍弄不休。有个夏天，她一趟趟提水浇地累得汗水都糊住了眼睛，我看着不忍，唠叨着叫她别干了，说这点破菜地有什么意思。不料她突然大喝一声，叫我闭嘴！此后我意识到该去帮帮她，她又怕我累着，坚决不要我插手……

离休后好些年，从不知颐养天年为何物的母亲，长期去丝厂领回一匹匹胚绸，夜以继日地戴着花镜用剃刀片"划花"，挣几个小钱。她留下的存款中，想必有这份辛劳在。但令我们不明白的是，早年因腿不便而极少出门的她，是如何一趟趟悄悄出门，拄着拐一瘸一瘸地挪到离家很远的银行排队、存钱……而这些钱，如果她及时使用或部分享受，远比留下来要合算得多！

当然，我并不想因此贬低母亲心意的价值。她的动机无非是我们千古颂扬的如山高如水长般的母爱，她由此获得的慰藉或也是她实际消费金钱所不能比拟的。我所唏嘘的是：中国是极其推崇和讲求孝悌的国家，而实际生活中显现出来的却是平辈间的阋墙屡见不鲜，上下辈之间的"孝"则严重颠倒。至少，从古至今，下辈对上辈的爱都远不如上辈对下辈之爱那么本能而由衷、那么真挚而忘我。而细数那些忤逆、不孝之人的动机，多半又是出于他们对自己下辈的"爱"！这种悖论实在是耐人寻味啊！

那么，如果一代代人都能够理性而现实地兼顾自爱与对后辈之爱，现状是否要更理想一些？至少，上辈人不必过于苦苦、克己；下辈人尤其是真诚孝顺者，也反而能多一点心理安慰或少一点负疚。

曲曲弯弯长又长

这曲曲弯弯的，是一条曾经风光、现在却像个落寞老者被时光弃于荒草荆棘中的青石山道。

人们现在称它为"九华古道"。但自明清以来的数百年间，它可是一条必不可少的交通官道，巨蟒般蜿蜒起伏于群山、绿林之间，全长达数百里之多。其路面全都由石板或石块铺就，宽约1—2米，每隔一段距离，还建有凉亭，供来往行人歇脚、避雨。明清时期，当地及泾县周边人到青阳县九华山一带经商拜佛、走亲访友，主要靠的是这条路。据说到20世纪六七十年代，这条古道仍是泾县乡民到县城的要道。后来嘛，随着省道、国道四通八达，古道便逃不脱"人老珠黄"的命运了。但恰恰是它大起大落的兴衰史，触动了我心中的软处；而生活在此也又一次显示出它的丰富博大与不可测的特性。此行我原是到泾县小岭村古檀山庄来休闲的。这地方重峦叠嶂，溪水淙淙，满耳都是水之潺潺与鸟之啾啾。小岭还是国宝宣纸的发祥地。从古到今，村里几乎家家造纸。我随口问了声，这儿处处是山，那么多宣纸，从前是怎么运输的呢？于是便听到了九华古道之说。

进山探路之日，隔夜暴雨，日来雨消风歇，空气湿润清凉。处处来水的山涧便分外欢实，哗啦哗啦地追了我们一路。皖南的山包座座青幽，古道则依坡傍岭，出没于林间。毕竟已乏人问津，路上石块布满苔藓，光滑圆润，它就像条长长的磁带，记录着沧桑岁月和先人的故事、情怀。尤觉惹眼的是，道上道下，山间岭中，触目尽是勉力向上的林木，浓密的枝叶遮蔽头顶的天空。攀至岭上时，眼前又豁然开朗，满目青山，满耳鸟唱。那茂密的青翠啊，是想将这漫长而苍老的古道掩映，不让它再被现世的喧嚣打扰吧？没有金钱的计较，没有饮食男女的欲望，没有名大名小的在乎，有的只是对大自然固有的一切的感恩……说得是好，但未免过于浪漫。普天之下，古今中外，何曾有过一块纯粹的净土？便是这漫漫古道，还有几多坎坷、几多崎岖！我赤手空拳走着尚气喘吁吁，当年的开山筑路者要付出多少苦力与汗血？而那些贩夫走卒或村人香客，又有几个能心纯心净，而非"世人熙熙，皆为利来；世人攘攘，皆为利往"？当然，辛苦营利，并不为过，且主观是为自己，客观便为了他人。此乃人生本质，社会特性，若再遵纪守法，便为上人……

作为宣纸故里，小岭山间最多见的是丛丛青檀。此树是宣纸的主要原料，绿叶纷披，高大细长。小岭一带气候温和，雨量充沛，喀斯特山地也适合青檀生长。故其宣纸制作技艺，已于2006年被列入中国首批非物质文化遗产。最值得叹赏的是青檀树。它一俟成熟便会被伐枝剥皮、打碎制浆，可它却无怨无艾，三年后又是新枝满树，再次供人取用——要我看，这盘旋蜿蜒、努力延展的，岂止是一条曾经的古道，以及满山遍谷忍辱负重的青檀，它更是一部人类文明的发育史；虽苔痕斑斑，起伏跌宕，却不事张扬，曲曲弯弯长又长……

观拆屋记

　　屋是两幢旧式小洋楼，也有三层高，因为夹杂在一群六七层高的新楼中，便显得低矮而破旧。早就预料到会有重新拆建的一天，没想到来得这么快。4月初的一天早上，楼下停了几辆大卡车，路边堆满旧楼里人家搬出的家具物什，四面高楼上的人不无担心地意识到："要拆迁了。这下，有一阵受得了。"的确，拆迁造新房，对旧屋里的人是一件喜事，对它周围的住户无论如何不是一件值是庆幸的事。都知道接下来会发生什么事情，别的一概不论，仅施工带来的噪音就够我们这些近在咫尺的人家喝一壶的了。而且这是没法说的事，当初我们的房子在建时，那两幢旧屋的人受的困扰比我们还多还久呢。

　　岂料，麻烦比预想的来得快得多。三天后的大早，天色还黑乎乎的，我便被一种陌生的轰轰声从梦中叫醒。当我意识到是有人在拆屋时，一阵又一阵尖锐的锤击声更激烈地钻进了耳中。到阳台一看，一幢小楼的屋顶竟已不翼而飞。十来个不知从哪儿冒出来的民工，有的骑在房梁上，有的站在山墙上，抡锤的抡锤，使撬棍的使撬棍，砰砰啪啪之间，碗口粗的大梁一根接一根轰轰然地坠于地上；不一会儿，十几个人又猛拉长绳，嗨哈之声中，一面山墙哗啦一声崩颓下来，腾起一股尘烟。

接下来的半个来月，拆房之声便天天如此，从黎明到夜半地喧闹不已，令人厌烦不堪却又无可奈何。一想到拆房还仅仅是更多骚扰的开端，我的心便凉了半截。于是，不知不觉间，恨屋情结便悄悄地拧在心头。而恨屋的结果便是及人，似乎这一切不快都是那些成天灰头土脸的民工带来的，以至有一天我又被从千金难买的春宵之梦中惊醒后，忍无可忍地端出盆凉水就想向下面泼去。就在此时，我撞见了一个令我惊悚的场面：一根细长的木檩从房顶上飞落在一个瘦弱的中年民工背上，他哎哟一声便扑倒在乱砖堆上。他的同伴呼啦一下围上来惊呼着他的名字，可是他一声不吭。于是，三个人立刻将他抬起来，飞快地向医院奔去。而那些留下来的人仅仅议论了几句，又忙不迭地上房拆屋去了。时间对于他们似乎特别珍贵。

令我惊异的是，不一会儿工夫，刚才送那个伤者的人又将伤者架了回来——伤者在半路上醒了过来。他们将他安置在路边一个土坡上独自歇着，又纷纷忙开了。我不由得特别注意那个伤者。只见他闭着眼，头无力地倚在一面颓墙上坐了大约十分钟后，费力地站了起来，先动动双臂，又扭了几下腰，然后慢慢地抚着自己的背，吃力地挪动到一个水龙头前，仰脸喝了几口自来水，抹了抹嘴，再次加入了传递砖块的队伍中。同伴中有人问了他几句什么，只见他摇了摇头，大家便不再说什么，默默地将两块砖扔在他手上，他一转身，又将砖扔给下一个人。与别人不同的是，他的动作明显迟缓一些。虽然我看不清他的脸，但我相信他脸上的表情一定不会没有痛苦。

　　我呆呆地看着这一切，完全忘了泄恨。从那一刻开始，一直到今天，我再也没有了对那些民工的怨恨。而且，我心中多了一些说不清是什么的东西。我常常居高临下地观望着那些辛苦劳作着的人们。从我所在的六楼向下望，那些黑苍苍又灰蒙蒙的人们如工蚁般在砖木废墟、腾腾烟尘中钻来钻去，常使我产生某些不真实的联想。我突然能够站在他们的角度上想到一些问题。

　　毫无疑问，那些人都不是本地人，不是来自苏北便是来自安徽等贫困乡村。他们所干的工作，如今的城市人恐怕是没有一个愿再干的了。他们从早到晚至少十几个小时忙着的活儿，换了我肯定一个小时也顶不下来。他们没一个不是满头黑灰、满脸尘垢的，一天下来个个像出井的矿工一样脏污而疲惫。他们起早贪黑肯定与收入多少有关，但再多，一个月怕是也超不过五六百块。五六百块在时下是个什么概念？两条家具腿或是一个老板的一顿早茶？当然，这在他们眼里一定是一笔了不得的财富了，不然他们不会为此而离乡背井到这儿来卖自己的体力。虽然他们在客观上吵了我的美梦，可是他们自己就没有做梦的需要吗？而他们之所以不舍得多睡一刻，比如那个伤者之所以伤得那么重还不肯多歇一会儿，或许怕的就是会因此少收入几块工钱。而这几块钱对他们的意义是我们所无法想象的。从伤者的年龄来看，他家里至少会有一个七八十岁的老人或一两个正上中学的孩子，几块钱起码可以让孩子买上一支说不定盼了很久的钢笔……

　　有一天黄昏时，我又在阳台上俯瞰那片废墟，偶然地发现那些民工正在吃晚饭——如果那算得上是一餐晚饭的话（那种饭食是我难以想象更绝对难以下咽的）。一大群人围着一口砖块架起的大铁锅，锅下的柴片犹在燃烧，许多人就迫不及待地从锅里捞食了。我说"捞"是因为那口大锅里煮着的是半稠的稀饭，饭里掺有一些绿色的菜叶。这就是他们的晚餐，除此再无其他。别说肉类，连开水都没有，他们喝的都是自来水！而且，一连几个晚上我特意再观察，天天如此！这就是说，这些抡大锤、扛木头、搬砖石的人们，每天流出的汗水至少有两大碗，但一天下来，补充的竟仍是比汗水稠不了多少的菜糊粥！我不知道他们中午吃得是否好一些，但这样简陋的晚餐，居然还能维持一个强体力消耗者的体力和生命，简直不可思议！而另外一种现实是，报上经常说，郊区的猪因每天食用着过多的富含鸡鸭鱼肉、山珍海鲜的餐馆泔水而得了种种怪病……

还有一个感觉不知他们自己是否能够感觉得到，同样一个人，同样挣这几百块钱，他们和一般城市人的差异几乎有着天壤之距。他们在许多市民眼里不过是毫无社会地位可言的苦力甚至盲流；他们愚钝无知、作奸犯科，对我们的城市不仅没有助益，相反还给我们带来了形形色色的治安问题。总之他们不过是一批我们需要时会想到、不需要时便会嫌厌，无论需不需要都很少会得到一个公正评价的机器。实际上，他们能获得的养护还远远比不上机器。年轻时我曾写过不少讴歌工人农民如何如何伟大的文章，并且也下过乡，接受过"贫下中农"的再教育。如今我要说，我再也不会写那种滑稽文章、过那种荒唐生活了。历史的车轮想必不会倒转，但历史的车轮会将许多至少在理论上曾煊赫一时的农民碾在社会的最底层，却也是我没有预料到的事情。

事实上并没有任何人要将他们压在社会底层，决定他们地位的是贫困和所从事的工作造成的肮脏。由于贫困，他们不可能有文化；由于没有文化，他们只能从事一些有文化、

观拆屋记

153

有地位的人不愿干的脏活儿、苦活儿。从事这些活计，让他们不可能有更多的收入来使自己的文化或生活水平提高，于是只好继续沦于"优越"的人们的白眼下艰难地生活。这真是一个难以改变的怪圈啊。

有一点应该是可以改变的，那就是我们这些"优越"的人的某种观念。诚然，大量民工的涌入，给城市带来许多头疼的社会问题。以至于一提起社会治安，许多人便会咬牙切齿地说："都怪那些该死的民工！"但是别忘了，有问题的仅仅只是这些人中的小部分，绝大部分人依我的观察，是比城市人安分守己得多的。每天十几个小时的劳作早已榨干了他们的精力。失衡的营养使他们几乎没有上哪儿去乐上一乐的气力。在阴暗潮湿的窝棚中睡上宝贵的几个小时，倒是他们大多数人恢复体力的唯一妙策及在城里的唯一享受。即便是那些作奸犯科者，若论他们的罪恶，也主要是源于贫困或心理不平衡（如果我处在他们的境遇，坦率说，我不敢保证我不会生出到哪儿去捞它一笔的邪劲来）。较之城市里司空见惯的种种堂而皇之的罪恶如贪污腐化、巧取豪夺、公款吃喝等等，民工的行为不见得好一些，却也绝不见得更为可恶。可是实际的情况是，我们对违法民工的仇恨似乎也要多于"优雅的罪犯"。看来经济地位不仅关乎一个普通人的社会地位，也切实关乎着他们的人格地位。换言之，人怎么样都可以，切切不可贫困，否则他不仅缺乏起码的社会地位，而且一旦出问题也会比一般人显得更可恶几分！

就犯罪而言，斯宾诺莎曾说过："既不要谴责，也不要嘲笑，而要努力理解。"

我的看法是无论什么样的犯罪，都应该受到谴责和制裁，只是切切不可因某些人犯错而殃及池鱼。这个世界上的人，都应当得到起码的理解与尊重。要想彻底改变对贫困者的歧视，在今天这个金钱至上的时代看来是不太现实的，但稍稍改变一些我们的观念，总还不是一个太理想化的目标吧？何况改变对他人的歧视，实际上正是为了使我们自己有更多一些自尊。贫富总是相对的。以经济地位论人的地位带来的屈辱，我们大多数人都品尝过。而相对于发达国家，我们这些"贫困者"如果得不到起码的尊重，心里是个什么滋味？己所不欲，勿施于人。这样想想，或许我们会少一些妄自尊大，对处境不如自己的人们多一些理解或同情。

尤其是这些民工们，他们主观上当然不见得像过去说的那样是在为全人类做贡献，但客观上对我们的城市生活起的作用却是不可估量的。何况，我们实际上能比他们高明多少呢？上溯一代顶多两三代，我们的先辈有几个不是这样的卑贱者呢？

看医生

看医生这种说法，和看病一样，穷究起来是站不住脚的。你是去求治，可不是去看谁，要看也是医生"看"你的毛病。如"打扫卫生""消除疲劳"这类说法一样，语言学家气死也没用，人们约定俗成，照说不误。没有人真有那个闲心上医院去看医生玩儿，发烧不到40度，多数人是见了医生也要绕道走。

怕医生的实质是怕病，怕死，怕不吉利。我倒不怕什么吉不吉利，却受不了碾人的病痛，稍有点头疼脑热的就要看一次医生，吃点对症的药；出差前也常上医院去要点黄连素、螺旋霉素之类。"嘴里没有味，下面开个会"，开会岂止很有味，往往浓得过了头，拉肚子的事是经常发生的，防着点好。

我不仅不怕医生，见了医生真有一种亲切感。我不信神，恐怕就还兼有一点崇拜式的信赖感。病得哼哼唧唧的时候，尤其在自己疑心是不治之症、一路上腿肚子转筋地挣扎到医院的情况下，一坐到那种戴副宽边眼镜、看你如从云中俯视般高深莫测的专家型医生面前，头疼也罢，肚绞也罢，倏然间便会得着缓解。如果他从鼻子里哼一声"没事，吃点药，歇几天就好"，说不定连药也不必吃，回家就能吃上三大碗泡饭，霍然而愈。有人说什么气功、信息水、带功方子能治病是江湖骗子的鬼把戏，我则认为不能说得那么死。对于虔信者，那玩意儿还真有点特殊的功用，尤其是对心病患者，自有独到之效。早年我在煤矿接受再教育时，有个老想上井工作而不得的矿工，时常发一种突如其来的"绞肠痧"，痛起来什么药也无计可施，却让一个医生用一种"刚刚进口的特效药"给治好了。可悲的是那矿工又一回发病时，无意中发现医生给自己注射的不过是蒸馏水，扬手给了那好心的医生一个大嘴巴。结果倒下去的是他自己，驴打滚般在地上哇哇叫疼，此后再也没人能治他的病。领导同意调他上井看仓库后，顽疾竟又不药而愈。

相似的例子真不少，报上就曾见过这么一个啼笑皆非的事例：法国有位患一种并不会很快致命的慢性白血病的患者，病情缓解已经两年多了，却因一位医生马大哈，让他看见了写在他病历上的"白血病"三个字。这位吃得下睡得好的可怜虫立刻魂飞魄散、寝食不安，不到三个星期便上了西天。

某些西方国家墓地里，流行着一种墓园文化，形形色色的墓志铭体现出英国人的幽默与放达。唯独医生的墓志铭大多透着挖苦："这里睡着的是某某名医，邻居都是他治过的病人。""或许你曾看过他的分类广告，现在找他还不晚——按他留下的处方，服一次就能到达此地。"……

对医生的回避、怨忧源于对疾病的无奈与恐惧，还有对人生无常的本能畏惧。它的对应面就是对医生的敬若神明。当然，这主要是在自己病魔缠身的时候。当时过境迁，和疾病一块扔掉的，可能就包括被喻为"再生父母"的医生。人生病时，医生的确是唯一的稻草和病人真诚感念的观世音。我曾有位年轻的同事，快结婚时得了乙肝，顿觉大厦将倾，天旋地转。我找了位小有名气的医生朋友到他榻前安慰他，满面菜色的他突然一个骨碌翻爬过来，捣头如兔泣曰："求求你早点儿治好我的病，倾家荡产我也会报答你的大恩大德——我未婚妻她肚里都有了呀！"

人之将死，其言也善，他给我印象深刻的另一句话是：（手中簌簌抖着沾有泪痕的医药费单据）还是社会主义好啊，要不然，我连办喜酒的钱还没着落哪……

亏得年轻，几个月后，这位不幸的同事和他刚生下下一代的未婚妻双双出了院，头等大事自然是轰轰烈烈地操办喜事。那时还不兴给医生送红包，却承他有心，托我捎了斤喜糖给我的医生朋友；至于社会主义在他心头是否还好就不得而知了。

医生中的庸医毕竟是少数，悬壶济世、恩泽一方的医生们是人类平均寿命不断延长的根本因素之一。不过庸医的存在也是事实，虽然他们大多数并不直接将人送进墓地里去，碰上一回，也总得让人吃不小惊吓或苦头。

小学时我渴望获得一张游泳证，不料去体检时，一位女医生量了一下大叫："这小鬼，怎么这么高的血压？"我吓一跳，声明可能是一路激动，跑着进来就量的缘故。女医生二话不说又量一次："扯谎！看，不还是高吗？"我说恐怕是太紧张之故，她二话不说，在我体检表上唰唰写上"血高待查"，就此扼杀了我的游泳资格。这倒还是小事，要命的是从此一遇体检，我就怕再被取消某种资格，量血压时心脏必条件反射地狂跳不已，常常反复多次才测得出正常血压。我的人生平添了多少烦恼！

有一年夏天我持续低烧，为查出个病因跑了不下二十次医院，做了不下50次各种检查，医生怀疑我什么的都有，其中至少5种属于绝症。我现在见不得X光、B超之类的仪器，一做这类检查就慌得天旋地转，都是那回落下的心病。最致命的一击来自一位我的医生朋友帮我求到的某位权威人物。他老人家一见我就恶狠狠地盯了我一眼，拿笔尖点着我颊上一颗红点，对我的医生朋友说："这么明显的痴蛛痣，这么些人都看不出？啧啧！"说毕，笔走龙蛇，一气开出七八种检查报告单，让我去验证他"肝硬化"的诊断。我的天，那漫长的个把星期真是我一生中最黑暗的时期之一。幸好检查结果一一否定了权威的结论。妙的是权威面对着这一大沓检查报告，对我说的竟是："看看，年纪轻轻的，胡思乱想什么？"

可是我的低热是事实呀，我只不过是想得着个可以安心的确诊罢了。富有戏剧性的是，天气渐凉后，我的低烧竟不知不觉地退了。这才相信，闹了半天，还是我最先看过的一个医生说得有道理："没事，恐怕是'疰夏'，注意休息饮食，秋凉了自会好的。"唉！都怪我自己，早信了他的话不就能少吃这么些苦头吗？也难怪，身体烧得软弱不堪时，几个人敢轻易相信良医之言呢？当然，如果后来碰到的医生中也有那么一两位持同样诊断的，恐怕我也就早早安心了。始信良医有如猛将，可遇而不可求。遇上了，也还得看你有没有信赖他的勇气和眼力，做个病人也真不易。

错误和挫折教训了我们，使我们变得聪明起来，也勇敢起来。

还是在煤矿时候的事，我得了急性阑尾炎。先是胃疼了一夜，只道是胃病，就忍着没上医院。第二天实在吃不消了，才让同事扶进了矿区边上的乡医院。刚进外科，我的疼痛霎时烟消云散。不是因为心理得着安慰，而是吓的，端坐那儿的不正是满面黑森森络腮胡楂、说话嗡嗡如雷而大名鼎鼎的"胡兽医"吗？

胡兽医原是赤脚医生。有一年队上有个小伙子，被县医院宣判为肺癌（实乃误诊），胡医生不信那个邪，青霉素加大剂量只管打，居然把人"打"好了。从此他名声大噪，并被调入乡医院。刚来时忙得他脚抽筋，病人都点着要他看。他桌上有个空药罐，人给敬烟，他就往罐里一扔。一天下来一大堆，下班前他倒出来过一过，"前门"以上装进烟盒，其余的"孝敬"纸篓。可惜好景不长，不久病人又纷纷躲着他。只因他好用"虎狼药"，一张方子能治三头牛，背后便叫开了"胡兽医"。现在我居然落到了他手里，能不怵吗？

胡兽医胸有成竹，手指在我身上捅捅按按，鼻子里哼出声来："这一刀你是逃不了的——盲肠炎！"说着就命人将我往手术室搀。天！胡兽医这一刀下去……眼前陡现一头嗷嗷狂叫的肥猪，被胡兽医宰得血涌如泉。我急叫："我不开刀！"胡兽医大喝一声："不开刀就去睏铁板（火葬）！"

躺到手术台上，我开始默诵毛主席语录。护士举着把剃刀要为我清理体毛，胡兽医挥了挥手，护士便作了罢；麻醉师问是半麻还是局麻，胡兽医不耐烦地吼了声："割根盲肠，半麻个屁！"于是便局部麻醉。我四肢被缚在手术床上，心里翻江倒海：吾命休矣！到了这份上，我也只好横下心来，眼一闭，听凭胡兽医宰割吧。只觉得肚皮上凉丝丝地一下，揪肝扯肺地一阵后，盘子当啷一声响，胡兽医使镊子钳着一截红肿欲滴的阑尾，直伸到我鼻子前说："看看，看看，晚俩钟头碰上我，阎罗王那里点卯去吧！"

你别说，还真是我的造化，都说胡兽医怎么怎么，我这阑尾手术在他那只花了20分钟，甚至消毒也不正规，却万事大吉，五天后就拆线出了院。先前有位朋友割阑尾，半身麻醉，割了两个半小时，之后伤口还化了脓。

如此看来，甭管他是兽医还是名医，能给人干净利落治好病的，就是天下第一良医。

读书季节

　　说这个话题是因为那个季节又姗姗而来。寒潮一波接一波，门户日益关得严，像我这般没什么交际需求之人，每日晚饭罢，看一会儿电视，打几个哈欠，身上冷丝丝的便有点百无聊赖的感觉，想早早钻进被窝，做那件习以为常却又是此时此刻最乐于（或者竟不妨说是过瘾）做的事——读书。

　　读书确是吃我这行饭人通有的习惯或曰嗜好。然而说来惭愧，也许是长期业余读书之故，我这习惯养得有些个怪，虽不至于像林语堂先生讽刺的那种"读书必装腔作势"，却也常常"或嫌板凳太硬，或嫌灯光太暗"，绝不是"澡堂、洋车上、厕上、图书馆、理发室，皆可读书"；除非是报纸、刊物之类，正儿八经的书籍尤其是大部头的、特喜欢的东西，那些时候能读也不舍得去读，总得要留待在自己家中（旅舍中也不行），并且先把一切杂务料理定当，心无旁骛、安安稳稳地躺倒在床上才读得。这样读书，于我来说，一是收效好；二即是，实际上我还将读书视作了一种生活方式，一个独特的情趣，一份有味的享受，甚至常常还是一剂功效不错的镇静剂——每日再累再倦，不翻几页书就难以入眠，而情绪波动或低落之时，读书又让我转变心境或开郁解闷……

　　如是，又引出个读书也有季节之分的问题。我这人不成器也许就在这里，这又和林语堂那样大师级的读书人有着明显的高下之分。林老先生的看法是"读书四季皆宜"，而我则不然。古人所讽"春天不是读书天，夏日炎炎最好眠，等到秋来冬又至，不如等待到来年"之人，有一半像我。春夏两季我虽照样读了些书，却也真觉得乏情趣也少收益，确乎不是我的读书天。秋天气候倒不错，可我也坐不大住，乐意往外遛遛或与人在家侃侃大山。于是冬天便成了最宜于读书的季节了。

　　冬夜读书，想起来都是一份柔柔的欢悦，一种妙不可言的滋润！

　　须寒夜，越冷越好，外面朔风怒吼，飞雪敲窗尤妙。妙就妙在那可以最大限度地产生与室内的温馨、闲适之反差。且此时，一切人世的喧嚣皆被严寒冻结成冰，而我关紧门扉，拉严窗帘，将一切摒于度外，只留那一盏温柔的灯光与挂钟之喊喳、偶尔没关紧的水龙头之嘀嗒声相伴；再备好烟，泡上茶，往电热毯开得暖暖的被窝里一钻，开始与古人娓娓神聊，和哲人窃窃私语。那份美感，那种愉悦，非如我之癖者不可与语也！古有"红袖添香夜读书"之谓，传为读书人之绝佳雅境，我虽也曾有此奢望，但实在地说，那已不属读书之乐了。至少我，一旦红袖在侧，恐怕是读不进什么书去的。

　　说到读书之乐，我觉得我这人可能是少了点中国学人一贯倡导的苦读精神，因而不免时有惶惑，幸而又是读书帮我去除了这块心病。还是林老先生的话，此言却深得我心，他说："苦学二字是骗人的话。学者每为'苦学'或'困学'二字所误。读书成名的人，只有乐，没有苦。据说古人读书有追月法，刺股法，及丫头监读法，其实都很笨……"如此看来，倘我仅仅将读书当作生活雅趣在玩味是有些不太合适，但若有可能令读书生乐且乐有所得的话，又何乐而不为呢？

静夜听风（二）

　　静夜听雨，仅仅这几个字，就赋予我们多少诗意！最是那温馨的春夜，淅淅沥沥的细雨，抚着恬怡的春梦、绿肥红瘦的江南，是何等美妙意境？

　　静夜听风可就大不同了。如果说前者宛如丝竹悠悠、清泉淙淙，后者则浑似江河破堤、大漠飞沙。尤其是无雨的冬夜，听虎啸龙吟般朔风动地而来，门窗噼啪，雨篷呻吟，耳畔嗖嗖如有利箭飞掠，心头瑟缩似万马狂踏，落英狼藉。那心境，无论如何是找不到一丝美感来的。何况晚来的风总给人以凄凉的暗示，静夜的喧嚣每每不免让人心惊肉跳。所以，我们难听到对夜风的向往或讴歌。尤其是不眠的长夜或病痛的僵卧中，听萧萧风过，黯淡的心境更如夏日雷雨将至，飞沙走石，天昏地暗。

　　当然，也有例外的人。诸如我，每于无眠之夜听风，便别有一番滋味在心头。风似乎会吹开记忆之门，听不同的风声，如同听到久远而淡忘的歌声，会将不同的往事纷纷乱乱地勾陈于眼前，牵起种种沉溺的情愫，有时竟也因之温情绵绵甚或慷慨激昂。因为我与风，曾有过一段特殊的因缘。

　　早年我下放煤矿，矿在太湖之中；按月休假。而休假前夜，总特别关注风情。因为交通全靠班轮，遇6—7级风便要停航。夜来无风，睡眠便稳；有风则忧不能行，常至不寐。而假毕前夜，心情又正相反，夜风越大越是窃喜，为可在家多待一日也。由是对风的感情忽喜忽憎，可谓自私无理，却又大可理解。这也是矿上大多数人的一般心态，算得一种特色。在矿上，我当过多年外线电工，常年在电杆甚至输电铁塔上爬上爬下，对风又别有一番敏感。高空作业，晴朗无风的日子总是顺利也舒畅得多。遇风，尤其是阴寒天，上得杆去冷而僵、不利索不说，危险也相对大些。杆顶的风比地上又格外尖利而硬朗，足可将尚未系上安全带的人吹落几十米外。所以我那时极厌风，而现在每听到某种风声，眼前常会浮现杆上苦苦僵持的情景。不纯然是苦味，也有淡淡的自豪在心头。此前重回故地，见到我当年架起的电杆犹在那儿为人造福，这份感情更为甘洌。即使彼时，在风中的电杆上，也有别人体味不到的独特情趣。那就是活儿干得顺手时，听那新扯起的四根长线，如琴弦般在风中铮铮放歌，嗡嗡有韵，真是如泣如诉，奏出我的欢悦。人越高，如在几十米的铁塔上，那风越劲，"弦"上的音乐听来也越发清长动人，有时竟令我激动不已，操起大铁扳手，铿铿猛击粗长的银线。那气势，直若壮士临风，挥剑长啸大风歌！

毕竟才二十出头，意气方道啊！而今雄风犹在，我这气势却哪儿去了？连梦中也找不见它，却常从铁塔上飞落，惊出一身冷汗。只有静静深夜，听着与当年一样的风声，才会拾到几分当年的心情。悲欤，喜欤？

风吹来多少记忆？风吹走多少故事！而风逍遥自在，无影无踪，来复去，去又来；我呢，该向谁追索飘逝的生命？

有病呻吟

　　世间很多成语，比如"同病相怜"，堪称真理。两个同命运者的困苦疾患是共鸣点，彼此的理解远较一般人深。听说别人与我同患，先就觉着宽慰。这听起来有些卑下，却合心理学逻辑。当然也有必要前提，即几乎完全相同的遭遇。你失恋，我也伤情着。你生病，我也正哼哼，生的还须是同一种病。已病愈的不行，否则，你说血压如何要命，我会大摇其头："颈椎病才真要命哪，坐也不是躺也不是……"

　　我这么说是因为我这会儿正"颈椎"着哪！

　　也没甚预兆，早起拿袜子，突然像被谁当头一拳，身体跟着房子摇起来；和人说话正点着头，脚下晃了。上医院一拍片，说是颈椎有病，压迫颈动脉所致。没特效办法，做做理疗吧。做了几天牵引没见好，还多了些症状：颈背疼，脖子僵，和人说话得整个身子转来转去。心烦意乱中，差点儿成了祥林嫂，逢人便说滋味如何，请问有何高招。这便有了开头那点体会。除了碰上也正"颈椎"着的，两人有滋有味地交流心得，多少得点贴心的宽慰。其他人哪怕老婆、孩子，给你的宽慰都有点隔靴搔痒之感。倒是都透着好心，深表同情，说的则不外乎是既来之则安之，或者小心点之类。

总之远不如自己对这个劳什子有兴趣。潜台词也大抵一样：死不了，受着吧，我也爱莫能助。这原是正常反应，像我也怕上医院看病人，进门兔死狐悲待不住，出门则春风拂面暗庆幸。说的不外乎那一套，也确已尽了情分。倒是作为病人，企图让此刻并无切身病痛者来深切同情或关顾你，感情殊可理解，却似有点强人所难，甚至未免太自私。人生在世，谁无三烦四恼，这病那灾？自顾还常不暇，如何多顾得你？而别人再怎么，说到底成不了救世主，还得自己承受一切。

其实我一向自以为是个个性坚强、能承受世间一切苦难的人，也擅劝慰别人且常作文叫人藐视风雨。现在才知，那是没尝过真滋味。人天性有软弱的一面，再碰上真家伙，对付起来，难矣哉！不禁由衷钦佩身患绝症而顽强乐观的人，简直算得英雄。这么说，生病还真不纯是坏事，它让你切实体会到生活的某些本质。比如没病没灾时我们怨天尤人，不如意事常八九；病痛起来才真正明白，古往今来人人都会说的"没病没灾就是福"，还真是特大真理。哪怕你腰缠万贯，躺床上哼哼时，那金银财宝给你的可只有冰凉的嘲笑。还有一点就是看人挑担不吃力，上了自己肩却成了两座山。但这无可厚非，人总是自重些。人与人之间理解万岁，本没错，但理解你是一份道义，而非义务。求其友声是合理感情，却也并非权利。甘也好，苦也罢，终是你自己的。有甜头，理论上可说与谁谁分享，实际上还不是你个人独吞好处？为什么有苦头就有要人分担的委屈？世上真正关顾自己的只有也理当主要是自己。再有个体会是"好了疮疤忘了疼"有理。这话也当从两方面去品味。一方面，人生起病来会感慨万千，大彻大悟；病一好，功名利禄又比健康看得高，这似乎也是天性。另一方面，也确该如此，老惦挂着这病那苦的，人还活不活？所以，好了疮疤就得忘了痛，该做什么赶紧做什么吧。当然，最好别做那要钱不要命的蠢事。

中年之收获

桌上落下只小虫，伸腿弹脚地向窗外爬。我伸手将欲碾压它时，忽然心有所动，便多看了它一眼。那是只黑乎乎半粒米大、我叫不上名来的小家伙。两根短短的触须小心地试探下我的手指，旋即掉头，似乎感受到了威胁，更快地爬开去。我收回了手指，看着它蹒跚地消失在窗台外。

这已不是第一次了。洗脸时，我放走过在水池下水口挣扎的蛾子；择菜时，我没有掐死叶片上的青虫；野游时，我弹开爬上脚背的蚂蚁；杀鱼时，我将它先打昏以减少它的痛苦。虽不总是如此，但我确实经常放过或善待这些幼小的生命。而这在从前尤其是年少时是难得的事。孩提时，我有一种很残酷地虐杀幼小生物的怪癖。用开水浇正在搬家的蚂蚁，用手掐、用脚踩死各种小虫，用剪子剪冬青树间的黄蜂，用小刀挖出土里的蚯蚓，将它一刀两断甚至几段以取乐。我还爱用手掐小树的嫩头，用细竹梢快刀斩乱麻般将藤本、木本植物的嫩头纷纷抽落。这类可怕的恶习（包括毁坏玩具、欺凌弱小同伴等），实际上是相当多孩子尤其是男孩的共同特点。过去我从不在意，现在想来，这恐怕是人性中某种凶残、嗜杀劣根性的遗传，也可能是男性逞强好斗心理的变态反应或孩子心理宣泄的需要。将嫩芽唰唰抽落时，我确常朦胧地体验到在千军万马中挥刀斩落敌首似的快感。无论如何，现代人不会将孩子的怪癖视为十恶不赦，却也不妨研究一下此种心态的成因及是否有矫正的必要。当然，这是另一个话题。

我所感兴趣的是，从何时起，因了什么，我开始"弃恶从善"了呢？可以肯定的是，我不曾信佛，而且至今对佛门弟子概不杀生甚至以身饲蚊的善行难以理解。对害虫如蚊子苍蝇我仍然嫉之如仇，必欲彻底全歼而后快。因为我们毕竟是人，我们为人处世不得不从人道而非虫道出发，虫不害我我不害虫，虫若害我我必害虫。虽然我明白，害虫益虫之分原不过是从自身角度出发的人为分别，从生物学角度出发，蚊子吸人血并无错处，与人类食肉一样不过是生存的需要而已。我现在不杀无害于我之生或曰不再无端残杀生命（哪怕它微若草芥），似乎并非理性认识和教化的使然，而更多的是本能的自然而然地发自深心的结果，是潜伏在灵魂深处的另一种天性的复苏。而年龄或者是生活岁月的浸润，起了催化剂的作用。

是的，一个中老年人对生存、生命的体悟，是一个孩子或者青年人无法比拟的。某种经验和情感、心理的变化发展和丰富，是如大树年轮的繁密一样不可能超越阶段同时也是不可抗拒的。人到中年，饱经沧桑，对世态炎凉、生活哲理和生存艰难之体会，都足以使人对生命和生活的本质，对和平、安宁及生存着的一切生命产生不同程度的再认知。虽然杀不杀虫子并不是这种情形的必然或主要标志，但如我这样对虫子作为一种生命产生前所未有的敏感与爱屋及乌式的珍惜，就不是一种奇怪或难以理解的情感了。

　　所以，如果说一个中老年人会有什么人生新收获的话，（就一般人来说）更嫉恶更向善，更懂得珍视善待，以宽容甚至百倍爱怜的眼光重新审视自身乃至一切的生命，想必是其中最宝贵的内容之一。也许，它导致的变化是细微的，甚至未必为人自知，也不定会有多大功利价值，却无疑是人类乃至一切生命的一个福音。

正　面

　　车到开封已近午夜，我下车溜达。空荡荡的站台不见几个人影，却有凛凛寒意扑面袭来。我打了个哆嗦，刚返上车厢踏板，一阵急促的脚步伴着个神色惶急的农村老汉，直奔我这节车厢而来。他正要上车时，被站在车门口的女乘务员当胸拦住："拱什么拱？""俺上民权。""这不是你上的。""咋了？"那老汉停下来东张西望，"说这车上民权呀！"女乘务员又重重推了他一把，再不看他一眼。

　　我知道车是过民权的。但从老汉衣着上判断，他不可能买卧铺票，而这是卧铺车厢。我想叫他向后去硬座车厢上车，不知怎么竟没开口。借着站台上凄清的灯光，我看清这是个苍老憔悴、实际年龄估计不超过50岁的贫苦汉子。他衣衫单薄破旧，身子瘦弱干巴，迷茫的脸上灰蒙蒙地净是皱纹和凹陷，难怪乘务员歧视他。见到这样的人就表情紧绷，几乎已是许多服务行业人员的本能。但他这是深更半夜赶火车呀，再贫贱也有权去他想去的地方呀。也许乘务员认为他买不起车票，但没车票他怎能进站？至少，乘务员也该问问情况，或者，告诉他到硬座去上车也不是费神的事。他双手提着两个沉重的布包，伛偻的背上还驮个用块旧被单裹着的娃娃，瘦弱肮脏的小脸上，两只惊疑而泪痕点点的眼睛瞪圆着，怯怯地偷望着乘务员。我的心一揪，差点儿想为他向乘务员求个情，或者，如果他向我央求，我愿意为他补票或给他几个钱。但不知怎么（或怕乘务员不高兴，或者怕多事，或觉得有点施舍的意味），我只是同情地看着他，什么也没说。而女乘务员又一次推开企图挤上车来的老汉，返身上车并迅速关上车门盖板。这下，那汉子更慌张了，喊了声"俺要上民权呀"，仓皇奔向前面的车厢。我看他跑的方向又是卧铺车厢，忍不住探出头想招呼他往后跑，但他已跑远了。瘦弱的孩子像个干瘪面袋在他背上急剧晃荡。我希望下节车厢的乘务员会容他上车，却又真真切切地听见一声尖锐的呵斥："滚开！"

这时，车缓缓启动了。我不安地站在车窗前，但见那汉子沮丧地痴望着在他面前无情滑动的一节节车厢，一动也不动。背上的孩子则更紧地抱住他的脖子，尖声大哭，哭声竟盖过哗哗的车轮声，在死寂的深夜听来那么凄厉、瘆人……

之后我躺在铺上久久辗转。我不明白面对这么贫弱无助的人，乘务员为什么表现得如此麻木不仁；我也不明白自己怎么就没有及时尽一下举手之劳。说真的，我还想起鲁迅的《一件小事》，想起著名油画《父亲》和朱自清的《背影》。我面对的不是我父亲，也不是一个写满骨肉挚情与人生艰辛的背影，我面对的是一个充满期盼、和我们一样尊严的"人"的止面！虽然他并未对我叮一下口，但那烙在我脑海的虬曲而深刻的每一条皱纹，都似乎在对我说："俺也是一个做父亲的人哪。"而实际上，他所代表的那个群体，甚至说得上是我们民族的"父亲"呢！

也许下一趟车很快就会来。后来我这么想着，终于睡迷糊了过去……

佳肴

　　他们的头发灰蒙蒙的，仿佛永远结着蛛网；他们的颈项、眉间黑乎乎的，好像多日没洗过澡；他们的手掌粗大毛糙，有点笨拙地捏着显得有点小的筷子；他们显然是与周围那些怡然谈笑的食客不太谐调的一群，仅从他们的衣饰、体貌上就可一眼看出。这是几个在机关干粗活的农民，所以才会出现在机关食堂。

　　他们显得有些拘束，总是几个一伙坐在门口靠右的长桌上，而在人最多的时候，他们的周围也总会相对地空开一些，使他们更显突出。但是引起我注意的并非这个，而是他们的食物和那副少见的吃相。

　　他们吃饭时的表情简直算得上肃穆，互相间几乎一言不发，目不斜视而埋头专注于硕大的饭盒上，大团大团的米饭接连被送进嘴里，腮帮子欢快而急迫地鼓突，喉结吃力而兴奋地跳动，几乎总要借着一口汤才能将巨大的饭团送下肚去——你可以不费想象就明白他们这一上午付出了多么艰辛的劳动，而这样的好胃口实在是对那些悲叹食欲不佳或恐肥者的尖锐反讽。但使我心颤的是，他们经常就是以这样的白饭和那些所谓的汤对付一餐！这样的营养，如何能抵付他们一上午的消耗？更别说还有一个漫长炎热而劳累的下午在等着他们，还有四面八方飘来的鱼香肉味在诱惑他们。他们是因此而目不斜视、沉默不语吗？那么饭厅里边屏风后几乎天天喧响的碰杯之声，那场面如果是他们可能想象的，再看到每餐每席扔进泔水桶那么些珍肴美味，他们仍会目不斜视，仍会有那狼吞虎咽的好胃口吗？

他们买不起那四五元一份有块大排或鸡腿的份饭吗？我想未必，但这或许会减少几分他们返乡面对亲人时的自豪，或使他们梦中的新房缺上几块砖吧……当然，有时他们也会买一份烧萝卜或煮豆腐之类的素菜犒劳自己。有一次，我恰好站在他们身后，他们正围在窗口前小声而含糊地商量着，似乎拿不准来一份什么菜更实惠、更有营养。直到里面的师傅不耐烦地拿勺子敲菜盆了，他们才不约而同地选择了豆腐。令我讶异的是，那看上去总是黑着脸的胖师傅，竟将手中的勺子深深地插进大菜盆底下，给他们每个人都舀上了沉甸甸而实实着着的一大满勺！

一般给菜，不过浅浅的半勺呀？我的心一动，不由自主也要了份豆腐——果不其然，给我的虽然也好像比平时的多了些，却分明只有他们的一半分量！

说真的，我离开窗口时，向那师傅点了点头，还真心地微微一笑。虽然他漠无表情似未理解我的意思，但我深信自己是理解了他的。给我的菜虽然少些，但我毫无不快，相反还感到舒坦。不仅因为我看见那些民工的脸上绽开了难得一见的笑靥，更因为那胖师傅也让我品尝到了人间最美而最难得的佳肴——善良。

西山女子

　　叫西山的地方很多，这里我说的西山是太湖中的小岛。这方圆数十公里，只有几万人口的地方，大约与陆地分隔的缘故，很有一些特点。1969年，我初下放到此，甫登岸，便有两个印象鲜活地蹿入眼中。一是它的自然景观之美，胜似桃源。满目青山，漫山桃花，山泉淙淙，茶树丛丛，空气也觉清新秀丽、香气沁人。另一个则属于人文景观，这一点完全出乎想象。但见码头西面采石场上，数百米很陡的坡道上，一溜烟飞奔下一辆辆满载石块的胶轮小车，推车者打着绑腿，戴着藤帽，气势如潮般叱咤而来。若不是看见那明显的女性特征，真不敢相信那竟是清一色的女子！先以为这就是当时很风行的铁姑娘突击队之类，住久了才知道，这原是西山女子的家常便饭。这儿的社会分工与一湖之隔的另一个庞大的世界有着天壤之别，男女之社会角色几乎正相反。这点在采石场还分别不大，男的打眼放炮，女的推车担石。在山上、田间乃至其他一切劳务活上，差别就明显了。

　　西山女子个个都是劳碌命，哪一天不是从鸡叫做到狗叫？细到采茶摘果、插秧施肥、养蚕喂猪、做饭带孩子，粗到挑石挖土、搬运果子、开沟犁田、贩卖花果等别处大都属男子的活儿，这儿主要由女子干。别低估山里活计的强度，寻常如运果子，动辄十几里乱石坎坷的山道，一天里来回十多趟，每趟负荷上百斤。轻巧如采茶，时令迫，心如火，每日摸黑就上山，眼如电，手如燕，一斤鲜茶数千嫩芽，全在她们手下过，半晌下来腰都直不起。所以西山少见窈窕淑女，女人和男人一般黑壮一般糙，美也美在健康上；力气却绝不比男人小，手伸出来还比男人多几个茧。

男人都干什么呢？男人在西山真有老爷感，鲜明的差别是较少挑担。春天背个榴花型桑篮，悠悠地在果园修枝剪岔；有水田地方，夏天帮女人插插秧；秋天也登场打打稻；冬天窝屋里玩几把牌，或蹲在太阳下讲点儿古。当然还做些炒茶、开拖拉机、盖房等所谓技术活，相对女人，他们实在算得上优哉游哉。吸烟时（工间休息），他们或打闹玩笑，或斗嘴打赌。女人可不舍得那光阴，她们得拿出鞋底来赶紧扎几针，或背上草筐四处扯猪草，总之绝不会有安安逸逸坐那儿"吸烟"的时刻。

有句著名的豫剧唱道："谁说女儿不如男？"在西山恐怕得说"谁说男儿不如女"。有意味的是，这句话一向被我们当作妇女解放的一大标志，男人能做到的妇女同样能做到，如是便是解放。我总觉得是个误区。男女在生理心理上永远有别，干吗要让女人如男？如何让女人更女人，男人更男人，彼此在政治和社会上享有同等权益，这才是真正的地位平等。简单地以抹杀男女间某种固有差别来标示平等，可能导致荒谬。西山的妇女不仅如男，而且胜男，恰恰是她们地位太不平等的结果。当然，这都是多年前的老印象了。但愿如今的西山女子美丽而窈窕，不再那么苦。

咬紧牙关

有一种生活，是在我们的生活与意识之外的。虽然它时不时地会飘掠过我们的视野，引起短暂的关注，但终究只是衬在我们生活之裙上的一条浅浅的绲边。

这里所谓的"我们"，指的是生活平常却相对安逸，属于城市这座金字塔中层或偏上的人们。而"另一种生活"，也是人数绝不算少的一个层面。他们生活在我们周围，与我们的生活实际上水乳交融着，但我们却几乎感觉不到或者说往往会忽略了他们的存在。从他们角度来看我们，恐怕也一样。彼此间地理距离很近，甚至有人就住在我们楼角的披棚里，心理距离却几乎遥不可及。

引发我这种感觉的，是我家巷口那座厕所边的一户人家。确切地说，他们实际上就住在这座小小的厕所里，并以它为生活的轴心。他们来自乡村，一对30岁左右的夫妇带着两个六七岁的孩子，靠人流很少的厕所的收费或许还有一点管理报酬生活着。令我惊讶的是四个人（有一阵还见到一个老人）居然就在紧挨厕所、原先堆洁厕用具的小间里生活。气味、心理的问题就不论了，那不到3平方米、仅放得下一副铺板、只有一扇小门的空间竟挤得下他们四个人，实在令我咋舌。空间太小，门多半是开着，夏天连晚上也无法关门。因此他们的一多半生活是完全袒露在大众眼前的，虽然大众懒得多看他们一眼。他们在门前煤炉上做饭烧菜，烧的不是一大盆青椒土豆丝之类，就是一大锅面糊涂。两个黑不溜秋的孩子则总是在厕所周围追来转去。他们为什么愿意离乡背井到城市来过这种生活，我没多揣想，使我多看这户人家几眼的主要原因就是这两个孩子。拿他们与周围高楼里孩子的生活相比是不恰当的，但正因为这样，他们的存在便成了一道独特而灵动的风景。他们简直就像两条活泼快活的小狗，醒着时总在跑着、笑着、打闹着；玩的不是木棍、石块，就是空可乐罐之类。比他们大得多的楼里的孩子看见这两个"野孩子"无不远远地绕开去，有的还露出惊惶的神色。有一次我看见他俩在用砖块往木板上砸几枚生锈的铁钉，这在一般家庭是绝对要被禁止的。但他们坐在厕所门口收费的母亲只漠然地瞟了一眼，就把目光转向了别处。玩累时，两个孩子也会在厕所边靠近化粪池的荫凉下睡上一觉。那儿的小树下铺着半条破席，两个孩子光着身子，睡得席子上汗漉漉的。他们怎么不生病呢？从根本谈不上卫生二字的生存条件来看，生病应是必然的。但他们似乎很少生病，至少不会比我们的孩子多生病。因为我每天路过那儿，从不曾有过他俩病恹恹的记忆。即使病了怕也是熬着，不到万不得已，想必他们的父母不会为他们花钱寻医问药。仅此一点，就曾引发我许多感喟。卫生是人类文明的主要标志之一。健康的基本保障对于城市人来说，就是卫生、营养及合理的生活方式。而这些对这户人家来说无一具备，但他们日复一日地生活着，看上去却很健康，甚至很快乐。当然这是对两个不懂事的孩子而言，对他们的父母，无论从生活质量还是相应的主观感受来说，谅必都不会是满意的。但无论如何，他们承受或者说是选择了这样的一种在我们看来不可思议的生活。作为人，他们对劣境的耐受力无疑是远高于我们这种生活得更文明的人们的。当然我绝不因此而认为，我们应该像他们一样生活，或有意磨炼某种生活的耐受力，相反，应该改变甚至消灭他们这样的生活方式和质量，这是不用论证的。但目前，这样一种生活不可避免地存在着。每当我偶然多看他们一眼的时候，总不免会有一种隐隐约约、比我意识到的要深厚得多的感触萦上心头，一时又说不清那是怎样一种感觉。似乎觉得，在物质生活上，他们与我们简直有天壤之别，但在精神生活上，我们未必高明到哪儿去。

　　一个夏夜，我在火车站候客。在我的印象中，无论哪儿的火车站都是个会让人心慌意乱的地方。混乱、嘈杂，三教九流甚至还有江洋大盗都在这儿挤来撞去，令人不由得捂紧口袋，战战兢兢。今夜，热烘烘的站前广场及台阶上都横躺竖卧地睡满了人。夏季的客运并不算紧张，这些人中有候车的，更多的看来是以此作为不花钱的旅馆了。在出口处的铁栏边上，我注意到一个倚坐在那儿的中年人。从铺盖和装束看来，他是一个外出打工的农民。他正在吃东西，食物是装在塑料袋里的几个烂梨，不是捡来的就是廉价买来的，总之个个都是烂的。这些天我刚因饮食不慎而闹过肠炎，所以对他的食物就特别敏感些。但他显然没有任何顾忌，泰然自若地又取出个烂梨，先用巴掌象征性地擦了擦，然后瞄准烂处，用拇指甲那么深深地一抠，挤去烂物，咔嚓一口；再抠抠，又是一口。整个（应该说是半个）梨片刻被吃完，他吐出几颗籽后，又来一个。一袋梨转眼便剩了个空袋和一堆籽（核都被他嚼烂吃掉了）。我不知道这是不是就算是他的晚餐，反正他是一副心满意足的样子，将空塑料袋往衣服口袋里一揣，从耳根上取下半截香烟，神情安详甚至显得很滋润地吸了一大口。当他的视线定定地落在广场深处时，他才显出副若有所思的样子。我想他一定是归心似箭了，他的思绪一定是已经回到了自己村头的土地上。家里的小麦大约正等着他回去收割吧？一个尚未脱贫的农民为谋生可能走遍天涯，但无论走到哪里，终竟是不会忘记土地和庄稼的。土地和庄稼是他们生活的根本和目的，他们一辈子都会尽心竭力地厚待土地和庄稼，而对生活的索取或期望值却是最低最低的（也许在他们看来是很高很满足的了，但在我们看来很低）。也许正因为这样，他们才能耐受自己的那一种生活吧？

《菜根谭》说，嚼得菜根，做得百事。而这一个将烂梨嚼得津津有味的人，他对人生风雨的抵抗力和坚忍性，岂是我辈娇弱惯了的人所能比拟的？生活在这里似乎显现出某种公正性。一个优裕惯了、卫生成习的人，往往变得弱不禁风甚而"文明病"不断，须靠恒定的优裕条件和卫生习惯来保障自己的健康和心灵安宁。生活因此多了许多额外的麻烦，甚至可说是多了一个个无形的"文明的圈圈"。而这些圈圈虽然能保障人的身体健康（其实未必，日本和新加坡都有过因过于文明卫生而导致发病率上升的报道），却不见得能保障人的精神愉悦，圈中人的生存力和意志力未必因此而强悍起来。那些烂梨别说让我吃下去，看着都觉得要吐。而那个汉子敢于吃下那些烂梨，恐怕不仅因为穷或饥饿，也因为他习惯了并且磨炼出了某种特殊的生存力，因而有了耐受得住病菌的体格与精神上的自信。虽然这原是不得已的，并不足以效扬，但却给我们提供了一种耐人寻味的精神价值。

记得少时看过一本名叫《不体面的美国人》的书。书中记载了一些美国传教士在东南亚丛林里传教时，为了取得当地人的信任，也为了锻炼自己适应生活的能力，主动将自己同化于土著人的生活。他们有意吃不洁净的食物，喝生水甚至丛林里的脏水，以至腹泻、高烧、发疟，却坚持不用任何药物，完全凭着信仰和精神的力量，靠体格来挺过疾病的折磨。结果他们不仅锻炼出强健的体魄，也增强了意志力，为当地人所信服。

在我看来，无论是这种有意为之还是上述那种无意为之的磨炼方式，在和平及非特殊时期都不宜提倡，但却都有相当宝贵的启迪意义。他们让我们看到人并不是想象中那么弱不禁风的，每个人都潜藏着巨大的潜力和精神的适应和耐受能力。实际上，一个人在体力上或许是有先天及后天因素造成的差异，但在精神上，应该是没有什么先天差异的。差异都是后天的，看你取何态度，如何看待自己和生活，如何调动和激发自己的信心和潜力。这一点，厕所人家和火车站的汉子都是我们的老师。至少，他们那种生活存在的本身，即已经给了我们足够的暗示和或多或少的心理抚慰。"顿觉眼前春潮涌，世上还有受苦人。"卡耐基也说过类似意思的话："我忧愁，因为我没有衣服，可那个人，他没有脚！"是的，他们尚且顽强地甚至可说是乐观地耐受着恶劣的生活，我们凭什么还要忧这虑那？不如意事常八九，谁都知道，我们这些"文明人"为了种种利禄或人际上的事，为了一点点的差异，是如何的失落、抱怨、烦乱，如何的争斗不休以至苦不堪言的。

当然无论如何，我们总会有我们的不乐意和不乐意的理由，但至少还有许多不如我们的人作为我们相对幸福的参照。而他们呢？他们还能和谁去比较？一部记述一个乡村贫民家庭的电视片中，那位女儿失明、丈夫瘫痪、负债累累且已风烛残年的老大娘这样对记者说："俺跟孩子说，咱是最不中用、最受苦的人，谁都能跟咱比，咱不能跟任何人比。可是，咱能够咬紧自己的牙。咬紧牙，就能撑下去！"

对！不管和谁比，不管能不能比，咬紧牙关，敢嚼菜根，敢吃烂梨，才是所有人生活的根本！

你不可相信他，你不可怀疑他

　　这一天几乎总是突然来临：也许是在你生下一个可爱的小天使的狂喜之后，也许是在一次夫妻口角之后，也许是在你无意中发现他在和一位妙龄女郎有说有笑之后，甚至仅仅是因为他对另一个女人的服饰多看了一眼。总之，这一天或早或迟总会到来，一般不超过婚后的二到三年；你的心突然一悸，于是你有了一种不同于以往的不安。他变心了？随之而来的便是大量直接和间接的证据或暗示。

　　最明显的标志自然是他婚前的信誓旦旦、甜言蜜语消失了。你越是努力回忆、努力重新获取，则越是感到心寒。你当然也明白海枯石烂那套本来就是哄人玩儿的，每天为你编一个美丽的故事、永远把你当公主供奉也是靠不住的，可至少他也该洗洗自己的臭袜子，或者少抽点烟，或者买买菜、拖回地什么的吧，凭什么一天到晚横进竖出、横眉竖眼、横草不沾竖草不拿的？谁允许他当这种自以为是的大男子的？我哪点让他看不上眼了，还是哪个狐狸精昧了他的心？

　　更多的也许是另一种情形。甜言蜜语虽然不多了，卑屈之心倒好像一点没少。他洗、他烧、他买，他几乎包揽了一切家务。他不再称你为心肝儿肉，却仍一个劲地让着你，为你的一颦一笑而一颦一笑，随你的喜怒哀乐而喜怒哀乐，有时候你简直觉得他像个被阉割了的太监。不幸的是他常常就成了名副其实的太监。莫非他已经对我失去了兴趣？他的这种令人不悦的殷勤、这种小心翼翼的恭敬，究竟是真窝囊还是心猿意马的征兆？他在外面干什么了？我得小心了，别给他的假象迷惑住了！

于是你便开始试探，开始旁敲侧击或干脆是疾风骤雨式的正面强攻：开始关注他衬衣上有无唇膏印，腮帮上有没有令人厌恶的香水味……

"这女人真漂亮！""是吗？""你们那个新来的……怎么还不找对象？""我怎么会知道呢？""某某的事听说了吗？闹得满城风雨喽！""活该！""看不上了你早说，咱们早散早了！""咦，你今天是怎么啦？""现在时兴找情人啦，你也可以找一个啦。""什么话嘛？我哪是那种人呢？"

这就是通常的结果。不同的也许是你的那一位回答得更漂亮，甚至又来一番海誓山盟。但实质总是一样。试探也许多多少少可以宽一下自己的心，却不可能于你所悬念的有任何真正的补益。相反，一旦你的那位察觉了你的意图，你反会为自己惹来嘲笑甚至麻烦。事实上，没有一个男人不能察觉自己老婆的这种企图，就像没一个老婆会不担心自己所爱之人心有旁骛。

不幸的是，无论你试不试探，无论他承不承认，你都不可改变一个铁一般的事实：他必定心有旁骛。在这个问题上，你不可相信他。当然，有没有实践是另一码事。

美是客观实在的。爱美之心是不可抗拒的。对异性美之爱慕更是亘古之铁律。你当然是美的，但你再美，只不过是一分子。你是女人，但你不可能是所有的女人。任何一个年轻貌美的女性都是你潜在的敌人，你同时也是别的女人的敌人。何况，还有另一种心理。不妨打个比方吧：你家有了一台大屏幕彩电，从此你就再也不想看见别的彩电了吗？假如你走进商店，面对着五花八门的新品种彩电，而你又有这个财力，你就不希望再来它一台两台的？继续一下这个思想游戏，你可能会不寒而栗了：你家有了一台彩电，你每天享用它，可你是否因此而长久地意识到它对你生活的意义而感念于它？一开始自然会；时间一长，还会吗？相反，它出现杂音，它的节目不理想时，你还会恨它！只是当它突然坏了或停电时，你才会感到它的不可或缺，感到失落的痛苦。

这就有如夫妻关系。女人或许还会长久地意识到"彩电"的意义，男人则几乎全是非要到失去了才会意识到（甚至根本不意识到）那台"彩电"的失落！

毫无疑问，男人的感情更粗疏是主要原因，而另一个重要原因则是他们心不在焉、心有旁骛。这是由他们的本性所决定的，你不可能改变他。

既然如此，你焉能不怀疑他？

不，你不可怀疑他。

我指的是过分的不切实际的猜疑。你可以发问，可以提个醒，这是你的基本权利，但你不可过于管制。这就有个所谓度的问题。你大吵大闹，损坏的是自己的形象；你拒吃拒喝，伤及的是自己的身体；你絮絮叨叨，导致的是他的厌烦；你四处数落，刺伤的是他的自尊……或许这一切会有表面上的效果，比如他安分守己了，比如他目不斜视了，比如他赌咒发誓了。然而这是真的吗？他的心也凝止了吗？他从此不再有非分之想了吗？最为可能的却是他日趋逆反，他从不加或少加欺瞒变成了老谋深算，他从不敢偷尝禁果变成了索性啃它一口，因为他有了一个自我开脱的口实：是她逼得我……反正这日子没法过了！

试试看，你不再猜疑他，不再试图管制他，不再酸言冷语，不再检查他的衬衣，甚至不再问他是否还爱你。你想打扮自己尽管痛痛快快地打扮；你想上街逛逛尽管上街逛去，他爱去最好，不爱去拉倒；你想吃什么就吃什么；你觉得这个家该是怎么样的就怎么样去收拾：一句话，该做什么做什么，这日子该怎么过就怎么过。若说你会因此失去什么的话，首先是那份揪心牵肠的苦恼和那种乱似一团麻的日子！至于那原本在意的，管制得越紧，失去得越快，不如不去管他！而事实上你肯定会得大于失，至少你将得到你久已失落的对自身的关注和爱，得到他的诧异和由此引发的关注和反思、内疚与检点——如果他对你确实有爱的话。

男人的本质决定了他们对妻子的爱会随时日而趋于内蕴而深沉，持久的甜言蜜语只能证明他们的虚伪或软弱；一定程度的心有旁骛反映的只是他的肉欲而不是情感。如果你是他钟爱的"彩电"，他虽然渐渐不再天天时时去拂拭它，但他却依然会小心翼翼地使用它而决不会无端损毁它。电视机毕竟是电视机！

你不可相信他，因为你们已经进入了需要用事实而非言语维持的阶段。

你不可怀疑他，因为你们是夫妻。夫妻的辞典上从第一页到最后一页上写着的都是理解、宽容与信赖！而"士为知己者死"，则是一个放之任何关系都皆准的真理。

顺便说一句，我不是你的同志。很遗憾我是个丈夫。如果你不赞同我的歪论，尽可以将它视为男人之自私与狡黠的又一铁证。让我们一笑了之。

会跑会笑会思量的铁城堡

我们驶出港口，大地和城市远远离去。

——维吉尔

是的。蓝宝石公主号鸣响长笛，驶出吴淞口几个小时之后，光怪陆离的大上海和错落起伏的陆地就失去了踪影，眼前"唯余茫茫"，周遭只见苍白迷茫的水平线。只有不屈不挠的海风在扑打着山一样巍峨的舰桥，只有恋恋不舍的碎浪在无奈地翻滚，企图抱住疾去的轮尾，终究还是化而为一条闪闪发亮的长路。

尝与友人戏语："我这辈子飞机乘过，高铁坐过，汽车开过，手扶拖拉机和驴车、马车也玩过，唯剩航天飞机和豪华邮轮没体验过了。"前者恐怕要到下辈子尝试了。后者呢？上海离南京这么近，到那儿去搭一趟去往长崎、济州五天四夜的航班，只消两三千块（船上另交每天每人12.5美金小费），何乐而不尝尝其到底是个啥滋味？

虽然没有坐过，但对于邮轮，头脑中大致的轮廓还是有的。最清晰的就是"泰坦尼克号"了。这条谱写了20世纪十大悲剧之一的沉船，时载1316名乘客和891名船员。而船上的音乐、歌舞、豪华餐厅乃至浪漫的爱情，早已充斥我的想象。不意登上当今并不算最大的蓝宝石公主号邮轮后，脑海里蹦出的第一个词便是：叹为观止。

仅看抽象的数据，公主号也要比泰坦尼克号高大威猛许多：船全长达300多米，宽40多米；甲板竟高达18层，电梯可达15层（泰坦尼克号则相当于11层楼高）；载客人数达2600多人，管理层加船员等也超过千人！

我不知道泰坦尼克号上有多少房间。公主号共有1337间内外舱房。我住的是18平方米一间的海景外舱，房内有两张铺着雪白床单、分外柔软洁净的卧床，写字桌、床头柜、卫生间、收纳柜、壁橱乃至墙上的大幅油画一应俱全。可以说，除了其实也不算小的空间，公主号上的房舱及服务并不逊色于堂皇的五星酒店。

此外，泰坦尼克号有泳池，公主号上则有上上下下5个泳池。还有5间西式富丽堂皇的免费餐厅，你大可倒背双手、昂然步入，让那些高鼻子或棕肤色的服务生为你端上一道道法兰西大菜或精品前菜、美味甜点来。当然，你得优雅或装得优雅地使用刀叉，更得穿得正式一些。别像我撞见的，那个刚从泳池出来就趿拉着拖鞋来吃大餐，结果被彬彬有礼的领班客气地请出去的家伙。至于自助餐厅，从早到晚，想吃你就去吃吧，反正不要你另掏一分钱。食物也丰富得很，从海鲜到鸡鸭鱼肉、四时水果，从咖啡牛奶到蛋筒冰激凌，让你只恨少生了几个胃。当然，你懒得去14楼吃自助也可当回太爷，享受公主式的24小时客房送餐服务。

实际上，老祖宗向有"民以食为天""食色，性也""饮食男女，人之大欲存焉"之说道；而"食"这个词，从来就被安在另一个"大欲"，即"性"或"男女"之前。可见这饮食，说白了即"吃"这个事，是人生中一种不可或缺的需求与享受，是一个极为诱人的幸福。尤其是当你优哉游哉或是无所事事地终日泡在邮轮这样一个独特而高雅、风光而华美的环境中，"男女"之欲是否高涨我不敢臆断，但口腹之欲分外高亢，则是作为动物之一种的人类再自然不过的共性。所以船方提供精美且无限量的饮食，实在是个聪明而人性化的构思。在船上待了两天之后，我发现微信上流传的一个老年人长年寄寓在邮轮上四海漂流、享受上乘服务和美食直到归天的养老妙法，恐怕是站不住脚的。因为我看到太多老头儿老太盘子里堆得山高，比我还能吃能喝。三天两天也罢，若这般天天无节制地胡吃海喝，至少我，不消两个月就呜呼哀哉了！

不过从实际上看，邮轮实在也是个很适合老年人旅游的地方。你上了船如果不挤着抢着上岸去购物，成天待在这个相当庞大且有电梯随意上下的空间里，吃吃睡睡、看看表演、赏赏海景、逛逛商场甚至赌上一小把，完全可说是优哉游哉，不亦乐乎！事实上，豪华邮轮这个浮于海上的人工怪物，完全就是个集五星酒店与游乐城、购物场、赌场为一身，且会动、会跳、会唱、会呼吸、会狂欢甚至会思考的大城堡！不信，看看那一上公海就开始人头攒动、彻夜呼喝的赌场吧，什么轮盘赌、老虎机、吃角子机，什么21点、加勒比海扑克应有尽有。只要你有足够的美元，足够的运气，足够的自信、智谋与狡诈，那就大可点上一杯ＸＯ，吞云吐雾地押你的注吧！但若你更爱一掷千金于名表名包或珠宝名烟，船上有5家免税商店供你挥霍。不过，虽然看电影、赏表演之类都是免费的，毕竟逛商店、做水疗是要掏银子的。所以，还是先摸下自己钱包的厚薄再说。当然，腰袋里有几张虽然极薄却能充大用的银联卡之类也成。

蓝宝石公主号是一艘美国邮轮。船上的管理和服务人员绝大多数是外国人，环境风格、文化氛围也类似在欧美。登上它，首先还要把你的护照全程押在它那儿。故可以说，这就是出国了。何况航程中还会分别登临日本长崎和韩国济州岛观光、购物。对于那些很少或没有出过国的人，花上三四千块钱，不必受陆上的奔波之苦，又能轻松舒适地体验出国的风采与情趣，在我看来，无论如何是件非常高性价比的美事儿。况且，这种不必掐着钟点紧随导游旗子羊群般忽而往东忽而往西，甚至吃顿饭、睡个觉都要坐一两小时汽车赶到某个偏僻的中餐馆或小旅店的滋味，我实在是厌倦透了。邮轮这种集中而丰富的、自由而自在的，甚至是高贵而舒适的、真正实现了休闲又娱乐的出游方式，向来是我向往的。

而在我这么个欧美各国跑过好多趟之人来看，登上这么一条完全是西式管理的大邮轮，还是亲历到不少特别的感触与见识，很可谓不虚此行。印象最深的是他们对法规的一丝不苟。比如，船在上海上客的时候，尽管生意兴隆的赌场每开一小时估计都有万金以上的收入，但船方却不开放赌场；直到数小时后，船驶入公海，不再受中国法律约束，赌场才开始纳客。再者，对于海上安全的重视，特别鲜明地体现在对待逃生演习的严肃、认真之上——根据海上生命安全公约的要求，每条邮轮都需要实行常规安全实习活动。但演习毕竟是演习，具体怎么实施，实施到什么程度，各条船肯定是不一样的。

按理说，看过《泰坦尼克号》的人，对于航行安全应该是非常重视的了。"人或为鱼鳖"的惨剧，毕竟不是好玩的。但不要忘了，人有个与生俱来的天性，就是好了疮疤忘了疼。而且，人还普遍易受侥幸心理的支配，总觉得概率极低的事情不必太在意。这种观念在根本上是有道理的，如果沉了条泰坦尼克号，从此就没有人出海，世道未免太可悲了。但为了绝对不再沉第二条泰坦尼克，特别多加一份小心也是非常必要的。毕竟邮轮是个小世界，人特别之多。海上逃生又有其组织不易而秩序至上的特点，事前有个演习，是远比你飞机上看空姐姿态优雅地比画几下如何使用氧气面罩来得要紧的。

我们的时代毕竟越发进步了。邮轮的安全性，已远非时称最为豪华而安全的泰坦尼克号可比拟的了。泰坦尼克时代，并无强制配备足够救生艇的法律；公主号则在船舷旁都用钢丝绳吊着大大小小的救生艇。那艇大者每条可乘100多人，小者也可乘十几人。而且，大小救生艇、筏都是全封闭的，并不会让你坐上去遭海浪蹂躏。里面想必还储备着一定的食品与淡水，一旦遇险，船上的所有救生艇加起来，足以让全部乘客得以逃生。而广播里也强调说，真正发生事故时，这么大的邮轮不会在短时间内倾覆，因而有充足的时间让人登上救生艇。

说到这，我不由得又要由衷地感慨几句老话，即我始终认为，能生于方今斯世者，不管你实际生存质量如何，相比我们的列祖列宗，多半也都是三生有幸的了。想想那漫漫人类发展史，多少代人栉风沐雨、含辛茹苦，终其一生也只过着日出而作、日落而息的日子。见识到的则多半是方寸大的风光；体验到的，即便是皇帝老儿、王孙贵戚，虽成天穿金戴银、出官入相，也压根儿不知道什么是现代化，什么是信息时代，什么是飞机高铁、豪华邮轮！其寿也多不过"古来稀"。与当代一介草民相比，其识见、其生存况味、其欲念之满足，除某些方面，无论从深度还是广度，差距都不可以道里计。便是那时号称世上最豪华、最固若金汤之泰坦尼克号，倘是今日所造，风险不至全无，但其遇险后，如有今日之救生设备及救援条件，许多人也断不至于会那么悲惨地葬身大海——所以，有时候，我们真得常想想这个，为自己有幸生存于当下而悄悄地抚几下掌，更为那生存条件必然又要远远优于我们的子子孙孙们喝几句彩！

我喜欢在甲板上溜达。

公主号的船舷甲板有3米多宽、300来米长。你绕船转一圈需一千来步。东张张，西望望，一天万把步的散步习惯，一点儿也不耽误。

高卧在躺椅上发呆，也是个好主意。无论晴天还是阴雨，一望无垠的大海上面，几乎永远是云的世界。看着看着，恍若也化为一朵好奇的云，我飘兮惚兮，左顾而右盼，流连而忘返。

这种环境，总让人想到自由、率性、无拘无束等等诱人的词汇。

但实际上，只要没有忘记当下的处境，那你说大海是鱼虾的自由王国还差不多。极宽极广而又极深的水域，从来就是人类的天敌。每当我倚着栏杆眺望脚下的波澜时，那青蓝乌紫、流光溢彩而让人感到失真的水色，那貌似平静实际上总有暗流涌动、令人眩目而深不可测的洋流，总让我不敢多看，也不敢细思。细思真是极恐的——它只要轻轻一怒，就足以摧枯拉朽、吞噬岛礁；它只要稍借风势，就足以淹没山峦，盖过城镇——据说地球上70%都是水，而这几乎是无限多的水居然又"粘在"一个圆形的巨球体上。故只有在海洋之上，你才会由衷地相信在我们这颗蓝色的星球上，果真有看不见也摸不着却无疑更加壮伟的地心引力的存在。没有它，这些完全可说是最放浪不羁的水，真不知会"自由"地散佚到什么地方去。可地心引力究竟是什么鬼呢？它怎么就能不分种类、连水带人、连山川带飞鸟，把它们都牢牢地"吸引"住呢？

然而，也正是在这浩瀚无际的大海上，你才会更加叹赏人类的伟大。一群相比自然如此微妙的动物，居然能凭借着世世代代的智慧和巧能，发展出日益高明的造船技能，凭借着科学与自信，让自己凌驾于大自然之上，驰骋在越来越广阔的自由王国！我不禁又一次为自己生而为人、生而为当下这个时代的人而由衷庆幸！

不过，由此我也更要向人类的列祖列宗山呼万岁、顶礼膜拜——小子有今天，实乃托你们的福了！托你们的勇敢、坚忍之福，托你们的牺牲、奋斗、探求之福，托你们不屈不挠、永无止境的进取之福！

据《人类简史》的记载，大约在45000年之前，前往印度尼西亚的智人们，就已经发展出人类第一个航海社会。

听好了，是45000年之前！而迄今有记载的人类文明史，还不到万年。而"新的航海技术并不只限于西太平洋。大约在35000年前就有人类抵达岛国日本，而在大约30000年前，就有人类抵达宝岛台湾"！对此，《人类简史》的作者赫拉利叹曰："如果没有先进的船只，高明的航海技术，很难想象有人能够前往马努斯岛殖民。"

确乎。然而我的天哪，仅仅距今百把年前，被誉为世界最先进、最强固的泰坦尼克号，还是不幸遭遇了灭顶之灾。35000年前的"船只"再先进，又会是怎么样的船只？其航海技术再高明，可能有罗盘、导航、超强的引擎和海上搜救中心之类的保障吗？回答自然是否定的。那么久远的人类就敢于纵横大海、搏风击浪，那是何等的勇气和自信？可想而知又要付出多少性命，遭遇多少次失败？相比而言，哥伦布发现新大陆的意义与价值，与之完全不在同一个量级之上啊，虽然我并不想因此否认哥伦布作为人类近代史中极为重要一环的意义与价值。

无论你如何评价人类及其发展史，我都要为我生而为人痛饮一杯！

然则，当视线回到船上，或坐着电梯上上下下闲逛，压根儿会忘了此时竟是航行在波涛万顷的大海之上。极目四望，再也不见任何人迹或船只。承载和庇护我们的，仅仅是脚下这艘我们名之为船的东西！说真的，我不禁又为之浮想联翩。世事真是太玄妙呢！人生真是太奇特呢！当下这事实便是我以前再也没法想象的，即有朝一日我竟会孤悬于汪洋之中！而如果你再往深处想想，其实我们从来就没有也不可能离开"母船"。我们每天每月、每时每刻都在那比大海更苍茫神秘的"必然王国"中航行，只不过这艘大船相对于蓝宝石公主号不知要大上凡几；它所航行的也远非浩瀚大洋，而是更加深广、更加玄奥而不可思议的茫茫星海！"坐地日行八万里，巡天遥看一千河。"只不过处身于银河系乃至宇宙之长河之中，这艘名为地球的母船又显得是如此地微渺而风雨飘摇了。

对了，生发出这番感想的我，当时正在14层船尾的露天泳池旁，舒舒服服地翘着双脚，搭着浴巾，倒在躺椅上，看那高悬在舷梯上方的巨幅屏幕上播着的电影。而我的视野里可不仅仅是屏幕上红男绿女的嬉笑怒骂，稍一分神，便可见屏幕后密不可测的漫天星斗正眨巴着眼睛，仿佛在和我一起欣赏影片。而儿时在故乡操场上踮着脚、伸长脖子看露天电影的时候，我何尝能想到今儿这一幕！

右手边，灯光闪闪的舰桥上方，正倚着一轮圆圆的月亮，想来它也是被影片的情节所吸引来的？

说到电影，此前我也没有想到会在公主号上看到两部此前都没有看过的好电影。而且这两部电影可谓一动一静、一内一外，都很有说道之处。有一部还是刚刚大热的《荒野猎人》——"小李子"莱昂纳多终于凭借它尝到了奥斯卡影帝的滋味。

但坦率说，我对这部影片却不太喜欢。导演和演员的整体表演乃至声光色、特技和绝妙的自然风光等确实是大有圈点之处的，然而一部电影的核心情节吸引不了我，我是无法叫好的。无论"小李子"是否终于捧得小金人，也无论他在这个片子中表演得多么卖力——事实上正是这似乎过于用劲的表演——我反而走不进他的心灵。还有那相当老套的复仇主题和生命意志的渲染，都让人无法拍案。更何况那种过于逼真的配声和过于血腥暴力而刻意的箭贯人头等镜头，只会让我这号审美老古董摇头。我很想赞美几句的倒是公主号上那能容纳千人的影剧场。嫣红的、非常高档而舒适的皮沙发，环状的、梯阶形分布的座位，还有那分外出色的音响等，都让我颔首不已。

然而在船尾泳池旁看的这场露天电影，倒让我几次潸然，心里酸酸地偷抹了好几回泪水。虽然这故事也没有多少新奇之处——

一个美丽善良的护工，偶然成为全身瘫痪的财富继承者生命中最后的爱。而他在车祸前曾是那么英姿勃发、前途无量且富可敌国。人与人的相处，实在也是一种缘分。露露走进威尔的内心，是因为这个女孩简单坦诚，没有那些上流社会女孩的矫揉和自私。为了打消威尔求死的念头，露露千方百计感化他：和他一起看喜欢的电影，和他听悦耳的音乐，陪他四处溜达，和他一起参加前女友的婚礼，计划到风景旖旎的地方度假。但当观众都以为露露的愿望将要实现，两人亦将因情生爱而缔结良缘的时候，影片残忍地撕破了所有的美，让已对人生彻底绝望的威尔毅然决绝地实施了安乐死，更让露露和观众的热切期待堕入深渊！

无疑是因为此时我置身于空旷的海上吧，眼前竟然那样逼真地看见历史深处真实的一幕：美国作家杰克·伦敦笔下，那个功成名就、万众仰慕的名作家马丁·伊顿，竟会悄悄翻过舱中正在歌舞升平的客轮舷栏，无声无息地滑入黑暗无际的海中；而杰克·伦敦本人，竟也在盛名之后选择了服毒——浩叹之余，我忽然有点理解影片中的威尔，为什么在如此魅人的爱情正趋炽烈的时候，仍然会决绝走向死亡了。这无疑是一个绝望又充满希望的爱情故事。我们感叹于它的极富温情、直迫生命真谛而不动声色，更感到人与人之间那种不掺杂太多世俗的纯净和通透，以及对人性本善的张扬与感伤。至少在观影的那一刻，我相信了"有些放手未必不是爱"。

而在海风轻拂、明月当空的甲板上沉溺于这样一部影片，我还有一种别样的感慨：世界原来可以如此美妙又同时如此悲催，而人生于世，确乎不只是一件诗情画意或轻松容易的事情；我们承受它的最大指望，源于爱、源于亲情、源于对生命和未来的渴望。可是当如露露这般真挚热烈的爱与情都无法挽回对生的信仰，我们还能指望什么？

"拥有过希望过坚持过，本身也是生命的意义及存在方式！哪怕它只是一瞬间。"

　　我只好喃喃地念叨着威尔特雷纳的这句话，把视线又投向大海。

　　此时的海上分外空茫溟濛。幸而有漫天星辰和皎皎明月，把它们熠熠的辉光，一丝不吝地投向这无限的存在。

哀庞贝

孩提时，我常有些不解之惑久萦于心。比如父亲说有种仪器，通电后任你隔山隔水隔无数墙壁，别人家或世界各地的情形你都能看到。长大后，我才知道父亲说的这种仪器叫电视机。

再如科普书上说，有个古城叫庞贝，突然消失了一千多年。19世纪偶然发掘出来，原来当初是维苏威火山一声巨吼，生生将其埋于厚厚的灼灰中。仍让我无法想象的是，说这两千多年前的古城，当时已极繁华。亭台楼阁、商店人家、浴池歌榭，甚至用青铜管引水的设施也一应俱全，还有可容万人的角斗场和大剧院。被活埋时，许多人正在街头，瞬间被灾难定格为当时的模样。有卖货者正在称量，有骑马者还挺在马上，有母亲还护着怀中婴儿——这怎么可能啊？就是真有这事，恐怕也被大大夸张了。

还真不是夸张——当我终于置身庞贝遗址时，触目断壁残垣间，被车轮磨出深深凹槽的石板马路依然四通八达。宽阔高大的圆形角斗场和歌剧院几乎立马可办演出。成排成排粗壮的罗马柱像手臂不甘心地伸向苍天，仿佛犹在责问，为何要降此大难？尤让我哀恸的是，真有双手抱头的妇孺，被火山灰石化为死前的模样。一个女孩的肚腩鼓凸，而导游说那不是怀孕，而是高温使腹中气鼓之故——这一悲惨瞬间，就发生在公元79年8月的一个正午！

令人叹美的是，当年庞贝的艺术造诣也达到惊人的程度。许多重见天日的壁画风格各异，画面烦琐而富丽，极具动感和故事性。如《密祭》，就表现了对酒神狄奥尼索斯的秘密献祭。深红色背景上，密祭的场面一步步展开，那些逼真的少女、狂饮的萨陀尔和焦虑的女信徒，都处于一种肃穆、神秘和紧张的气氛中。

仿佛已有预感，有幅壁画上竟说"没有任何东西可以永恒"，此言无疑正确。人生本就无常，世事的变幻还与事物发展的概率相关。只是庞贝的命运也太偶然、太不可思议了。难怪总有人说它是因为淫乱、奢靡而遭天谴。这种说法简直是对被埋者的严重不公。且不说它明明就是大自然的任性之作，就说淫乱吧，庞贝的妓院确实不少，墙上且有惟妙惟肖的春宫壁画，然别处就没有类似或更淫乱的宣泄之所吗？历代皇帝还佳丽三千呢，怎不把他们也打入深灰之下？更何况，有天谴则意味着有主持公平正义的神灵，而神灵会不分是非好坏，也不分男女老幼，眉毛胡子一把抓地将全城两万多生灵一起扑杀吗？

我也难以认同歌德所言："在世界上发生的诸多灾难中，还从未有过任何灾难像庞贝一样，它带给后人的是如此巨大的愉悦。"

即使是罕有的文化遗产，但面对如此惊世劫难，愉悦云乎哉！

如果要说有什么积极意义，我认为庞贝遗址揭示了悲剧也可能催生美、毁灭也意味着另一种新生的哲理。更是维苏威无意中以极其残忍的方式，为人类保存了一座难得的古代文明活样本，从而让后人感念生命的艰难与珍贵；理解什么是"天行有常，不以尧存，不以桀亡"，从而更加敬畏自然，明智地完成自己的人生使命……

该死的"万一"

　　那天我骑车到处乱窜，寻找放学迟归的孩子。几下没找到，那每逢此情便会上演的恐怖剧情便又一幕幕在脑中闪播——被拐？车祸？掉到窨井里了？心急火燎中，见人指点着草坪窃窃议论。上前一看，心也不禁揪起来——草坪上有座七八米长的铁索桥，外围护着铁圈；一个三四岁模样的外国小孩独自攀在上面。问题是他并非走在桥上，而是像只四肢并展的大甲虫，吃力地挪爬在外围的铁护圈上。那高度，不慎摔下来的话，也够他呛的。那么他的父母呢？怎么没人劝止或护着他？后来我才发现，小男孩的母亲，一个金发的外国女子就坐在离他十来步远的树荫下，若无其事地倚着婴儿车，扯出一个长长的哈欠。

　　西方人带孩子如何潇洒的传闻我听过不少，亲眼见到的唯此一斑。我得承认我也相信那母亲的镇定是有道理的，小男孩失手摔下来的可能不会超过百分之一，犯不着为那微乎其微的可能担忧。可若换了我，别说百分之一，万分之一的危险也未必敢轻易撒手，不怕一万，就怕万一呀，有什么万一的话，那可是我的孩子呀！

　　我不知道西方有没有类似的格言，但我早已从自身经验乃至周围人的反应上肯定地相信，东西方人在带孩子乃至许多方面的这种差异是明显存在的。它并不涉及勇气或道德，却与不同的文化及哲学影响密不可分。不怕一万，就怕万一，乃至类似的中庸之道等哲学、文化观对中国人的人生观、处世观影响之大，恐怕是举世无双的。我们因此而受益多多，因此而端谨、持重、稳健而相对安全，却也因此而相对保守、拘泥甚而缺乏进取变革之心。何况，我们亦因此而白白地担受了多少心理的重负呀！找孩子不过是一个小小的侧面，有时候那个该死的"万一"简直把我们的思绪蒙蔽得暗无天日。它成了一片森林，万分之九千九百九十九倒成了孤兀的独木！起风了，万一房子不牢怎么办？天太热，不会闹地震吧？害病了，怕是得癌了吧？高速公路开通了，却又担心出车祸；某处发生抢劫案，一遍遍检查防盗门……

　　当然我也知道，决定我们心理反应的根本不在现象或某种观念，而在当事人的性格和如何思辨，因而不同的人对同一件事的看法便有了千差万别。然而谁又能否认不怕一万，就怕万一之类的观念在潜意识里是如何深刻地影响众多中国人的呢？但愿我从此能变得清醒明智起来，但愿我再不会混淆独木与森林的关系；一叶知秋无疑是有道理的，然而一叶毕竟不等于秋天。但愿我也能像那金发女郎那样，面对生活，轻松地打一个悠扬的哈欠，至少，少对孩子们嚷嚷，少念叨几声"万一"，让他们尽可能坦然面对未来……于是我放弃找孩子的努力，尽管忐忑却坚决掉头回家。然而开门的刹那，我的心又悠乎得多么可怜呀！幸好，孩子如往常一样，已安安稳稳地坐在作业桌前——

　　可是，万一此时他还没回家，我又会做何感想呢？唉！

菜市采风

菜市之"风"其实是不劳你去采的，打老远它就像那鲜鱼活鸡和声嘶力竭的叫卖声般，蹦着跳着吆着喊着直往你怀里钻了。那"风"声也不必说了，自卖自夸的，挑肥拣瘦的，死缠活磨的，从早到晚，息了这一曲交响乐，那还叫菜市吗？那"风"味儿也是混混的、怪怪的，鲜腐杂陈、腥香并具，熏得你走出老远，襟上还散着淡淡余味。也难怪，山上采的，水里捞的，田里收的，树上摘的，五花八门的鲜菜陈果、山珍海味，还有那么多眼睛滴溜溜乱转的人头，全挤到一块来了；更别说还有杀鸡剖鱼的，剔骨剁肉的，支起铁锅熬麻油、炸鸡腿、汆鱼丸子的，这几锅全开，谁还能形容得了是个什么味呀！

这般情景是难免要让环境难堪的，可人们在皱眉的同时，却又以自己强大的需求给它注入了顽强的生命力。而菜市仿佛都生就副随遇而安又放浪不羁的脾性，只要人多的地方，任什么偏街窄巷它都能红红火火地生存。好不容易圈它进场，一不留神又呼喝连天地蔓延出来，让我们伤透脑筋。可谁又能否认这大俗而又大不整洁之地，原是我们一切大雅与大洁之本呢？

说来也怪，我这人一进富丽堂皇的大商场就哈欠连天，闲来却爱去这其味并不算佳的菜市遛遛。东瞅瞅，西摸摸，优哉游哉，轻松而踏实。民以食为天嘛，饱览那琳琅满目的可食之物，心理或许便得着不少愉快的暗示吧。何况，在这闹哄哄、汽油味浊人、竞争感剧烈的都市里，能看到这么多嫩生生、水淋淋、红黄绿白又富含乡野气息的新鲜菜果，怎么着也是种感官的享受和精神的放松呀！比起逛商场，逛菜市的心理本身就是放松的。你的钱包不会受名牌和奢华的诱惑，你的心理不会被"皮尔卡丹"们挤迫，你的感情也不会受到微笑服务的戏弄。菜市是最原生态最具本来意义的"生活"标本，人与人的关系、买与卖的目的都简单明确而实际。你拿个手机在主妇和菜贩中吆喝，或欲一掷千金以博取买卖外的满足，反透着愚蠢和不雅。这儿的一切都质朴而透明，赤裸得仿佛那满地乱堆的瓜菜，无须雕饰也无法矫情。即便是唇枪舌战、红颈粗嗓，来去的也只是三两五钱，伤不了多大和气。菜市也是窥探市场经济最生动的窗口，鲜与陈、早市与收摊，那价格有时竟差一多半。讨价还价的学问，虽只涉蝇利，那份认真及心战技巧甚至哲学，委实不小。菜果假冒无从谈起，劣质或有人问津，价格却名副其实。

因而有回我忽发奇想，倘若生活都如菜市般丰富而质朴，我们是否会过得更轻松、更有兴味些呢？菜市固然是混沌的，甚至是肮脏的，却也是鲜活而本真且最富生活气息的。何况混沌也不失为一种美，实际上，它与有序原是美的两种形式而已。诚然，这样原始的生活毕竟还远不是理想的，混沌或质朴毕竟是要在有序与华丽的映衬下才谈得上美。所以，我也常希冀菜市能更规范、更整洁也更上档次些，虽然真那样的话，菜市现有的某些情趣也不免有所消减。至于某种过犹不及的管理，则还不如任其自我调节为好。每当卫生大检查时，菜市那人为的整洁、萧条而凄清的有序，谁不为之顿足？

桥　下

　　留意到这几个人，是因为每日散步时我总会遇见他们。我外出通常在晚间九十点钟，这时桥洞下那条街上已人迹杳落，他们却还在那儿瑟缩地守着。天一天天冷起来，不免令我为"谋生"两字的沉重和他们那份我自叹弗如的韧劲而唏嘘。

　　我常隐于暗处对那卖烤肉串的小伙子多看几眼，也许像他这般大时，我正在下放的阴影中挣扎吧。他顶多十八岁，头发乱蓬蓬，瘦伶伶的身上总是敞怀穿件黑夹克，又几乎总是孤零零地待在烤肉架前，两手窝嘴前呵着。没日没夜，没人交流，没有一切意义上的娱乐可言。桥洞里头有几张桌球台，偶然会有些和他一般大的小子来让他烤几串肉。不同的是他们多半叼着烟，染着黄毛，相互推搡喧哗着，一副玩世不恭的乐天相。每见他们，我就会敬而远之，同时对烤肉小子多几分困惑——他从事的似非值得敬业的活计，是什么使他不像他们般游戏人生？要知道社会上无论何时，总有人以混混儿的方式活着，也不知他们哪儿来的钱，看来还总是混得不错，至少不会像他那样孤单无聊地守着个脏兮兮的烤肉摊。但我永远无法认同他们。对这惨淡经营的沉默小子，我却有种本能的敬重。

　　另一个是那卖水果老头儿。只要我出门，总见他蹲在桥洞外的路灯下。烟头火一闪一闪，风雨无阻。那些橘子、苹果在昏黄的灯光下，也如他脸皮般皱巴而毫无光泽。天地良心，除了见两个民工买过一根甘蔗，我没见他做成过一笔生意。真不知他从早到晚这么泡着有何价值或乐趣。或许块把的赚头已足令他安慰，或许这么泡着本身于他就是价值或乐趣吧。但替他想想，不这么泡着又能以何方式"泡"着呢？

　　那个挎包卖报的稍有不同，如果我迟于九点半外出就可能碰不到他。这说明他这天生意较顺，有时我也会为他松口气。否则，只要我打那儿过，虽然他可能早认得我了，而我因已看过而从不买他的报，他仍会固执地拿份报向我递来，也不说话，心平气和地盯着我。这在他也许是习惯，也许是有万分之一的希望也想努力一把吧。反正这劲头不令我烦，反觉欣赏，有时甚至想买他份报，但又觉矫情，且反可能不够尊重他而作罢。

　　写到此，我仍不清楚录下这些凡俗之至的见闻有何意义。虽然心上常隐约感到似有似无的抚触。这大桥上风驰电掣着滚滚车流，桥两岸林立的大厦和迷离的灯彩里，也时刻起伏跌宕着诱人得多的活剧，有时你甚至能听到某辆名车中飘落的莺声浪语。但若你下桥来，站近看，这儿尽管比桥上暗得多也矮得多，毕竟仍是浑然的一体。就是说，尽管形态不同，这也是生活。是生活就有意义，就有值得你我或各方偶尔关注一下的理由，不是吗？

乔迁之虑

　　乔迁之喜，自不待言。然乔迁之过程，却也如生活本身一样，充满艰辛。新居装修中的殚精竭虑、东奔西走，足以让人脱一层皮。便是乔迁这最后一道关，虽有搬家公司，仍够你喝一壶的。至于文弱如我般书生，仅前后收拾些书籍杂物，兀自便腰酸背疼，夜不安卧。到得空来敲这小文时，臂肘犹微微酸颤呢！

　　说到搬家公司，它的兴盛，真是都市人生活进步之一大标志、一大福音。中年如我者，大约都有过帮同事搬家的经历。一天下来，个个灰头土面，作三日喘。现在可好了，一个电话，两三百块钱，四个小伙子呼啦呼啦两小时，你那千里万里都魂牵梦萦的家，亦乔亦迁了！

　　不由我不仰望着这帮"扛大橱"的，发一声浩叹，好了得的后生！好伟大的人！

　　我这一叹是由衷的。尤其是仰望一个后生，竟独负一人高的双门冰箱，曲背如弓，步步滴汗，倒退着艰难地挪下六楼，我顿觉自己矮了三尺，眼前倏地闪出英雄王成的英姿！现在想来，这联想有些不类，然视作万人敬仰的泰山挑夫则毫不夸张。而就体能与贡献而言，称他们一声"伟大"

亦决不过分。我约的是上午9点，他们到时却已是汗流浃背了。原来，凌晨4点他们就开始了劳作。而在我后面还有4家要搬！即以一天平均搬5家，每家下4层上4层爬8层楼，每层18个阶梯，每家上下（其实何止）10次计，这一天就得爬上万台阶，怕有泰山之高吧？何况还经年累月，天天连轴转，是机器怕也得散架，他们如何竟这般透支体能？若劳您大驾去徒手爬爬，给二三十元您干吗？而他们的月入竟不过七八百元！

相对于劳力过剩之现实及种地的收入，这个数额固然可以，但相对于他们的体能付出，则未免太令人咋舌！再想想他们十年后几乎无可避免地劳疾缠身，我不禁为他们捏一把冷汗。

据悉，在"下岗"两字充斥媒体的都市中，干搬家工作的人，几乎清一色是欠发达地区的乡村汉。我在此并无半点贬抑下岗者之意。寸有所长，尺有所短。长期的都市生活方式，使我们难以承受这样残酷的消耗。而操作、设计、投机、炒股则无疑为搬家工们所不逮。我因而有感的或许是个书生气的话题：即在日益追求"知识经济"的都市，仍须臾离不开"扛大橱"的，"扛大橱"者也早已成为都市不可分割之一翼的时候，都市是否能回报他们相对更公平或合理些的境遇？"存在"固有某种合理性，但以今而论，且不说劳心为上、劳力为下的观念仍根深蒂固，即以"扛大橱"者的起码地位、报酬及劳保食宿等条件言，是否过得去，明人有目共睹。对此我爱莫能助，却愿向他们的老板们深情一呼："像善待您的卡车般善待这些血肉之躯吧。"赚钱无可厚非，给卡车足量的油亦属应有之义吧！至于其他方面，乃至我自己，"爱你的邻人"也许是种苛求，但予寡言少语而驱驰不歇的"老马"些许温悯的目光，何以也常常成了种奢侈？而我们抛向某些油光水滑的"赛马"之媚眼与呵护，却又为何总那般慷慨而豪爽呢？

"赛马"当然会带给我们刺激和幸福。但艰辛重荷的老马，不也在更切实地造福与激励我们吗？回眸一下臧克家先生的《老马》吧，那份心灵之战栗，怕也得更深、更长吧？

　　总得叫大车装个够/它横竖不说一句话/背上的压力往肉里扣/它把头沉重地低下……

坐马上山

这题目本该叫《骑马上山》或《走马上山》，一看就透着潇洒。可我实在不好意思夸这个口。我两手紧抓的不是缰绳，而是马鞍上特制的铁环，目不斜视地绷着身板，由马夫牵着那鼻息沉重的老马，一步一颤地攀向高崖。

山是贵州铜仁的九龙洞。山势不算太险，却曲曲弯弯，陡坡众多。风景也美得可以，身后是玉带般蜿蜒的锦江，身前是青幽峭拔的奇峰怪壁。有众多山民在此牵马带客，成为又一个颇富刺激的旅游项目。说它刺激是对都市人而言，这种体验比偶尔在平地遛一圈马更新鲜有趣；此外还多少有些惊险。山道漫漫，宽不过一米多，一侧紧挨峭壁，一侧却是百丈深崖。每到弯处，尤其是石阶拐角，马儿的后蹄距路沿不过十来厘米。有时简直已悬在虚空了。倘那马儿不小心来个马失前蹄的话，我的天哪！所以我一路上无心赏景，随时警惕着如何不从马背上掉下去，如何在危险来临的刹那能从坠崖的马背上挣脱。尽管在没处垫脚的情况下，让我从不动的马背上下来都有些胆怯。

好在对马的同情多少转移了我的担忧。那马儿真苦！坡陡人沉，沙土路崎岖而易滑，间或还有段高高的石阶。马儿一步一挣，时时打颤且鼻息如喘，不一会儿就大汗淋漓。而目的地还遥遥地藏在万木丛中，影子也不见呢！不知是枣红马耍小聪明，还是它刚好闹肚子，总之它一路上不断停下，任马夫吆喝，就是不动弹；好一会儿，拉出点屎来，复又攀登。坏东西，又屙了！马夫为多跑几趟，扬鞭欲打，总被我制止。有一次马儿挣向崖边的滴水处欲喝口积水，马夫终于抽了它一鞭。我勃然怒吼："让它喝！"吓得马夫再也没举过鞭子。而我却并没有平静，心里升腾着一种作孽感，也不知我哪儿来这么大的火。恨马夫太心狠、太贪婪吗？是的，胯下这马，多像臧克家笔下的《老马》啊："总得叫大车装个够／它横竖不说一句话／背上的压力往肉里扣／它把头沉重地低下！"

而隐隐的惭愧和对自己的某种失望，恐怕是更重要的原因。早年的我，曾写过题为《我愿是一头毛驴》的诗，豪气冲天地吟什么："尽管我不能驮着勇士去冲锋杀敌／但我会在骡马过不去的羊肠小道上／运输分量重于我的物资／只要主人把鞭梢一指／我都愿意去啊我都愿意去——"可实际上呢？还不到50岁的我，只会抖呵呵地"坐"在可怜的马背上！当然，人毕竟是人，马毕竟是马。你说马也好，驴也罢，终究只是种比兴，当不得真的。但当年之我确也曾有过满腔豪情，是什么如此快地消磨了它？

目的地到了。付钱时我才刚发现似的猛醒到，其实马夫也一点不比马儿轻松。浑身几无干处，红赤的脸被汗糊得睁不开眼睛。而她还是个50岁开外的瘦小老妇！这么艰苦的山路，让我跑起码个把小时，她和马拢共才挣10块钱！而当我游完洞下山时，却见她又拽着那可怜的老马，驮着个大胖子往山上赶了！

如山般坚忍的马儿，如马般含辛茹苦的山民啊……

酒　话

没有酒的人生是苍白乏味的。醉生梦死的人生则过犹不及。

这就是我对酒的理解。其实酒之利弊无须我说，爱喝的自有其切身体验。文人雅士也多好杯中物，且少不了写几句感受，但不少是附庸风雅或故弄玄虚之言。梁实秋的《喝酒》倒获我心。他6岁就有过酩酊体验，兀自立于椅上，用汤勺舀了勺高汤，不慌不忙浇在父亲襟上，然后倒头呼呼大睡。他对酒的评论也中肯："酒实在是妙，几杯落肚之后就会觉得飘飘然、醺醺然。平素道貌岸然的人，也会绽出笑脸；一向沉默寡言的人，也会议论风生。再灌下几杯之后，所有的苦闷烦恼全都忘了，酒酣耳热，只觉得意气飞扬，不可一世；若不及时知止，可就难免玉山颓欹，剔吐纵横，甚至撒疯骂座，以及将种种的酒失酒过全部都呈现出来。"

三百六十行，行行出状元。喝酒是不是也该评出些状元来，我把不准。但我把得准的是，善饮在中国历来是可以令人崇敬的壮举，也是一件可以派上大用的、有时甚至关系到生死存亡的大本事。有些煞风景的是，好事常会生悲，喝酒也就每每被异化成某种不那么让人愉悦的文化。洋人拿ＸＯ

当琼浆，假模假式地在鼻尖上嗅啊嗅，在舌尖上滚啊滚的，十天半月也不舍得喝下一瓶去。咱一口就是一大杯，一干就是一大瓶。洋人也有酗酒嗜烟的，却小气巴拉地舍不得劝酒敬烟，也没怎么听说有敢和人拼酒的。咱可了不起，不断有"生命诚可贵，人格价更高；若为斗酒故，两者皆可抛"之士前赴后继。自己好醉者，多半可能是想浇胸中什么顽固的块垒吧？只不明白为什么还好让别人与他同醉。比如晋代那个以斗富名垂青史的石崇，逼人喝酒的手段也可谓登峰造极："你喝不喝？不喝，就杀个丫鬟给你看。""再不喝，杀一双……"当代则不用说了，多少物种都已灭绝或濒临灭绝了，席上还在迭盆架碗地猛上珍禽异兽。豪饮之风亦推陈出新愈演愈烈。其实，喝上四两半斤的在现实中实在太稀松平常了。有个号称"一斤漱漱口、两斤刚刚好"的朋友，被人无限深情地敬之为"牛一缸"。他也颇为之自豪。而实际上，不见得真能论"缸"喝，但至少在人前，谁也没见他孬过。只是回家后怎么样，第二天是不是如感冒般恹恹地病酒，我不得而知。醉过的都明白，想来他是好过不到哪儿去的。

我个人是不太欣赏这类壮举的。酒喝得再多，顶多算得个酒鬼，有何荣耀的呢？但我得坦承，我也是个喜欢整几盅的人，尤其是入席应酬，众人皆醉我独醒并不是好滋味。让我光举个橙汁站起来，坐下去陪那帮呼喝喧天、称兄道弟的酒客们老半天，未免太无聊，满桌珍馐也总觉无下箸之处。至于我喝酒的水平，则从不敢也不欲夸耀。正所谓"花看半开，酒喝微醺"足矣。喝什么酒也并不是最重要的，关键还在适度上。而酒的本质还是一剂医心疗神之药，不仅能解忧，还能提神解乏，且可娱情悦性、润滑人际关系，妙处可谓多多。但对症有度即为良药，滥饮无度则为毒药。

其实人生何止饮酒，凡事都离不开个"度"字。而国人原本是最推崇中庸的，却不知为何，总难把握好这个"度"。或许这和人之现实处境或天性有关。就像钟摆，我们免不了总会于一种不是患得就是患失，不是贪婪就是恐惧的两极状态中摇来晃去。

愿我们好自为之。

巨星之光

事出纪录片《犹他州图书馆人质劫持案》。本来，这年头劫持、凶杀之类字眼早已司空见惯，让我们欲说还休，欲叹无语了，但这回不同，有一个人，犹如暗夜里爆出的一颗耀眼巨星，使一个普通的案件具有了非同凡响的意蕴。

劫匪是个对社会、人生由绝望走向仇恨的中年男子。他右手握枪，左手还握着自制爆炸物的点火开关——除非握紧它，否则装满钢珠的黑火药罐就会令阅览室及被劫持的9个人质灰飞烟灭。对付他，除耐心机智的谈判、诱导外，几无他法。因为倘若狙击手开枪，很难不伤及人质；更可怕的是，中弹后他必然松手，从而引爆威力无比的黑火药。然而，无论大批包围图书馆的警员做何努力都无济于事。劫匪的气焰愈发嚣张，情绪也已像咝咝作响的引信一触即发。事实上他已开始逼令人质抽签，若要求再不得到满足，他就要按抽签结果逐个击毙人质。

就在这千钧一发之际，室内突发几声惊心动魄的枪声。警察蜂拥而入，却见中枪倒地的居然是劫匪，所有人质都安然趴伏在地，只有一个人凛然站着，手中的枪管里还冒着余烟。他是谁？他如何会有枪，又是如何进入室内的？

他就是我眼里那颗无比辉煌的巨星。虽然他只是一名普通警官，名叫洛依德。他是第一个闻讯赶到现场的便衣警员，刚好碰见一名受命转呈劫匪要挟信的人质出来。正常的也是合情合理、尽责尽职的做法是，洛依德应立刻寻求同事支援，并无单枪匹马行动甚而自入虎口之义务。但洛依德却毫不犹豫地做出让我极为震撼的决定。他让那名人质报警，自己则毫不犹豫地敲门进去，充当了又一名人质。

事后他说，虽然他腰藏手枪，但当他意外发现劫匪还带着一松手就爆的炸药时，也不敢轻举妄动了。但他并未放弃，而是顶着死亡威胁，坚忍而机敏地捕捉着战机。当劫匪产生些许松懈之际，他猛地跳起来，大吼一声"所有人趴下"，迅即拔枪击倒了劫匪——幸运的是，炸药因连线失灵而没有爆炸。但洛依德的伟大在于，他当时可没法预见这点。他敢于开枪的唯一动机是："我不能看着任何人质死在我面前。是以我的死来换取人质安全的时候了。"他判断，只要人质及时卧倒在桌下，炸药和钢珠就可能伤不到他们。尤让我唏嘘的是，洛依德始终没有一句让我们联想起英雄或伟人的豪言壮语："我的确想到了两个儿子，想到自己可能会被蒙着白布抬出屋子，我让自己伤心了一分钟……""最让我高兴的不是总统的嘉奖，而是我做了件好事，人们都说我是个好人……"

显然，"好人"是不足以评价洛依德的，甚至英雄豪杰之类称号在其壮举前也黯然失色。他让我油然想起"壮士一去不复还"之荆轲，和"今中国未闻有因变法而流血者……有之，请自嗣同始"之谭嗣同。但除了由衷地赞他们一声"英雄""壮士"，你还想得出更合适的美誉吗？其实，无论古今还是中外，多数人都有着英雄情结，社会也倡导人们学习或效仿英雄。但当成为英雄的机会猝然而至时，懦怯或迟疑却会让凡俗如我者失之交臂，尤其是面临生死考验而你又握有自主抉择权之际。好在我们可以仰慕星光，人类的整体价值会因时不时升腾的巨星而获得升华；而个体的心灵暗角，毕竟会因人性灵光的沐浴而得着恒久的温暖与醒悟。至于真正的英雄们，正如培根所言："一个人的心智若在仁爱中行动，在天意中休息，在真理的地轴上旋转，那可谓他已到了地上的天堂了。"

诚然，巨星之光理应来自天堂。

气壮山河

　　乾隆二十九年（1764年）农历四月，大清历史发生了件芝麻绿豆大的小事：清政府从东北盛京（沈阳）一带，抽调1020名锡伯族官兵（连同家眷及一些自愿随行的亲友共4000多人），迁移到新疆伊犁驻防屯垦。

　　说是小事，是相对于朝廷和中国历史战乱频仍，动辄千军万马地大调动、大征伐、大厮杀的血腥而言，千把军人的一次调动，本身再平常不过了。然而这件几乎是随机的小事，对这数千人而言，却是关乎他们生死存亡的终身大事，深刻而必然地左右了他们乃至一个民族的命运与生存演绎史。且不说别的，在当时既无汽车、火车更无飞机的条件下，让几千人离井背乡，从中国的最东北扶老携幼、全靠两条腿和牛牵马拉地长途跋涉逾万里迁往最西北，途中那千山万水、大漠戈壁和风刀霜剑，细想就足以让人胆寒。实际正如此，这支举世罕见的男女老幼军民混杂的队伍在途中先后碰上大雪封山和阿尔泰山积雪融化、山洪泛滥等险阻，受困长达7个月，以至口粮净尽，3000多头马、牛、骆驼也倒毙十之八九。管带协领阿木胡郎等一面咨文伊犁将军派人接济，一面带领兵民采集野菜充饥，重新前进。所有人终于在1765

年7月顽强抵达伊犁，胜利完成西迁的伟大历程。可歌可泣的是，尽管减员不少，这支奇特的远征队还在一年零三个月（朝廷给他们的行期是三年）征途中，新添了300多个新生命！这不能不说是锡伯民族史上的一大壮举。无怪他们从此诞生了一个独特的西迁节，年年纪念之。

我是在伊犁察布察尔锡伯自治县听到这段史实的，且看到汪曾祺讴歌这段历史的文字："落日，朝雾，启明星，北斗星。搭帐篷，饮牲口，宿营。火光，炊烟，茯茶，奶子。歌声，谈笑声。哪一个帐篷或车篷里传出一声啼哭，呱——又一个孩子出生了，一个小锡伯人，一个未来的武士……英雄的民族！"

汪先生的笔触很诗意，其结语也深合我意，但我没法如他这么浪漫。当我看到锡伯农民艺人演绎西迁片段时，尽管表演很业余，但很少流泪的我竟几度潸然。杜甫的《兵车行》陡然活化于眼前："车辚辚／马萧萧／行人弓箭各在腰／爷娘妻子走相送／尘埃不见咸阳桥／牵衣顿足拦道哭／哭声直上干云霄……边庭流血成海水／武皇开边意未已……"更令我动容的是，当年清廷曾允诺这支队伍60年后可以迁回东北。实际却是，好几个60年过去了，清廷早已背弃承诺，而这些人及其后人却忠诚于自己的职守，就此扎根于西北200多年，无论历史风云如何变幻，没有一个人后退或逃过边界，逃回东北。那次迁移成了这一支锡伯人与故土、亲人和血脉之地的一次永诀！

曾雄踞中国北方近200年的北魏拓跋鲜卑后裔锡伯人，虽然做出了巨大牺牲，却用事实证明了当初乾隆帝不远万里选调他们的决策具有正确性。或许乾隆正是料到这个民族不仅骁勇善射（现今中国优秀的射箭选手不少还是锡伯人），更有对国家和使命的绝对忠诚与铁血意志。

在这个挤满摄影家的时代

　　手机的普及，转眼间便让这世界塞满了摄影家。你到任何名胜景点，最抓眼球的不是风光，而是高举手机蹿上跳下咔嚓不停的拍摄者。观赏、休闲实际上已成形式，"咔嚓咔嚓"倒成了旅游的主要目的。

　　不过，旅游时我们也常会看到另一种现象：一些风景名胜地，被人圈出一块块禁区，交费才让你在此取景。应该说这是荒唐的。那些个庙宇、古塔、种种景点，或者莫非"王土"，或者是先民馈遗给我们的共同资产，凭什么不让人自由留影？但这属于我们耳熟能详的"有关部门"过问的事，故我不想论此是非。我想说的是，碰上这种无赖式的现象时，我会嗤之以鼻，却并不以为是不得了的损失。天下风光，莫非景点。身边小草，窗外闲云，如果你留心品赏，何亚于那些人工雕砌的所谓名胜？真正的风景又岂是几根绳索圈得住的？圈起来的无非是些热门景致，但恰因其热门，在我眼中已失去独特意义，照不照皆无所谓。比如那些随处都有的寺庙山门、园林正门之类，最易为圈地者霸占，只因那是多数留影者都爱来一张的地方。而这种大同小异的地方，你不圈我也不想凑那个热闹。要照也该换个角度或找些特色才有价值。山前庙后，那些个嶙峋多姿的山石，性灵毕现的花木，即便你毫无艺术眼光，随意一按都成佳境，何必一窝蜂挤在庙前，给影集添一张晃满人头又毫无特色的所谓风景？

从众心理是照相机、手机普及后，仍然少有摄影大家产生的一大原因。"对于我们的眼睛，缺少的不是美，而是发现美"，真是一语中的。这话还可以反过来说，即对于发现，缺少的同样不是美，而是"眼睛"——一双与众不同的慧眼。而"功夫在诗外"，要练就一双慧眼，文章显然不能光做在摄影本身上。

至于人云亦云、爱凑热闹似的照相，不知是不是国人特色？

说起四肢笔直，我倒敢断言这是咱们最标准、最传统的照相姿势。尤其是男人，一照相便深沉无比，四肢并并拢，表情铁板板或者笑眯眯。这大致符合咱们的"集体无意识"，照相也者，留尊容焉，岂能不一脸的风光、一身的浩气？时下影楼遍地开，这种状况大有改观，尤其是红男绿女、新婚玉人，不论你美或不美，拍出几千几万，摄影师们都有办法让你容光焕发、美轮美奂，男变骑士，女比天仙。这在形式上无论如何是一大进步，但若究其实质，仍不过是种矫饰了的"四肢笔直"，事实上也很容易成为另一种标准模式。不信比较一下新郎新娘们的影集，不同的经常只是脸模子而已。虽然我觉得这样照相并无不可，但照者，映也；相者，象也。艺术式的照相也罢，纪念式的照相也罢，其根本在于留下我们的本真面目。而本真面目实际上是最美、最艺术因而也是最动人的。比如那幅满面皱纹的《父亲》油画，打动过多少人的心？故世人千姿百面、千娇百媚，照相能反映出这一根本便为上者。其实真正的艺术生命也正在于真实自然、浑然天成。随心一笑，无意一颦，抓拍下来，便是佳作，反而更值得留念。

家

家，几乎是不可诠释的。心有千千结，家呢，何止万万情！谁能道得尽家中的苦辣酸甜？

而我，谈起家，突兀于胸的并非比尔·盖茨那上亿美元打造的豪宅，而是旧居边、公厕旁，那两三平方米的昏暗小间。门被拆了，因为这样才放得下一张大床。床上方扯着几根挂杂物的铁丝，便是看厕人一家四口不设防的"世界"。看厕人不会想到这个家还有个特殊功能，就是它会对那些因失落而消沉的人说："对比对比我吧……"

家是个近乎神圣的概念。比尔·盖茨和看厕人的家分属其两极，以它们论家或许失之极端，但其反差毕竟意味深长。当然，房子不过是家的载体。真正的家几乎与空间概念无关。有时反倒是豪门恩怨多，寒宅有温情。家的好坏难以财富度量，亲情才是家的支柱，爱的多寡才是家之美满与否的尺度。故此我要坦承一个事实，即我始终未解托翁的名言："幸福的家庭总是相似的，不幸的家庭各有各的不幸。"何谓幸福的家庭？它们又如何是相似的？如同石头大小不同，家庭、性格亦不可能相似，因而也不宜攀比。差异的因素太多，评价幸福的标准也太难统一。譬如你我，息息栖身于斯的，或大或小，或贫或富，或温馨或寒酸，相对的优劣昭然，但哪个家庭是绝对幸福或悲惨的？此外，盖茨和看厕人的家如此悬殊，但你能确信，在精神层面上，盖茨一定是幸福的，看厕人一定是痛苦的？或许因为欲望和期望值低下，看厕人的幸福比盖茨多得多呢。那么，他们或你我的家，有多少相似，又有多少不相似？

家的共性自然是有的。白天四处谋生，晚来同枕共寝，都是社会细胞，都靠亲缘维系。没有它，灵魂将飘若野鬼，血脉将断如残简，国家更荒凉无凭。而家之最有意思的特点在于，它简直像空气，呼吸时你感觉不到它，一刻或缺就顿觉憋闷。家也像极恋人，失去的才是你的。此正是游子和戍边将士最珍视的家的价值，也是朝夕厮守的夫妻或父子动辄龃龉的原因所在。可见家不可笼统地论好论坏，亦不宜盲目地大唱其赞歌。金无足赤，人无完人，家也绝非美满的代名词。相反，有的家简直是战争策源地。夫妻反目，儿女忤逆，我们看得还少吗？所幸的是，家或可破碎，或可重组，却不可消灭。别看人类强大，实质与蜗牛或寄居蟹差不多，走哪儿都少不了一只有形的壳。盖因家乃人生脊梁，既是生命的发源地，更是滋育其成长、寄托其情怀和希望的温床。为什么偏道"月是故乡明"？只因那儿有我们的家。而即便浪迹天涯的孤儿，他今夜独栖的那一树绿荫、那一张破席，于他而言，亦是个不可或缺的家呀！

家啊，说不完的家，数不清的家！而真正存在的，其实只有一个，那就是每个人自己的家……

漫　弹

你想当皇帝吗

中国的封建帝王史绵延达数千年之久，堪称世界之最。距离最后一位皇帝尚在，迄今已有整整一百年了。共和、民主的概念早已深入人心，封建专制制度也早已像帝王的背影一样，随着现代化的进程而一去不复返了。

不过，我说起"你想当皇帝吗"这个话题，也并不纯粹是突发奇想，我是有所指也是切切实实有所感的。就是说，假定今天有这个可能，没准儿皇帝的幽灵还真就会卷土重来，但我则可以斩钉截铁地告诉你：即使真有那一天，我是抵死也不会答应的。因为，当皇帝在我看来实在不是件好差事。记得早年我逛了回故宫，最大的感受竟是想好好地阿Q一下："那盘龙宝座硬且土气，坐一天准保腰酸背痛，何如我家的沙发舒适？那寝宫暗而阴森，龙床也远逊于席梦思。"当然，皇帝势位至尊，后宫还有三千佳丽。但一想到那老儿其实也是天下最不自由的一个，心又凉了半截——衣食住行不由自己也罢了，连今天"幸"了哪一位也要被一一录于起居注。这样的日子哪一点赶得上我现在快活？

当然这还只是玩笑话，也都是表象。当皇帝真正可怕的是，它岂止不是好差事，很大程度上简直就是个危机四伏的倒霉蛋的代名词。且不说当皇帝就往往等于会早死，而且稍有不慎不是自己被弑，就是当宫廷政变或改朝换代不可避免地到来时，你的整个家族乃至子孙后代都要跟着掉脑袋——我这么说可不是开玩笑，而是有着确凿根据的。谓予不信，请看事实——

根据有关史料，我做过一番颇为仔细的统计：

首先，从寿命上来看，中国历史上凡当过皇帝者，大多是短命者（早早病死），或死于非命者（被杀或被弑）。寿命比较正常者为数不多，大多也仅在50岁到60岁之间。而高寿者则寥寥无几，从秦始皇至清末帝，中国历史上出现过的350多个皇帝中，仅仅有6个人活过80岁。他们是——

南北朝的梁武帝萧衍，活到86岁（最终也被侯景活活饿死）；

武周圣神皇帝武则天，活到82岁；

五代十国时的吴越王钱镠，活到81岁；

宋高宗赵构，活到81岁；

元世祖忽必烈，活到80岁；

最后一个就是清朝的乾隆帝，最为高寿，活到89岁。

其次，因病早夭或短寿者（50岁以下者），共计99位。其中：

30岁（含30岁）以下者为31人；

31岁到40岁者，40人；

41岁到50岁者，28人。

而被杀或被弑的皇帝，居然达到令人不寒而栗的121人（其中有三位是被迫自杀者），占到所有皇帝的三分之一！而他们再加上50岁以下早逝者，总数达220人，岂不是多数都是早死者？

　　具体而言，被杀或被弑的皇帝中，大多数是死于皇位争夺或改朝换代。"皇帝人人想，今年到我家。"显然朕即天下的滋味还是极有诱惑力的。只不过篡弑上台者，他们或他们的子孙往往也成了被别人篡弑者！这样的例证太多了，另文我将专门论述，现在不说也罢。

　　也有相当一批皇帝是死于部将、权臣或王族中的皇位觊觎者，其目的其实也如出一辙，总有人觉得该把皇位让给我了。这类现象较多地发生于国家分裂、地方藩镇割据的历史时期。大小朝廷间互相争斗不已，内部尤其是皇族间又为了那张龙椅而自相残杀。典型的如西晋时期的八王之乱。你方唱罢我登场，互相残杀的结果就是同归于尽，外侮乘虚而入，西晋归于破亡。再如十六国时期，立国不过数十年的西燕一国，就先后有7位皇帝在内斗外患中死于非命。他们中有被弟弟刺杀的，也有被哥哥谋害的，还有被臣子政变（西燕威帝）杀害的，以及被后燕军击败俘杀的（西燕河东王）……这些活生生就是一面镜子，折射出整个帝王史中争权夺利的血腥现实。

　　也有一部分皇帝死得更冤或更离奇古怪。他们中有被皇后命宫女活活捂死在被窝里的，也有被宠宦下药毒死的，还有的竟是被自己的亲生母亲害死的。比如被史家认为是"在北魏封建化进程中一位承前启后较有作为的皇帝"——北魏献文帝拓跋弘，他就死于自己的亲生母亲冯太后之手。原因是：相州刺史李欣贪赃枉法被查处，李欣为了求生，告发了尚书李敷及弟弟李奕和冯太后通奸的阴私。拓跋弘大怒，立刻下令将李敷、李奕兄弟处斩。冯太后闻讯后，五内俱焚，决心为情人复仇，便暗令左右在拓跋弘的食物中下了毒。拓跋弘吃后七窍流血，死于平城宫中的永安殿，年仅23岁！

同样是在北魏，竟还发生过先后两任皇帝死于同一个宠宦宗爱之手的怪事。第一位就是被史家评为"雄才大略，聪明雄断……遂使有魏之业，光迈百王"的北魏太武帝拓跋焘。拓跋焘晚年时，用太子拓跋晃为副手，总摄国政。但拓跋晃与拓跋焘宠信的宦官宗爱一直不和，宗爱就诬告太子为早登帝位而有谋害父皇之心，拓跋焘一怒之下，下令处死了几十位太子手下的大臣。太子受此惊吓，一病而亡。事后拓跋焘查明太子及其手下纯属被冤，伤心不已。宗爱害怕他会追究自己的诬告之罪，就趁拓跋焘借酒浇愁，喝得烂醉之机，独自进宫，将醉卧龙床的拓跋焘勒死。

随后，宗爱迎立拓跋余即位。为了报答宗爱的拥立之功，拓跋余将宗爱擢拔成大司马、大将军、太师，都督中外诸军事并封王——将一个宦官任为朝廷最高权臣并封王，这在历史上也属罕见之举。但宗爱总揽朝政后飞扬跋扈，为所欲为，以至朝野内外人人忌惮，道路以目。最终拓跋余也担心宗爱会危及自己，打算削压他的权力。不料宗爱早已防着这一手，趁拓跋余到平城宗庙祭祀之机，暗令小黄门贾周等趁其不备，用匕首将拓跋余刺死。倒霉的拓跋余坐上皇帝的宝座只有八个月！

至于那些"正常"情况下，早早地病死于皇位上的帝王们，其早死的原因也五花八门，但总括起来也不外乎这么几种：

一可能是遗传因素。如两汉时代的皇帝大多寿命不长，其中从章帝（33岁病亡）起，到汉灵帝（33岁病亡），接连竟有8位皇帝寿止于36岁之内。

二是受限于古代医疗水平的不够发达。虽然皇帝养尊处优，享受的无疑是当时最好的医疗服务，但古代医疗技术毕竟远不比今日。御医的水平再高，他也没有Ｘ光或核磁共振来帮助诊断；而许多在今天已成为普通疾病的毛病，如结核病、肝炎之类，在当时无疑就是等死的绝症。甚至一些普通的急性感染，今天一针青霉素就可解决问题，当时却可能让太医束手无策。

其实上述还都不是主要原因。皇帝早死的根本原因主要有两点：一是当皇帝的压力实在太大，所谓"高处不胜寒"，其滋味非当事人难以想象或承受。除了前述的因争权夺利而使帝王们时时有坐在火药桶上的感受外，外戚和宦官集团轮流干政，地方藩镇和分封诸王尾大不掉或功臣拥兵自重，功高震主，亦使得皇帝常常为之寝食难安。不掉脑袋算是幸事，大权旁落、名存实亡的不甘心也足够让他们喝一壶的了。例如东晋元帝司马睿就是这么个倒霉主儿。

司马睿是南渡后东晋的第一位皇帝。他明白自己这个偏安一方的朝廷若没有王导兄弟的支持是不可想象的，所以一开始他还心甘情愿地敬重王导兄弟。登基大典那天，他特地把龙床让出一半，对王导说："请到御床上来，朕愿与您共坐，同享富贵之乐。"王导吓得连忙大呼不敢，并跪下说："皇上您是太阳，我是太阳下面的草虫。草虫如果和太阳在一起，那它怎么能享受阳光的温暖呢？"

司马睿便封王导为尚书，管理朝政；封王导的弟弟王敦为将军，总管江、扬等六州军事。结果没用一年，王家兄弟就把朝廷上的所有要职给占了，以至时人有"王与马共天下"之谓。这时的司马睿追悔莫及，于是便起用刘隗、刁协，与他们暗中商量除掉王氏兄弟。但手握重兵的王敦立刻起兵进驻建康，击败刘隗后，捉住刁协并且杀掉。司马睿吓得魂不附体，赶紧去求王导。在王导的劝解下，凶悍的王敦才退回他的驻地武昌。从此司马睿只好仍然如傀儡般混日子，不久就在愁病交加中一命呜呼了。

皇帝早死的另一大根本原因无疑是他们几乎毫无节制，醉生梦死、荒淫无度，以致元气耗损，早早夭亡便是再自然不过的事了。这类例子在帝王中举不胜举，北齐的高洋可谓其中的样板人物。

高洋是东魏高欢的次子，继父兄掌握朝政后，废孝静帝元善见而自立为北齐皇帝。他在位十年，初期还留心政务，削减州郡，整顿吏治，加强国防而使国力逐渐强盛。而后期则或许出于种种心理压力过大的共因，他开始沉湎酒色，性格也日益残忍暴虐，最终死于过度荒淫和酗酒，终年也不过31岁。

在高洋身上还体现出部分皇帝的另一种特征，即皇权独揽，没有任何制衡，以致为所欲为而导致的明显的精神变态。他整天饮酒作乐，有时披头散发、穿上奇装异服，有时赤身裸体、涂脂抹粉，活脱脱一个疯子模样。宫中的二千粉黛已无法满足他的兽性，于是他经常去街市上游荡，随意闯入百姓宅第，侮辱妇女。后来他的性情日益残暴，将魏朝宗室3000多人不论男女老少统统杀死，将尸体抛入漳河。渔民捕鱼剖腹，见鱼腹中都有人的指甲，吓得多日不敢捕鱼。

高洋曾有一个宠妃薛氏，貌可倾国。高洋和她如胶似漆，终日厮守在一起。但有一天高洋醉酒后，忽然想起薛氏曾和昭武王有过暧昧关系，顿时妒心大发，抽刀就把薛氏杀了。然后他把尸体抱在怀里，继续找人喝酒，喝着喝着，又将尸体扔在地上，一一肢解，随后竟用薛氏的骨头做成一个乐器，一边弹拨一边号唱。在场者都被吓得毛骨悚然，高洋却神态自若。

因长期酗酒，高洋肠胃已病到不能进食的地步，但他仍然每天多次饮酒，很快就呜呼哀哉了。

许多短命皇帝还有一个共同特点，便是"做了皇帝想登仙"，现实中无他不可追求的了，便企求长生不老或羽化成仙。听信术士或巫医之言，大量服食寒石散或种种所谓仙丹，结果自然是重金属中毒而适得其反。如北魏明元帝拓跋嗣及其父亲道武帝都迷信丹石，结果一个死于39岁，一个终于32岁。而父子俩一个被史家认为是"一个开明有为的君主"，另一个被认为是"礼爱儒生，好学谦虚，为北魏开国以来较为仁厚的守成之主"。

这类皇帝还有很多，如唐穆宗李桓、唐宣宗李忱、明天启帝朱由校等，都很短命。最有名的要数清雍正帝。其死因一直成谜，有说是被吕四娘入宫害死的，这种说法在宫禁森严的时代，其实是很难禁得起推敲的。故我还是比较相信他系过度服用丹石致死之说的。

而另一类可谓殊途同归者，则是因为好色纵欲，宣淫过度。这类皇帝占比亦不少，明光宗朱常洛、成化帝朱见深等都是。明成化帝朱见深则是迷信春药及房中术最甚者，以至爱屋及乌，极为宠信重用江湖术士、僧人、道士、番僧等，总数竟达3000多人。自己则终日沉溺于深宫淫乐不休，随意让太监传旨，最终落得个身染重病，41岁即"羽化登仙"的结局。

综上所述，当皇帝是喜是忧，当然不可一概而论，但总体而言，未必值得羡慕甚至应该避之三舍的结论，应该还是站得住脚的。

"三国"城外望

尝与人议读书之妙境，几乎俱言冬日最佳。我亦深怀同感。须天寒，越寒越能衬我之清宁、温馨。门户紧闭，任尔西风在户外号叫，我将电热毯开得火热，一盏明灯、一杯热茶，我独坐暖衾成一统，一头扎进书境里，渐渐物我两忘，至倦倒头便睡，是何等惬意之时！可惜这样的享受委实太少，不是忙乱无暇便是心绪不宁，沉不下心来，再好的氛围也达不到理想的意境，奈何！

今年，却是一场突然早临的寒潮帮了我的忙。才十一月底，一夜间下起雪来，冲至阳台，果然森森冷光下，雪片无声无息地于迷离的灯火中飘飞不已，地上已是一片雪白。远远望去，楼宇幢幢如拥被沉睡的巨人，隐隐犹闻香甜的鼾声……怀着莫名的喜悦，我回到温暖的卧室，这静美诗意的夜晚强烈地撩动我的书癖，很想读一本有趣的好书。目光在书架上飘游，一下子落在了《三国演义》上。也许受最近正在播讲的评书"三国"的影响吧，我毫不犹豫地选定了它。

二十多年前我已通读过《三国演义》，罗贯中高超细腻的描写毫无例外地吸引了我。不意此番重读，竟又欲罢不能，以后的许多个夜晚，再不论意境如何，每晚必入"三国"神游一番。当我终于走出"三国"的历史废墟，心里竟感觉缺了什么似的恹恹，我便知道这是一部有定评的历史名著的魅力所在了，但的确又感到一种或许是一个中年人必然会产生的欲望的袭扰。我老在想，刘备、关羽、张飞、孔明、曹操、孙仲谋这些名噪千古的三国中人，肯定不如演义中展现得那么出神入化，他们的真正面目究竟如何？作为小说的"三国"和作为历史的"三国"的差别究竟有多大？换句话说，文学的真实与生活的真实之分野究竟在何处？

也许这是我心境已老的标志——我无可抑制地从资料室找来厚厚的几大本《三国志》，于是，那扇锈迹斑斑的历史之门又一次嘎吱地洞开于眼前……

一、从"妖"到人话诸葛

如果从史的角度看，发生于东汉末年百年间的三国史事实上是算不上什么历史惊涛的，然而一部"演义"却将这段历史活化了。使之成为千古名篇的，功劳首推文学（可见文学绝不是玩玩），其次更在于罗贯中的生花妙笔。这种影响绝不是史志类著述可相匹敌的。然而文学毕竟只是文学，就事物的本来面目而言，文学与正史之距又可谓去之千里了。读陈寿与罗贯中，最大的一点感受就是这种史的真实与文学的真实有天壤之别。同一个三国之人的名下，实质上活动着两个灵魂，而一旦我们意识到这点，却又无损于这个人物在心目中的既定形象。从这点上看，史与文学又好像是殊途同归了。

少时读"演义"，印象最深刻的人物自然也与大多读者一样，首推诸葛亮（字孔明）。而诸葛孔明给人印象最深的，对那时之我而言，倒不是作者至为推崇的忠谨贤相之风，而是他的智谋。空城计、借东风、"到时开看、屡开屡验"的锦囊妙计；巧布八阵图、班师祭泸水、五丈原禳星、定军山显圣……好一个"知凶定吉，断死言生"的神机军师啊！

此番重游"三国"，年事既长，受现代科学哲思陶冶之心智也就大异于少时。见孔明竟不复往日心境，头顶上始终悬着个大大的问号。越读演义越觉孔明之虚笔太重。作者几乎是在以20世纪70年代"三突出"之笔法竭力塑造孔明这么一个"高大全"的人物形象，这在我这也算个作家的人看来，恰恰是犯了绝对化的错误。且囿于世界观的局限，将孔明写成个先知先觉的人物，这种非魔非幻的先验论，在颇具科学文化知识的现代人看来，情感上或还可接受，理智上是无论如何无法达成共识的。我理解在过去年代与世界观左右下的作者这样写孔明的苦心，但这么写人物，无论如何是犯了一个创作上的大忌，可谓一种败笔。败就败在罗贯中"状诸葛之多智近妖"（鲁迅语）。鲁迅这个评语可谓一针见血，击中要害。问题是，真实的孔明究竟是何面目？可以说，这是驱使我去读陈寿《三国志》的主要动因。

原来演义中的孔明与史志中的孔明竟有如此之大的距离！可以说，孔明这个人物是整个演义中与原型差异最大的一个。七星坛祭风、登台作法、呼风唤雨等等荒诞不经之情节原就知是演义，并不会当它信史或以生活真实来要求作者，这倒也罢。岂料草船借箭、空城计、《后出师表》等看似可信的情节原来也纯属虚构，连七擒七纵孟获等情节也是过分夸大了的小说家语言！

有意思的是，演义中的空城计情节倒不是空穴来风，

《郭冲五事》曾记此事。只是它禁不起裴松之的诘难："亮初屯阳平，宣帝（司马懿）尚为荆州都督。至曹真死后，始与亮于关中相抗御耳……此之前后，无复有于阳平交兵事。就如郭冲言，宣帝既举二十万众，已知亮兵少力弱，若疑其有伏兵，正可设防持重，岂至便走乎？案魏延传云：延每随亮出（祁山），辄欲请精兵万人，与亮异道会于潼关，亮制而不许。亮尚不以延为万人别统，岂得如（郭）冲所言，顿使（魏延）将重兵于前，而以轻弱自守……故知此书指引皆虚。"

读志至此，我不禁按卷自问：这么一来，出神入化之孔明还剩下什么呢？

毫无疑问，作为一部古典文学名著，《三国演义》中的孔明自有其独特的文学魅力和价值。故对于这个《三国志》中还"妖"为人的孔明，我的情感一时也是难以接受的。似乎这个亮如北斗的巨星，一下子黯然失色了。然掩卷沉思之后，我相信，至少以今人之眼光来看，哪怕仅仅只读《三国志》者，依然会为孔明的大智大忠所折节三叹。换句话说，剥去那层虚夸不经的外衣后的孔明，仍然不失为一个杰出的政治家和军事家。相反，由于孔明的事迹更真实、更可信了，其形象从某种程度上看反而是更高大了。此时的他虽不复为"妖"，反而更易为我们这些人所理解和接纳。他毕竟仍是一个独特而出类拔萃的异人，感染我们的正是那易为人所理解的人格力量。这是较虚浮的描写更动人、更有说服力的。

从史实来看，孔明在当时的统治集团中，的确仍是一个目光敏锐、有胆有谋的英才。他的成功主要不是源于他的先验，而恰恰是因为他注重实践，长于审时度势。例如在那著名的赤壁之战中，他虽然并非如演义所写那样靠装神弄鬼助战取胜，但正是他在曹操下荆州的过程中，经过战争的实践，对敌我双方的优势与弱点做出了扎实而准确的判断，并不顾个人安危，亲赴江东力劝孙权与刘备协力拒曹（见《三国志·先主传》《诸葛亮传》），才使孙、刘取得了赤壁之战的关键性胜利，从此奠定了他早已预见到的三足鼎立的天下大局。"受任于败军之际，奉命于危难之间"的孔明，作为一个人，肩负着何等艰巨的重任啊！而他"五月渡泸，深入不毛"，七出祁山，百折不挠，为的却非自身荣辱，而是"北定中原，庶竭驽钝，攘除奸凶，兴复汉室，还于旧都"。且不论这样的志向在今天看来是否可嘉，其精神与意志却是无与伦比的。尤为难能可贵的是："初，亮自表后主曰：'成都有桑八百株，薄田十五顷，子弟衣食，自有余饶。至于臣在外任，无别调度，随身衣食，悉仰于官，不别治生，以长尺寸。若臣死之日，不使内有余帛，外有赢财，以负陛下。'及卒，如其所言。"

如此高风亮节，正所谓"鞠躬尽瘁，死而后已"，诚为古之罕见、万世楷模。

所以，至少我个人的看法是：作为一个现代人，比较演义与史志，前者所写的孔明失之荒诞，几近一个虚幻的人物；后者笔下的孔明，有血有肉，有情有义，反而以真实客观而深得我心。

陈寿评曰："诸葛亮之为相国也，抚百姓，示仪轨，约官职，从权制，开诚心，布公道；尽忠益时者虽仇必赏，犯法怠慢者唯亲必罚，服罪输情者虽重必释，游辞巧饰者虽轻必戮；善无微而不赏，恶无纤而不贬；庶事精练，物理其本，虚伪不齿；终于邦域之内，咸畏而爱之，刑政虽峻而无怨者，以其用心平而劝戒明也。可谓识治之良才，管萧之亚匹矣。连年动众，未能成功，盖应变将略，非其长欤！"

这种客观而率真的评价，岂止足为史家鉴？一切舞文弄墨者乃至一切齐家平天下者，均堪以为座右也！值得一提的是，陈寿对诸葛亮"应变将略，非其长欤"的评价是大出一般人的既定看法的。为此，史学界还有过一场不算小的讼争呢。《晋书·陈寿传》就曾以此非难陈寿修史不公："……寿父为马谡参军，谡为诸葛亮所诛，寿父亦坐被髡，诸葛瞻又轻寿，寿为亮立传，谓亮将略非长，无应敌之才，言瞻唯工书，名过其实。议者以此少之。"

此言似乎有理，然更多的学者却纷纷为陈寿辩白。崔浩在《魏书》中说："……陈寿《三国志》有古良史之风，其所述文义典正，皆扬于王庭之言，微而显，婉而成章，班（固）史以来，无及寿者。修之曰：昔在蜀中，闻长老言，寿为诸葛亮门下书佐，被挞百下，故其论武侯云：应变将略，非其所长。浩乃与论曰：承祚（陈寿）评亮，乃有故义过美之誉，案其迹也，不为负之，非挟恨之矣。"到了清代，朱彝尊、杭世骏、钱大昕、王鸣盛等人皆提出有力的理由为陈寿辩护。朱彝尊在《曝书亭集》中说："街亭之败，寿直书马谡违亮节度，举动失宜，致败。初未尝以父参谡军被罪借私隙咎亮。至谓亮应变将略非其所长，则张俨、袁准之论皆然，非寿一人私言也。"

钱大昕《潜研堂集》亦说："承祚于蜀，所推重者唯诸葛武侯……其称颂盖不遗余力。"

王鸣盛《十七史商榷卷》则云："寿入晋后，撰次'亮集'表上之，推许甚至，本传特附其目录并上书表，创史家未有之例，尊亮极矣。评中反复称其刑赏之当，则必不以父坐罪为嫌。"

由此可见，此一讼争，非但未损陈寿之名，反而更令人刮目于陈寿，甚至肃然起敬。恰如陈毅诗云："大雪压青松，青松挺且直。要知松高洁，待到雪化时。"

而以我个人之浅识，亦觉陈寿对孔明"应变将略，非其所长"之评不无道理。譬如孔明之七伐中原，在蜀中朝野一贯有较多不同意见。而孔明的看法是偏安一隅非自保之长计，不如主动北伐反有终胜之可能。这种战略应该说不无道理，但考虑到蜀魏之实力悬殊，连年动武又未能建功，在此局势下就不如倚仗蜀中之险坚壁固守，养精蓄锐，以待良机，至少可能令蜀汉多维续几年。而孔明却继续穷兵黩武，不仅自己七出祁山，"出师未捷身先死"，他的战略还影响到姜维，又来了个九伐中原。连年劳民伤财的结果，就只能是大大折损自己的国力，反而加速了蜀亡的进程。

二、一丘之貉说曹、刘

作为晋之史官，陈寿在撰志时，多有为司马氏讳之曲笔。这是一个疵点，但也只是一个以今人眼光来论之疵。毕竟身处封建专制的旧时代，以完全公正客观来要求陈寿可谓苛责。那种年头，达官贵胄尚且常因利害之争或一言不慎而满门遭戮，区区一介史官，敢于忤逆天朝，等于不要自己的脑袋了。然正因为此，反更见出陈寿撰志时的种种非凡胆略与勇气。书名《三国志》，即已表明他将纯系伪逆的蜀、吴与曹魏同等看待，这已是非凡之举了。在志中，他基本客观地评价了刘、孙、曹三家，且不避忌讳，大量收录了刘备在蜀中称帝时，蜀臣蜀民的上进书、表，巧妙地表达了他对刘备的尊崇之意。这固然与陈寿原为蜀吏有关，也是他在心理上仍然潜伏着刘汉正统观的迹象之一。相反，对于魏主曹氏父子们，他虽然不同于一般民间或史籍那样大张挞伐，并多少略去一些曹操的奸邪行迹，但同时也略去了曹丕即帝位时的劝进表、奏等记载。这与对刘备的描述形成鲜明对比，再清楚不过地表明了陈寿的政治倾向。这真是煞费苦心，在当时历史条件下，实属难能可贵。

而处于明代的罗贯中，他在演绎三国时，自然不必如陈寿那般有所顾忌了，他完全可以更公正地来表现那一段史实（当然，作为小说家亦完全不必拘于历史真实来营构作品）。然而，被誉为"七实三虚"（我觉演义之虚实恐只能对半而论）的"演义"，作者的政治倾向性似乎太偏了些。出于作者政治观及人生观的需要，强烈贯穿着全书的扬刘贬曹之倾向，支配着作者苦心经营，一味穷写蜀汉之正之忠，一味狠斥曹魏之伪之奸，几乎到了完全不顾史实（当然这并非绝不可以）与艺术辩证法的地步。以至于我们无论从读史或读文学角度出发，感情上都可能与罗贯中本意相同，不知不觉地将屁股坐在了刘蜀一边，为刘氏天下忧而忧，为刘氏天下乐而乐；以至读"演义"至后半，越读越沮丧，越读越悲凉。

然一旦掩卷，许多人的理智就开始诘问自己，难以完全认同刘备。或许这仅是我个人的感觉也未可知。我重读"演义"有一个相当突出而近于逆反的心态：越是罗贯中浓墨重彩大肆渲染的人物，我越发觉得不太可亲、不太可信。究其因，前述之"状孔明之多智近妖"是一，而"欲显刘备之长厚而近伪"是同一枝干上的又一枚青果。这一现象从艺术创作角度而言，可说是再一次证明了缺乏辩证观念于创作的伤害。有如今世的许多文艺作品，出于政治的或艺术观之偏狭，人物总是被一味地拔高，写好则好到天上，写坏则坏到脚底，毫无感染力可言。但须强调的是，我确信罗贯中将刘备写成一个扁形人物绝非艺术功力不逮，更非他不懂艺术规律，实在是为其世界观所左右而不得已罢了。如刘备这个人物，之所以被认为正统，无非因其姓刘，以今观之，姓刘又如何？谁规定了天下必得刘氏得之？早在刘邦得天下之前，陈胜、吴广揭竿而起时便曾振臂高呼"王侯将相宁有种乎"；至三国时，刘氏天下早已气息奄奄，此时谁能号令天下，有利于国家统一稳定，谁就有理由治理天下，何必非刘莫属？曹、刘同为汉臣，政治主张也并无原则差别，正如鲁迅所言："他们都是自私自利的沙，可以肥己时就肥己，而且每一粒都是皇帝，可以称尊处就称尊。"两人本质上完全是一丘之貉，"演义"从"王道"、正统观出发，过分扬刘贬曹，总令我有偏颇之感。

当然，从创作角度看，"演义"作为小说，有自己的政治倾向是无可厚非的，但一定的思想应通过相应的艺术典型来体现。"演义"花了百倍的气力来塑造刘备这个"宽仁爱民"、令人民"心悦诚服"的"王道"化身，却由于作者过于主观甚至不顾事实虚饰，反而是不成功的。这一点在"演义"写刘备从新野、樊城撤退一章中，表现得尤其明显。作者笔下的刘备，对老百姓之关心竟至不惜个人安危的地步，而老百姓对刘备也竭诚爱戴，宁可随他去死也不离开他。这一情节既无史实，也不符合一般情理，刘备再怎么仁慈，毕竟还是一个军阀，他无时不在想"申大义于天下"，为此他连年征城掠土，以致生灵涂炭，焉会舍命护百姓？尤令我感到不快的一个情节是（此系"演义"虚构，并无事实）：

"一日，到一家投宿，其家一少年出拜，问其姓名，乃猎户刘安也。当下刘安闻豫州牧至，欲寻野味供食，一时不得，乃杀妻以食之……玄德不疑，乃饱食一顿……忽见一妇人杀于厨下，臂上肉已割去……玄德不胜伤感，洒泪上马。"瞧，为表现刘备得人心，罗贯中捏造出这么一个血淋淋的情节。谁知效果适得其反，除令人恶心，还反衬出刘备的残忍。吃了人肉，竟毫无悔意或歉意，只"洒泪而去"而已！倒是曹操，事后闻此，"乃令孙乾以金百两往赐之"。

与刘备形成鲜明对照的曹操，后人对其评价历来争论不休，而且贬者多褒者少。我倒觉得，曹操作为一个著名军事家、政治家和杰出的诗人，在分裂混乱的三国时期，对统一我国北方曾起过相当积极的作用。仅就"演义"来看，我越读越觉曹操作为一个艺术典型，固然有其可恶可恨处，但较之刘备，却也不乏可爱之处。最根本的原因恰恰也在于"演义"出于政治偏见，并没有把曹操按历史本来面目来处理，而是将他写成一个历史上所有乱臣贼子的典型。曹操性格如此复杂、深刻，是作者充分艺术加工再创造后的人物，已不复历史上的真曹操所能包容。这个形象体现了历史上其他乱臣贼子的某些特征，这种典型化而无所忌讳的艺术手法多侧面而立体地活化了曹操的形象，使得明明不真实的他，获得了极高的艺术真实性。

此外，作者在对立中表现人物，原意恐怕是想将其与刘备对比着写，以曹操之奸来彰显刘备之忠，结果却由于种种原因，反而倍显了刘备的伪。如作者借刘备对庞统的话说："操以急，吾以宽；操以暴，吾以仁；操以谲，吾以忠：每与操相反。"岂不正好暴露了刘备的阴险与韬晦之奸吗？而作为一个艺术典型，刘备也由于作者主观意图的固执、拘谨而显得单薄偏弱，恰恰成了曹操的陪衬人。正所谓"有心栽花花不开，无心插柳柳成荫"。

比起"演义"，《三国志》中的曹操完全是一个正面形象了。显然这也有不可信处，原因如前所述，在于陈寿所处的历史时期及其地位的关系。然毕竟是一个有责任感与道德感的史家，平心而论，陈寿相对于小说家罗贯中，写作态度到底是严肃得多了。《三国志》对曹操的描写或许不算是很客观的，却也未必有多少粉饰。陈寿对曹操的评价读来亦觉公允：

"汉末，天下大乱，群雄并起，而袁绍虎视四州，彊盛莫敌。太祖运筹演谋，鞭挞宇内，擥申、商之法术，该韩、白之奇策，官方授材，各因其器，矫情任算，不念旧恶，终能总御皇机，克成洪业者，唯其明略最优也。抑可谓非常之人，超世之杰矣。"

顺便说一句，以前总以为曹操的确是一个"宁叫我负天下人，休叫天下人负我"的极端利己主义者。可以说这句名言是天下人最恶操之为人之处了，因为它起因于"演义"中一个令人发指的情节，即曹操出逃路上，吕伯奢为招待他出外沽酒，他因多疑，闻屋后人（为款待他）杀猪声，疑为加害而一气误杀八口人，后明知错了，索性又将好心的吕伯奢杀了。曹操在此情形下说了上述那句名言。

此事自然不见于《三国志》，但不能说这情节完全是罗贯中的虚构。《孙盛杂记》曾记载此事云："太祖闻其食器声，以为图己，遂夜杀之。既而凄怆曰：'宁我负人，毋人负我。'"遂行。

然而除此而外，不少别的记载，事实虽大同小异，却再无负我负人之论。

《世说世语》曰："太祖过伯奢。伯奢出行，五子皆在，备宾主礼。太祖自以背卓命，疑其图己，手剑夜杀八人而去。"

《魏书》曰："太祖……从数骑过故人成皋吕伯奢；伯奢不在，其子与宾客共劫太祖，取马及物，太祖手刃击杀数人。"

由此看来，曹操滥杀无辜当属无疑，但其是否曾说过那样赤裸裸的"负人"论，却是有待商榷的，至少我手头证据尚嫌不足，姑且存疑。但即使他没说过此类话，作为一个滥杀无辜、双手沾满鲜血的人，曹操绝对算不得一个好王者。我在此之所以为曹操说上几句好话，不过是从艺术创作及艺术审美的角度，对刘备、曹操这两个艺术形象及陈寿、罗贯中这两位作家作某种比较而已。总而言之，我认为就曹、刘二人而言，无所谓好坏，都是一丘之貉。而就陈、罗二人之写作态度而言，我个人则较为欣赏也更理解陈寿一些。当然，历史与文学并不是一回事；而尽管文体大相径庭，罗贯中的写作能力、作品的感染力是要胜于陈寿的。胜就胜在他笔下驱驰的是一群典型化的艺术人物。在那"话说天下大势，分久必合，合久必分"的历史大背景下，虽然"是非成败转头空"，但是"青山依旧在，几度夕阳红"；他们有声有色地演绎着自己的性格与历史，让我们这些后生小子"白发渔樵"，得以"一壶浊酒喜相逢。古今多少事，都付笑谈中"。是何等地动人，何等地有诗意，何等地壮美！

三、萁豆相煎何太繁

丕曰："吾与汝情虽兄弟，义属君臣，汝安敢恃才蔑礼……吾今限汝行七步吟诗一首。若果能，则免一死；若不能，则从重治罪，决不姑恕！"……丕又曰："七步成章，吾犹以为迟。汝能应声而作诗一首否？"植曰："愿即命题。"丕曰："吾与汝乃兄弟也，以此为题。亦不许犯着'兄弟'字样。"植略不思索，即口占一首诗曰：

"煮豆燃豆萁，豆在釜中泣。本是同根生，相煎何太急！"

曹丕闻之，潜然泪下。其母卞氏，从殿后出曰："兄何逼弟之甚耶？"丕慌忙离座告曰："国法不可废耳。"于是贬曹植为安乡侯。

——这便是那个"兄逼弟曹植赋诗"的著名典故。

此事同样不可能见诸《三国志》。"演义"是否有史实根据我不得而知，但我是相信这类现象的真实性的。即便《三国志》没有记述丕、植兄弟之尖锐矛盾，"兄逼弟"这类现象在整个封建王朝史中也实在是一个寻常现象了。读三国，这一感觉尤为触目，此类事亦可谓屡见不鲜，俯拾皆是。

有趣的是，走进三国，与那些风云人物交游、对话，一般印象却又是不可谓不佳的。你总能强烈感到他们都是些学富五车的谦谦君子：满口诗书，满腹礼义；言必称四书，行必遵五经。或如董卓篡汉，美其名曰"行伊霍之事"（指古之伊尹逐太甲，霍光废昌邑王之事，此二人之举皆被认为是正义之举）；或者如黄巾叛乱，美其名曰"替天行道"；更甚者如汉献帝，欲诛曹操，也要在衣带诏中先来番"朕闻人伦之大，父子为先；尊卑之殊，君臣为重"的理论。

然而，一旦察其行，则又发现一切都不是他们口头上说的那么一回事了。原来他们大多是一帮口蜜腹剑之徒！台上拱手，台下踢脚；今日投魏，明日降蜀；一言不合便拔剑相向：这在他们简直是家常便饭。为了他们标榜的"仁、义、礼、智、信"，他们动辄兵戎相向，以致血流成河、民不聊生、国家长期分裂，所为其实不过是一己之家天下而已。不仅如此，为了一己荣华或一己安危，他们不仅在集团间尔虞我诈，今天结盟，明天血拼；更有甚者，兄弟间、父子骨血间也六亲不认，或相阋于墙，或大打出手，终至家破国亡。而且此类事在三国中发生得似也特别频繁。上引丕、植之争尚属轻的，因为曹丕慑于母命并未置曹植于死地，而别的一些事例可就比他们严酷多了——

一度雄踞青、幽、并、冀四州，势力远胜于曹操的袁绍，虽然在官渡之战中元气大伤，吐血而亡，但其地盘仍在，实力犹存。令他基业崩溃的主要原因是兄弟相并、内部分裂。先是袁绍与他的亲哥、北方另一大军阀袁术互不买账，明争暗斗大大削弱了彼此的实力；紧接着又因袁绍废长立次，引发了自己那三个不争气的儿子袁尚、袁谭和袁熙之间的利害之争。这"三袁"不思合力抗操，却在大敌当前的时候为争继位权而拥兵自械，甚至互相掣肘、设计相谋对方，以至终为曹操各个击破，身亡国丧。

《三国志》之《先主传》中载有这样一个细节：刘备入川后，一度寄篱于蜀主刘璋，伺机图之。后曹操伐吴，孙权求救于刘备。刘备向刘璋借兵援吴，欲待东行时，刘璋部下一向与刘备私通图蜀的张松说："书与先主及法正曰：今大事垂可立，如何释此去乎？"不料张松之兄广汉太守张肃获知了此事，他"惧祸逮己，白璋发其谋"，致使刘璋斩了他的亲弟张松。于是刘备与刘璋"嫌隙始构矣"，不仅张肃未能自保，也加速了刘璋的灭亡。

兄弟之情薄如此，那么父子之情又如何呢？一如纸也。

诸葛亮之侄诸葛恪，如诸葛亮一样，受吴主孙权遗命辅吴，位极人臣，后死于非命。对于主子孙权，他可谓忠诚之至。可对于自己的骨血，一旦可能有碍于自己的仕进，他就会毫不犹豫地对其下毒手。《诸葛恪传》有这样的记载："恪长子绰，骑都尉，以交关鲁王事，权遣付恪，令更教诲，恪鸩杀之。"寥寥数语，读来却令人不寒而栗！

人性本善还是人性本恶，古来争议不已。看了上述随手拈来的几个例子，至少我个人是很怀疑人性是否本善了。不过，古来亦有一说曰"乱世出奸雄"，此言我则深以为然。三国中那些大大小小、形形色色的奸雄们，乃是那个混乱不堪的年代之必然产物。国无一统之主，地无恒久之君，人的私欲却大有膨胀之机。大小豪绅、军阀们趁乱谋私，小民百姓则多有趁火打劫、落草为寇的。利令智昏，更兼非常年代的唯一基本法则就是弱肉强食，骨肉之情就难免大大淡薄了。恰如今世之动乱或欲望时代，人们被某种思潮、邪欲熏昏了头脑，父子反目、夫妻成仇的不也比比皆是吗？幸好现代不同于古代，尽管后果也令人扼腕，人头落地的尚不算多，亦不失为一种现代人之幸运吧。

四、幸未生为旧时人

说到现代人的幸运，反观三国时期，恐怕最根本的差别倒不在于物质的巨大差距，而在于现代人尤其是一般平民的人权保障，较历史中人尤其是战乱年代中人要优越得多。现代人最大的幸福在我看来，无疑主要还在于社会的进步、民主的逐渐臻善。

古代社会生产力水平极其低下。平民得个饱是丰年，官宦再富也没"奔驰"没私人专机。看看三国中人，封功行赏之物也不过食邑多少户，赐米多少斛或绢多少匹，无甚了不起。然而彼时之人的功名利禄、争权称霸之心却是一点不比现世人差。无论文人武士、王公贵胄，无不各事其主，窥伺时机一展身手，为的是青史留名，封妻荫子。然而走遍三国，看来瞧去，我是越看越觉胆寒，越看越觉纳闷：似乎古人都比今人豁达、无畏，而且他们的性命也远比今人不值钱；由于历史的及封建社会内部阶级矛盾的必然，那时毫无民主可言，任何个人的命运都完全操纵在地主或军阀、天子手中，明明都知"伴君如伴虎"，稍有不慎不仅自己人头落地，还要株连九族；一人犯事，满门弃市的事在三国中几乎天天都在上演，而那班文臣武将却依然人人踊跃，飞蛾般向着那功名之火猛扑！或许古人的忠义、道德之心的确要较今人来得认真些；或者换句话说，古人的适应意识很强而民主意识缺乏，故对种种非人道的规制习以为然、安之若素了。你诛我三族，我灭你满门，也就成了一种可以理解的约定俗成。只不知那些"败则寇"的家族中人是如何过日子的。在我看来，若我家中出了个做官的，实在是件可怕至极的事情。不定哪天他犯了事，我的脑袋也得跟着糊里糊涂挨一刀，那日子怎么过得下去？

试看几例。

董卓之虐，世人皆知，仅迁都之际，他便"差铁骑五千遍行捉拿洛阳富户，共数千家，插旗头上，大书'反臣逆党'，尽斩于城外，取其金赀"。及至自己被诛，家产、人口尽被抄籍不说，"看尸军士以火置其脐中为灯，膏流满地，百姓过者，莫不手掷其头，足践其尸"。可谓死有余辜，罪有应得。然而赫赫文史学家蔡邕却"只因（董卓）一时知遇之感，不觉为之一哭"，竟也被王允下狱缢死。王允的真正理由只是："昔孝武不杀司马迁，后使作史，遂致谤书流于后世。方今……不可令佞臣执笔于幼主左右，使吾等蒙其讪议也！"

又如："当下司马懿、曹爽扶太子曹芳即皇帝位……自是兵权皆归于曹爽。"

然而就是这个曹爽，不久便被老谋深算的司马懿略施小计，"押曹爽兄弟二人并一干人犯，皆斩于市曹，灭其三族；其家产财物，尽抄入库"。悲夫！

另一个类似的可悲角色，便是那个官至一人之下万人之上的诸葛恪。

"恪见吴主孙亮……酒至数巡，吴主孙亮托事先起。孙峻……上殿大呼曰：'天子有诏诛逆贼！'诸葛恪大惊，掷杯于地，欲拔剑迎之，头已落地……恪合家老小，惊惶号哭。不一时军马到，围住府第，将恪全家老幼，俱缚至市曹斩首……"

王公大吏有旦夕祸福，贵为天子者又如何呢？且不说刘禅降魏，孙皓臣晋，曹芳为司马氏所废；正统至尊如真命天子之汉献帝者，非但自己未当上一天正儿八经的国主，最终未免被黜之厄运，甚至其在位时，就已惨至眼看心爱的伏皇后被诛也束手无策的地步了。"且说华歆将伏皇后拥至外殿。帝望见后，乃下殿抱后而哭……后哭谓帝曰：'不能复相活耶？'帝曰：'我命亦不知在何时也。'……华歆拿伏后见操……（操）喝左右乱棒打死。随即入宫，将伏后所生二子，皆鸩杀之。当晚将伏完、穆顺等宗族二百余口，皆斩于市。朝野之人，无不惊骇。"

岂止令人惊骇啊！正如演义所引一诗云："曹瞒凶残世所无，伏完忠义欲何如。可怜帝后分离处，不及民间妇与夫！"的确，一人命蹇，合族受戮。从这点看，王公贵胄的命运的确还不如草民来得安逸。然覆巢之下，岂有完卵？在那战火频仍、饥寒荒乱的封建专制时代，哪个不是朝不保夕，谁个能有真正的人权保障可言呢？念此不禁由衷地为我们多灾多难的先祖扼腕三叹！

万幸的是，三国毕竟已成演义，历史的悲剧也绝不会再在新体制之今世重演。唯愿世世代代之中华民族，永远以三国为戒，再不要重演三国丑剧！

唉，逛了半天三国，原不过为了有趣，不料却是乘兴而去，唏嘘而归。这也怕是读史读某些思想精深之名著的必然了。然开卷有益，唏嘘一场也值。所谓以史为鉴吧。只是一部良史，可鉴之处浩如烟海。我看三国，如逛一座博大精深之古城，转了半天也只得了点皮毛，说不定连城门也未进得去，只在城头望了几眼，便兀自在此聒噪起来，实在是贻笑大方，惭愧得很。还是赶紧打住吧。

暗云里的一颗巨星

近日，有机会到山东莱州采风。在我与市委书记李明的会见中，他提及一个莱州民众及官员从古至今始终保持和尊崇着的特色，即格外重廉而讲求清明，并且把这种心理诉求体现在清廉的环境建设上。他们将府衙大堂起名为"四知堂"，在府衙内建祠立坊，纪念为官清廉的知府、知县们。在莱州还有一个为清官脱靴的有趣传统，凡有清官离任，万民欢送，并脱下其朝靴，悬丁城门，以示褒扬和肯定。李书记特别提到，这样一种优良传统，与东汉年间曾任东莱太守的杨震之楷模作用密不可分。

"杨震？就是那个以'天知、地知、你知、我知，何谓不知'之四知理论却金拒贿，而名震天下、光耀千秋的东汉太尉杨震吗？"

"是的。杨震就是在来东莱（莱州）赴任途中，经过昌邑时，曾受其提携的昌邑县令王密为谢其恩，星夜提金十斤献予杨震，称此决无他人知晓，结果被杨震严词拒却，怀愧而去……"

我不禁别有一番敬意浮上心头。这首先缘于自己恰是有过杨震情结之人。近些年因为年龄渐长，渐喜读史。而史料中清官廉吏并不多见，杨震不仅是罕见且堪与日月同辉的一位，其"四知"理论亦别出心裁，体现了相当深邃的哲理意味，令我（当然也令所有知其者）推崇备至。此外，犹记当年，我曾和一位友人因杨震而有过一场小小的辩论。友人认为杨震人虽不假，事或有虚。理由是，既然只有"四知"，后来又是谁把这事给传扬出来的呢？如果是杨震，则其难免有沽名钓誉之嫌，"却金"动机就要打问号。如果是县令王密，则其岂肯自曝丑闻，贻笑世人？如果两人都没传扬，则此事是否是好事者炮制出来以儆世人的，也未可知。

我则相信，虽然当时实际究竟如何已难确考，但应确有其事。理由是，我曾查核过，有史料证明，此事是县令王密感念恩师之高风亮节，而不惜自我揭短而公之于人的。当然，这史料确否，也难绝对定论。但我从杨震为人的基本逻辑中推知，"却金"及其"四知"理论发生在他身上却是相当可信的。因为史籍上关于杨震的事迹记载不多，许多人包括我友人，对杨震的了解基本上限于"四知"一事，有所疑惑也很正常了。而实际上的杨震，又岂仅仅为官清廉？可以说，这只不过是其人格之必然之果，而非其因。

杨震者，其出身远非凡俗之辈也！

杨震字伯起，系陕西华阴人，出身官宦世家。他的八世祖杨喜，在汉高祖时因功封为赤泉侯。到他父亲杨宝，虽然已非官僚，但仍系世族大户。而杨震年少时即志存高远、好学上进，曾跟随太常桓郎学习《欧阳尚书》，并通晓经籍，博览群书，专心探究。当时的儒生都称赞他为"关西孔子杨伯起"。杨震居住在湖城，尽管名声渐起，但却无心仕进，几十年都不应州郡的礼命，直到50岁时才终于出山。当时的大将军邓骘听说杨震是位贤人，于是便向朝廷举其为茂才。

此后杨震四次升迁，成为荆州刺史和东莱太守。

当他前往东莱郡上任，路过昌邑时，发生了著名的"四知却金"之事。客观地说，正是此事，使杨震"一举成名天下知"，并最终留名青史，成为后世楷模。但也正因为此事太著名，给人们的印象太深刻，杨震之真实而完整的人格面貌反而变得模糊不清，加之史载也不多，以致会有人对其"四知却金"之事也产生了怀疑。实际上，如果你知晓了杨震的一贯为人，了解他的基本人格和事迹就会相信，"却金"之事发生在他身上非但可能，而且也仅仅是其巍然高峰般奇崛英姿之一个侧影而已！

别的先不说，就从他辗转多地任职且为官多年仍两袖清风来看，杨震就是封建专制社会贪腐成风、形同酱缸的背景下出淤泥而不染的一株清莲。他在任内始终公正廉明，且不接受私人请托。他的子孙也蔬食徒步，生活俭朴。常有一些老朋友或长辈看不过去，劝他要为子孙置办点产业。杨震的回答也不亚于"四知"之说："让后世的人们都称颂他们为清白官吏的子孙，便是遗泽于他们了。这比积金贮产好得多哩！"不仅如此，杨震早在隐居期间就表现出与众不同的个性。他当时以教授学生为生，为缓拮据，他暇时便自种蔬菜，贴补家用。门生们想替他种植，杨震却坚决不允，甚至将门生们种下的植株拔起来重种，以此杜绝门生的服劳。其"关西孔子"的称号便由此而来。

而最令我敬仰的，还在于杨震身上最本质的那一面，即其一以贯之的、坚定无畏的儒家士大夫精神。

众所周知，中国的封建专制制度下，"普天之下，莫非王土；率土之滨，莫非王臣"，家天下的皇帝是上天之子，有着至高无上的地位和予取予夺的权威。尽管历代君主都好扮演招贤纳士、开放言路的贤明角色，实际情况却是，做臣子的多半都是唯唯诺诺、明哲保身，甚或谄媚溜须以求升官。原因很简单，伴君如伴虎，敢于直言相谏甚至逆批龙鳞的官僚，多半没有好下场。所以表面风光煊赫的帝王们，实际上也都成了真正的孤家寡人。

当然，也有例外。虽然相对于数千年的封建朝代史，这个例外中人仅仅是少数，但细数起来，其绝对数也是个令人肃然起敬的小群体。他们敢于直言进谏，且一身正气、不屈不挠。比如杨震就是其中一位佼佼者。只是这么一位在我看来完全算得上是"暗夜里的一颗巨星、浓雾里的一枝鸣镝"者，却因为没有遇上一位开明君主而最终死于非命，想来怎不令人扼腕三叹！

永宁元年，东汉安帝邓太后时期，因慕杨震盛名，朝廷将其征召为大司农，后又升为司徒、太尉。坦率说，假如是我蒙此恩遇，此时不说沾沾自喜、尽情享乐，亦当凝神敛息、唯上是从，以图安逸了。偏偏杨震不是这样的人。越是受到重用，越是慷慨直言，不惜得罪权贵，甚至触怒皇帝。

公元121年（永宁二年），邓太后去世，汉安帝喜欢的一些后妃开始骄横起来。安帝的奶娘王圣，因为抚养安帝有功，倚仗帝恩，尤为无法无天。她的女儿伯荣也出入宫中，贪赃枉法。

满朝文武都明哲保身，独有杨震毅然上疏，直指王圣："……阿母王圣，出身卑微，因遭千载难逢的机会，得以奉养圣上。虽然有推燥居湿抚养陛下的辛勤劳苦，但陛下对她前后所封赏的财富荣耀，已远远超过了她的功劳。然而她贪得无厌的心理无法得到满足，经常交际朝臣，接受贿赂、请托，扰乱天下，使朝廷清正的名声受到损毁，如同日月蒙上灰尘一样……因此，应当迅速送阿母出宫，让她居住在外面，同时还要阻断她女儿同宫内的往来，这样就能使恩情和德行都继续保持下来，对陛下和阿母都是好事……"

孰料，安帝见了奏折，非但不以为然，还给王圣等人看。从此，她们都对杨震怀恨在心，必欲除之而后快。

此后，乳母王圣的女儿伯荣，与已故的朝阳侯刘护的远房堂兄刘瑰勾搭成奸，刘瑰为趋炎附势，遂娶伯荣为妻。安帝因此而让刘瑰承袭了刘护的爵位，官至侍中。对此，眼里揉不得沙子的杨震坚决反对，再次向安帝上书说："臣听说过去高祖皇帝执政时曾与群臣相约，不是有功之臣不得封侯拜爵。在爵位的继承上，自古以来都是父死子继，兄亡弟及，以防别人篡夺爵位。臣见诏书赐刘护的远房堂兄刘瑰承袭刘护爵位为侯，而刘护的同胞弟弟刘威如今还健在，为什么不让刘威袭其胞兄刘护的爵位而让刘瑰承袭呢？臣听说，天子只封有功之臣，诸侯靠德行获得爵位。刘瑰没有任何功劳和德行，仅仅以匹配阿母之女的缘故，就位至侍中，又得以封侯，这既不符合高祖定下的老制度，又不合乎道义，以致满朝文武议论纷纷，百姓迷惑不解。请陛下以历史为镜鉴，按照帝王应该遵循的规则办事，得人心，安天下。"

可惜，安帝依然没有理睬他的诤谏。

杨震为太尉时，安帝的舅舅大鸿胪耿宝，推荐中常侍李闰的哥哥给杨震，希望他推荐任用。杨震不接受。耿宝亲自对杨震说："李常侍是陛下亲近的人，陛下想叫你推荐他的哥哥，我耿宝不过是传达陛下的意见而已。"杨震说："如果朝廷想令三府推举，应该有尚书的命令。"决然拒绝了他，以至又开罪了耿宝。后来，皇后兄长执金吾阎显也向杨震推荐他两个亲友，杨震又不接受。而司空刘授听说后，马上举荐这两个人，结果十天之内都被提拔了。可想，如此刚直不阿的杨震，在朝中的人际关系会有多么糟糕。

不久，安帝又下诏，让使者为阿母王圣大肆建造房屋。中常侍樊丰及侍中周广、谢恽等更相鼓动，扰乱朝廷。杨震闻讯后再次上疏，严词反对，甚至直斥周广、谢恽兄弟等人"既不是皇上重要亲戚，又不是皇室枝叶贵属，仅仅依附皇上周围佞幸小人，与樊丰、王永等人共分权力，嘱托遍布州郡，威势动摇大臣。宰相衙府想征召人才，大多都要看他们的眼色行事，被招来的人差不多都是行贿买官的无能之辈，甚至一些过去因贪污纳贿被禁做官的人。一些放浪形骸、胡作非为的人，也都通过行贿重新得到了高官显位，以致黑白混淆，清浊不分，天下舆论哗然"……

这道奏折上去，却又似泥牛入海，毫无音信。

樊丰、谢恽等人见安帝不听杨震接二连三的苦谏，便更加肆无忌惮，进而假造诏书，调拨大司农所管国库钱粮、将作大匠所管众多现成材木，各自大肆建造家舍、园地、庐观，花费人力、财力不计其数。

杨震忍无可忍，又借发生地震之故，再次上疏直言：

"……而亲近幸臣，骄溢逾法，多发徒士，盛修第舍，卖弄威福，道路喧哗。从所闻见，地动之变，近在城郭，殆为此发！……"

杨震这一片苦心，虽然激切，奈何安帝早已为群小所蒙，故任由他怎么说，始终置之不理。而那帮奸佞之徒无疑更加痛恨杨震，一有机会就向安帝毁谤他。于是安帝也日渐厌烦杨震，只是考虑到他是关西名儒，若将他轻易除去，可能会物议沸腾，动摇大局，所以一时也不敢加害杨震。杨震虽然也清楚自己的处境已江河日下，但一腔忠悃又使他不屑于为一己安宁而退避，依然我行我素。

河间有个叫赵腾的人，痛感时局混沌，亲自诣都城上书，向安帝指陈时政得失。安帝却勃然大怒，说他无知小民也来多嘴，立即命有司将赵腾逮捕下狱。换了别人，轻易不会管这闲事，可杨震却不肯坐视不管，于是又上书诤谏：

"臣闻尧舜之世，谏鼓谤木，立之于朝；殷周哲王，小人怨詈，则还自敬德。所以达聪明、开不讳，博采负薪，极尽下情也。今赵腾所从，激讦谤语，为罪与手刃犯法有差，乞为加恩，全腾之命，以诱刍荛人之言，则国家幸甚！"

可是安帝看到这封奏章，反而下令即刻处死赵腾。按说，这对杨震来说是个相当不妙的信号，如果懂得见机行事，或可扭转自己在皇帝心目中的印象。然而杨震却毫无退缩心理，反而趁安帝东巡祭祀泰山的时机，派太尉秘书高舒，查获樊丰等人先前捏造伪诏等罪证，专等安帝回朝，即向他举发。然而，不擅心计的杨震，却被工于心计的樊丰一伙占了先机。他们听说自己丑迹败露后，一俟安帝回銮将到都门时，急忙先去迎谒，并乘机密奏，说是有星变逆行的天象，与杨震有关。因为他祖庇赵腾，陛下不从其请，他心怀怨怼，意图谋逆，所以星变显示危机，请陛下先行收拿杨震，方可安全入宫。安帝虽然昏庸，此时却还有一隙之明，他踌躇半晌才疑惑地说："震为名士，难道也如此不法吗？"樊丰进逼道："震为邓骘故吏，邓氏既亡，怪不得他会有异心了！"一听此言，安帝顿时愕然点头，连夜调遣中使，去收了杨震的太尉印绶，免去他的一切官职。

毫无防备的杨震并不畏惧，坦然交出印绶后，回到府第。尽管他从此闭门韬晦，谢绝交游，不料已于事无补。安帝回宫后，便提擢耿宝为大将军。而耿宝因为先前向杨震说情未成，一直怀恨在心，加上樊丰等又从旁煽动，他竟向安帝奏称杨震不肯服罪，仍怀怨望。安帝便又下诏，命杨震归里。

杨震奉命返乡，到了夕阳亭后，他却停下不走了。慨然整装之后，他将所有门人弟子聚拢来说："人生本有一死，死不得所，也是士人常事。我叨居宰辅，明知奸臣狡猾，不能驱除；嬖女倾乱，不能禁遏，有何面目再见日月？我死后可用杂木为棺，粗布为被，盖形掩体，不必归就墓次，添设祭祠了！"

说完，他不听任何人劝，毅然举杯，饮鸩而死。时年70余岁。

正所谓"峣峣者易缺，皎皎者易污"，品行高洁如玉石之白者，最容易受到污损；性情刚直卓尔不群的人，往往容易横遭物议。杨震的命运，再一次证明了专制时代那既不正常又属正常的黑暗现实——只是，不知何故，关于他的事迹，史料上少之又少。或许，就是因为他那"却金"的理论太高洁、太生动也太典型了吧？

好在，历史终究不没忠臣、贤人。虽然不成比例，杨震还是赢得了应有的评价。王应麟就盛赞曰："东汉三公，无出杨震。"蔡东藩也说："杨震不受遗金，四知之言，可质天地；并欲清白传子孙，卒能贻泽后人，休光四世。后之为子孙计者，何其熏心富贵，但知贻殃，未知贻德耶？而关西夫子杨伯起，卒以此传矣。"

实际上，杨震及其忠诚耿介、充满理想精神的人格，是不被容于他那个时代的，这是如他一类杰出人物必不可免的生命悲剧。

但无论如何，杨震风骨及其"四知"精神，却足以穿透时间的云烟，照彻未来的无穷世纪！

"新亭"怀古

　　说来有些惭愧，我自从1980年调来南京工作以后，迄今已逾30年了。30余年来，我的行迹可谓天南地北，大半个中国乃至部分欧美国家都曾涉足，唯独我定居工作的南京，反而阴差阳错地还留有许多识见上的盲区。如雨花台区吧，虽然我就居住和工作在它的边缘，却除了一个雨花台烈士陵园，几乎再未到过其他地方。

　　好在，有缘终究要相会。这不，最近应邀去雨花台区板桥镇参加了次采风游。时间虽短，但板桥给我的印象却比想象得还要繁荣兴盛而催人气壮得多。周起源先生所编写的《板桥文史》中所载的一副对联，就形象生动地勾勒和概括了板桥的人文历史和美好前景——

　　"聚吴楚商贾通南北盐铁昔日风情冠金陵；引九州英才创千秋伟业明朝繁华傲江南。"

　　不过，就我个人的见识而言，此次板桥之行，还有一个更让我感到不虚此行的收获就是：原来中国人文史上极为著名的一个史实，曾让我热血沸腾而过目不忘的"新亭对泣"的发生地新亭，就在板桥境内——而此前我只是隐约知道新亭在南京无疑，但具体在南京的哪个地方不清楚，偶然和朋友聊及此话题也探询过，回答却都含混不明。只说是在南京的南部地方，应该临江云云。这虽不算大憾，毕竟也是一个未解的疑窦。而此行所获《板桥文史》一书中，周起源先生专门辟有一章介绍新亭的史实与考据。虽也未完全确认，但据众多学者论证，多数还是倾向于新亭即位于板桥之说。无论从感情上还是从实地感觉上（板桥紧邻长江，历来又人文荟萃，且是不少朝代的驻军和争夺之地），我都乐意接受新亭就在板桥之说。

而新亭，是我早年读刘义庆《世说新语》留下最深刻印象的地方。而今一旦闻及，顿时又涌起绵长而难言的思古之情。

虽然这段史实熟稔者众，不妨还是容我再引用一下：

过江诸人，每至美日，辄相邀新亭，借卉饮宴。周侯中坐而叹曰："风景不殊，正自有山河之异。"皆相视流泪。唯王丞相（导）愀然变色曰："当共戮力王室，克复神州，何至作楚囚相对！"

寥寥数语，却包含着极为丰富的历史和人文、心理内涵。盖因中国的数千年文明史，历来是"分久必合，合久必分"，而实际上更是分得多而合得少，或曰乱得多而治得少，故而渴盼统一、思恋故国、祈求和平而难得，也就成了中国历代官人士子的集体意识和一种深隐而绵长的痛。"新亭对泣"正是这样一种人文和心理符码最为真实而形象的反映和浓缩。而东晋初年，南渡的北方士大夫虽一时安定，却也经常心怀故国。

这里的"山河之异"，即指长江和洛河的区别。当年在洛水边，高门名士定期举办聚会，清谈阔论，极兴而归，形成了一个极其风雅的传统。此时众人遥想当年盛况，不由悲从中来，唏嘘一片，王导及时打消了北方士人们的消极情绪。这便是史上非常著名、令人感怀而又催人奋发图强的新亭会。后世咏叹国破家亡的诗词歌赋里常常见到的"新亭""风景""山河"，就典出此次新亭会。

耐人寻味的是，斯时于新亭慷慨激昂，意气风发地要"戮力王室，克复神州"的王导，后来却成了一个饱受诟病的"愦愦"之人。突出的例证便是，当时驻扎在京口的军咨祭酒祖逖曾多次上书司马睿，坚决要求出师北伐。祖逖的要求，使司马睿左右为难。因为建立并稳固偏安朝廷在江南的统治，是当时司马睿和王导的首要任务，北伐勤王之举倒在其次了。但是他们又不愿意因直接拒绝祖逖的要求，而激怒一部分有志光复中原的南渡北人，更不愿意留下一个不思进取或无心光复故国的恶名。最后，司马睿和王导采取了敷衍的态度，一方面同意祖逖北伐，任命他为奋威将军、豫州刺史；另一方面则只给祖逖调拨一千人的粮廪和三千匹布，由祖逖自己去招募军队……显然，在这样的背景下，"戮力王室，克服神州"的宏图大志，最终只能成为虚话。

然而，我们是否可以就此指责王导再也无志北伐，或者色厉内荏而背弃夙愿，一味地软弱偷安呢？我觉不然。历史从来不容假设，也不容冲动和过分的理想化。任何一个真正高明而理性的政治家，面对着当时那种政治局势，多半也会做出如王导一样的抉择。正所谓天下大势，顺之者昌逆之者亡。哪怕你个人意志再强悍，再奋勇或再有为，亦不可能超越历史，逆转趋势，故只能是此一时也彼一时也。说归说，做起来，则一定要审时度势，顺势而为。而王导后来的"愦愦"，一定程度上也是无奈之愦，它反映了当时南北政治军事实力对比之实况。东晋政权草创，百废待兴，军力松懈，即使举国大兴北伐壮举，能否在胡人强悍的铁蹄下全身而退也是一个未知数。历史是一种必然，虽然它有时似乎又充满了无限的可能性。因此刘义庆在《世说新语·政事》中又记载了王导因此而自叹："人言我愦愦，后人当思此愦愦。"

信哉斯言——微王导及后任者之"愦愦"，焉知半壁东晋是否能勉力撑持于东南百把年，而不速朽于一次次不合时宜的北伐之短暂狂欢之中？

尽管"愦愦"，尽管东晋也曾有过多次挣扎以图强，结果还是湮没于历史的劫灰之中。此正所谓时也、势也、运也。然而，新亭会之不甘沉沦、发奋图强的历史意义和精神价值却并没有因此稍减。某种程度上看，它其实也是中华民族厌恶分裂、渴望统一的根本意愿和民族性的形象体现。事实上，中国的历史虽经无数次反复，最终也还是运行在统一、和平、强盛的必然趋势之中。今日之桥板，乃至南京和全国的崭新"山河"，无疑也是历史规律和人民诉求共振之必然产物。而其中，亦未尝没有新亭精神存焉？

弃儿保侄话邓攸

我们的文化中，似乎总有一种好走极端的审美观或价值判断，非此即彼，非黑即白，且好极而言之，绝而对之，甚至荒而诞之。这种思维方式谬种流传，从古到今，绵延不绝。说人坏，往往不把他说得头顶生疮、脚底流脓就不过瘾；说人好，或倡导起忠孝节义来，则舌吐莲花、笔走龙蛇，不惜一切地美化之，神化之。总之不把人说得不伦不类，添之一分则腴、减之一分则瘦，乃至人性全无不罢休。此如文才盖世之罗贯中都不能免俗。鲁迅先生就斥其"状诸葛之多智近妖，状刘备之长厚近伪"。再如《二十四孝》中炮制的一些典故，如"郭巨埋儿"，为了强调孝心，就造出一个名叫郭巨的晋人，因为粮食不够吃，为了保证供奉老母，居然就把自己的亲儿子生生活埋。作者的本心无疑是在弘扬孝道，但这种违背人性的典型除了适得其反地让人作呕或毛骨悚然，焉有他效？

无独有偶，或许就是在这种极端化的忠孝文化和大义精神的催化之下，同样是在晋代，还真出现了一位实有其人的"大义者"邓攸。说其真，是因为其人其事不仅被载入《世说新语》的"德行篇"，还被晋书收入《良吏列传》，以至

"流芳"千古，影响至今。

且来看看邓攸的行状究竟如何吧。

邓攸，字伯道，系东晋元帝时人。官至尚书右仆射，死后被追赠为光禄大夫。

邓攸系平阳襄陵人，早年丧失父母。其祖父曾为中庶子，邓攸得以承袭祖荫，年逾弱冠便入朝担任了太子洗马一职，不久后又被任命为河东太守。但这远非邓攸后来仕途发达和扬名千古的原因。他能名列《良吏列传》，主要缘于其后的两大事迹。其一就是为《世说新语》"德行篇"所肯定、并为晋元帝和历代封建统治者所称道和褒扬的舍子保侄之"义举"。

晋永嘉末年，邓攸陷没于乱军之中，被后赵石勒俘获。石勒慕其名行，任其为参军。实事求是地说，邓攸在此还是表现出了士大夫的节气，不愿事虏而伺机逃离，携妻子、儿子和侄儿绥一起，南奔而投东晋政权。但一行人不幸在中途遇盗，行装及车马被掠，邓攸只能用箩筐担着侄儿和儿子步行。但此时追兵迫近，邓攸因盘缠不足而路途遥远，恐大家都无法脱生，便产生弃去儿子独带侄儿的想法。于是他对妻子贾氏道："路遥途远，盘缠稀少，宜减一口，方可保全到南。"贾氏曰："可弃绥（侄儿）也。"攸曰："吾弟早亡，唯有一息，理不可绝，只应弃我儿耳！我与你年纪未老，我若幸而得存，天必鉴我苦衷，再当使我有子矣。"妻泣曰："恩不及如夫妇，亲不及如父子，君何舍子而留侄耶？"攸曰："今事急矣，不得不弃，若留子弃侄，弟必绝嗣，旁人谓我不义。"

好一个"旁人谓我不义"——实际上依我看来，且不论当时的情势是否真就面临着非此即彼的两难，即便是，如果一定要在侄儿与亲子之间做一个抉择，那么如邓攸之妻所言，弃侄保儿，还是相对较符合一般认知的人伦情理，并不为大过，也未必会被多数人（除某些腐儒外）目为不义。反而是邓攸之举，为免担上不义之谴，宁肯舍弃血亲骨肉，怎么看都觉得难以理解。更恐怕其执意弃儿保侄的潜台词恰恰是：旁人会谓我义！不信，请看下文——

"由是妻大哭而从。邓攸乃放子于路，抱绥而走。其子朝弃暮赶及，明日攸以绳缚于树而去。携绥急走，辗转达于江东。"

晋元帝得知其事迹，大为感动，便任其为中庶子，不久又给了他个吴郡太守的肥缺。这就有了邓攸的第二大事迹：不食吴米。这且慢表。

不知诸君读史至此是何心境，反正我初读此事，非但没有敬佩或膜拜之感，反而是目瞪口呆，心里非常不舒服。无论从人性的角度还是道德伦理的角度来看邓攸的行为，都觉得此公未免太残忍，其心也太乖离，其行也太乖戾了。而且其事也有禁不起推敲的矛盾之处。邓攸当时事急，情迫是不假，但既然侄儿和儿子能用箩筐担着走，说明都是幼儿。弃去一个，另一个岂非要抱或背着走，这又能减轻他多少负担或少费他多少粮米呢？尤令人发指的是那个触目惊心的关键细节"其子朝弃暮赶及"，分明是说他儿子是能够自行行走，且速度还不慢的。而次日邓攸居然又"以绳缚于树而去"，即将明明能跟随他行走的亲骨肉生生缚在树上等死！这还是迫不得已吗？不，这正如前述，只能让人联想到邓攸的真实居心太过险恶、太过残忍而太过名欲熏心——他分明是在借机以儿子的生命博取自己的"义"名！

或许是今人与古人的伦理、是非判断差距悬殊吧。也不论邓攸的真实居心究竟何如，反正他这弃儿保侄的"义举"一经传扬，便获得或许正是他预期的收益。不仅朝廷大加褒扬恩赠，史乘作为良吏典型而大书特书，民间竟也演绎出种种传说，乃至影响到风俗。其中最戏剧性却也最见出某种文化心理的一例说是：邓攸弃侄之后逃过了泗水，却又被乱兵追及。且是石勒亲自追到，他举刀欲杀邓攸之际，邓攸诉说了自己南逃的种种艰辛和不得已，乃至亲生儿已不能保，故恳求石勒只杀他夫妻二人，保全侄儿的性命，以存亡兄一脉生机。而凶残如虎之石勒听说他弃儿保侄的故事，也顿觉其大义可钦，甚为感动，遂决定放其逃生。又恐这三人在路途有不测，石勒便随手采下路旁的菖蒲和艾枝，插于三人身上，并传下军令："若遇身插菖蒲、艾枝者，乃仁义之人，不准滥杀！"五月五日，邓攸等三人终于逃至福建宁化石壁洞。此处乃中原南来者之转运站。眼看追兵将至，此地百姓将成刀下冤鬼，邓攸记起石勒亲传的军令，忙叫各家各户都在门上插了菖蒲、艾枝。追兵到此之时，见家家户户门插菖蒲、艾枝。军令如山，他们不敢滥杀，掉头而去。而这些百姓日后转徙闽南、台湾各地，为感念邓攸救命之恩，每于端午节插菖艾以作纪念，或者贴上对联云："菖蒲驱恶迎吉庆，艾叶避邪保平安。"

　　传说终是传说，并不可信。而今某些地方的民间是否还保留着端午节插菖蒲、艾枝以纪念邓攸的习俗，我也未作考证。可以肯定的是，邓攸其人其事不假，只是今人多已难以接受他这号贤义之士了。不过，与一些今人认为邓攸"不食吴米"也是居心叵测的作秀，以博取更大声名，从而更加鄙薄邓攸的看法略有不同的是，我认为邓攸后来出任吴郡太守时坚持不受俸禄、但饮吴水、柴米完全自带的做派，固然不排除其仍有作秀意图，但在那个封建年代，一个官吏不刮去属地三尺地皮已称得上良吏，毕竟他还真的没拿吴郡的俸禄。而且，史称其逢吴郡大饥时，不计个人利害，当即开仓赈民，以致因先行后奏而受到许多朝臣的弹劾，差点儿被治罪，幸得晋元帝回护，才未受处分。这号官僚，无论如何也算得良吏好官了。当然，话说回来，元帝之所以不治他先行后奏之罪，没准儿还是和他弃儿保侄的"贤义"之举深得帝心有关呢。

"愿后身不再生帝王家"

"愿后身不再生帝王家"出自南北朝时南朝刘宋新安王子鸾之口。他本是刘宋废帝子业的亲弟,只因子业当太子时,宋孝武帝见其言行狂悖,曾生悔意,差点儿想改立子鸾为太子。所以子业登基后记起这段过节,立刻命人将子鸾赐死。可怜子鸾时年方才十龄,临终前凄然对左右说:"愿后身不再生帝王家!"不仅子鸾,他的同母弟南海王子师,及同母妹亦被子业下令杀死。

其实类似子鸾的遭遇,在几千年的封建帝王史上屡见不鲜。尤其是王朝更迭、篡弑成风的分裂时期,如魏晋南北朝、十六国和五代十国等时期,几乎就是一个不可避免的规律。大小朝廷走马灯似地相互篡夺,形成一幕又一幕几乎陈陈相因的帝王家族悲喜剧——新朝天子一边不亦乐乎地大封宗族子孙,皇子皇孙不是封王就是封公;一边唯恐子孙坐不稳江山,不择手段地大开杀戒,不将前朝天子所封的王侯公爵斩尽杀绝就不安生。随便举一例看看,比如隋文帝杨坚,他在篡夺北周王权后做的第一件大事,就是命令宿卫各军,在京城和全国搜捕诛杀北周皇族。他把所有北周太祖宇文泰孙辈,如谯公宇文乾恽、冀公宇文绚及周闵帝宇文觉的儿子纪公宇文缉、明帝宇文毓儿子酆公宇文贞、宋公宇文实、武帝儿子汉公宇文赞、秦公宇文贽、曹公宇文允、蔡公宇文兑、荆公宇文元、宣帝儿子莱公宇文衍、郕公宇文术等一股脑儿拘到监狱，勒令自杀。没几天，他又将被其废黜的年仅9岁的北周末代皇帝静帝宇文阐害死于宫中！

而对于这些大开杀戒的新朝天子来说，前朝代代相应的屠杀故事仿佛压根儿就没发生，也不考虑天道好还的道理，不考虑自己如此残暴，万一将来后人也冤冤相报会不会祸及宗族，满脑袋幻想着的都是从此自己的江山将世代永固。实际上要不了多久，你封的那一大堆王公贵胄又将成为新朝天子的刀下鬼。如隋文帝杨坚，他的天下只传了二世便告灭亡。

"世人都晓神仙好，唯有功名忘不了。"功名的极点应该就是称孤道寡了吧。可是在这样的历史背景下，生于帝王家简直就成了一道与生俱来的催命符，历史上如同子鸾这样的哀叹也就成了不绝于耳的悲鸣曲。如李煜，如崇祯，都曾在鬼门关前发出过类似的令人悲怆却又无奈的绝叹。说真的，我真不明白那些个帝王们为什么还要飞蛾扑火般前仆后继地想当皇帝！只可怜了那些生下来就在帝王家，毫无选择自己命运权利的王公们。子鸾的哀鸣真是泣断肝肠之衷言，却仍然感化不了也阻止不了一代又一代扑火的飞蛾！尤可悲的是，那些新朝王公们多半不到刀架脖颈之际也毫不考虑后路，一个个为自己加冕王公而弹冠相庆！

且不管它，再来看一例疯狂屠杀的例子吧。他是另一种类型，为了坐上和坐稳自己的皇位，大肆屠戮的都是自己的亲族。当然，这也并不说明他就比隋文帝杨坚更为残暴，两者不过是五十步与百步之别，因为杨坚作为开国皇帝，屠杀的对象自然集中在前朝皇族上，而他是篡弑上位的本朝皇帝，篡弑前为达目的，篡弑后为稳固地位和（自以为是）保护子孙，屠杀的对象自然也就集中在自己的亲族间。

他就是南北朝时期南齐的第五任皇帝萧鸾。

萧鸾庙号高宗。他少年丧父，由叔父齐太祖萧道成抚养，萧道成对其视若己出。刘宋泰豫元年（472年），萧鸾担任安吉令，此后就不断升迁，由宁朔将军、淮南、宣城太守进号辅国将军。齐高帝萧道成即位后，萧鸾又迁侍中，封西昌侯至征虏将军。齐武帝萧赜继位后，萧鸾由度支尚书等职进至左仆射、领右卫将军。萧赜临终时以萧鸾为侍中、尚书令，辅佐皇太孙萧昭业。隆昌元年（494年），萧鸾即本号为大将军，从此权倾朝野，成了实际上的掌权者。而自从文惠太子于永明十一年死后，萧鸾便有了争夺帝位的野心，随后便以种种借口和手段，开始屠杀王族，直至隆昌元年（494年）废杀萧昭业，改立其弟萧昭文，不久又废萧昭文为海陵王，自立为帝。

萧鸾为人阴险狡诈，其狰狞面目也是一个逐渐显露的过程。如在他年轻时，就惯以节俭示人。那时王公大臣上朝或出游皆乘牛车，多数都想方设法显示威风，招摇过市，萧鸾则反其道而行之，出则坐普通车，装扮则素朴而大众，路人都看不出他是西昌侯。如此节俭又不慕荣华的作风，给齐武帝萧赜留下了良好印象，待他晚年大肆杀害那些自以为要篡夺他皇位的人时，对萧鸾却丝毫未起戒心，临终还留下遗诏要他与竟陵王萧子良一起辅佐幼主。而萧昭业在位时，鄱阳王萧锵、随王萧子隆在诸王中名位最崇，资望亦最著。萧鸾对他们暗怀忌心，但在他们面前却表示出无比忠诚的模样，每当与萧锵谈及国事，常常声随泪下，令萧锵感动不已。尽管不断有人提醒萧锵和萧子隆要提防萧鸾的野心，先下手除掉萧鸾，两王虽然也渐有戒心，终究下不了狠手，结果在猝不及防之际，被萧鸾以谋逆之罪分头捕害。两家眷属亦皆被杀，财产抄没。而两王死时，萧锵年才26岁，萧子隆年才21岁。

江州刺史晋安王萧子懋听说二王遇难，意甚不平，便想起兵报复；又考虑到自己的母亲还在都城建康，便秘密令人入都接母亲来江州。不料其母行前先使人报知舅子于瑶之，让他好自为之。谁知于瑶之反将此信报告了萧鸾。萧鸾立即向萧昭业奏称晋安王谋反，然后中外戒严，并派军与于瑶之突袭江州治所寻阳。

兵临城下之际，晋安王萧子懋仓促间召集州府将吏登城捍御，但自知兵单力薄，难以取胜，便听从了部下寻阳参军于琳之之劝，说他可以前往敌军为晋安王说情退兵。可是万万没有料到，就在当夜，萧子懋还在家中苦等好消息之际，于琳之竟领着一批敌兵破门而入。萧子懋大骇道："汝从何处招来兵士？"于琳之冷笑道："我奉朝廷之命，前来诛汝！"话音未落，已抢步上前，扬手一刀砍下了萧子懋的脑袋。可怜子懋死时亦不过23岁。

如果说萧子懋之死还有授人以柄之情节，其他诸王的死则纯属命中注定，冤则枉哉了。

萧鸾除掉萧子懋后，凶相毕露，立即派遣平西将军王广之，毫无理由地突袭安陆王萧子敬（系南齐武帝第五子）。王广之先命令部将陈伯之假称要入城宣诏。子敬不知有诈，亲自出迎，结果被陈伯之砍落马下。

萧鸾一不做二不休，随即又命令吴兴太守孔琇之杀害晋熙王萧銶（齐高帝第十八子）。孔琇之颇有良知，不肯受命而绝食自尽。萧鸾便改派裴叔业西行，除掉上流诸王。裴叔业自寻阳到湘州时，湘州刺史南平王萧锐打算开城迎纳裴叔业。防阁将军周伯玉劝他说："这岂能出自天子之意？为今日计，宜收斩裴叔业，举兵匡扶社稷，名正言顺，何人不依？"可是年方19岁的萧锐没什么主见，又心存侥幸，竟呵斥周伯玉并将其下狱治罪。结果裴叔业一经入城，便矫诏杀掉萧锐，顺便又将周伯玉杀死。很快，裴叔业便又率军驰往郢州，也是依法炮制。可怜晋熙王年才16岁，更加懦弱，选择了服毒而死。而裴叔业并不罢休，立即又驰往南豫州。刺史宜都王萧铿也不过才18岁，惊慌失措之际，也被裴叔业派人勒毙。

另有两王的死法也令人扼腕三叹，悲从中来。两人一为江夏王萧锋，一为建安王萧子真。前者英勇不屈，表现出难得的骨气；后者则胆小如鼠，死得分外窝囊。

江夏王萧锋为齐高帝第十一个儿子。萧锋颇有才行，且不乏武力。他在朝任骁骑将军。听说萧鸾残害王亲，公然写信给萧鸾，斥他残害宗族、伤天害理。萧鸾自然引为深恨，但因忌惮萧锋勇武过人，不敢轻易遣兵入第伤害他，于是假意命他出祀太庙，就在庙中埋伏好甲士，等萧锋乘车前来时，突然杀出。萧锋毫不畏惧，从车上跃下，挥拳四击，接连打倒数人，奈何来兵甚多，任凭你萧锋如何骁悍，终究是赤手空拳，寡不敌众，身上受了数十创，大吼而亡。年仅24岁。

萧鸾紧接着又派遣典签何令孙，去杀建安王子真。子真年方19岁，天生胆小，闻讯后躲避到床下。何令孙追进屋内，一把将他揪出，吓得子真狂呼饶命，并伏地叩首，乞求罚为奴隶，以免一死。何令孙二话不答，拔剑一挥，子真呜呼断命。

萧鸾仍不罢休，随即又命中书舍人茹法亮去杀巴陵王萧子伦（齐武帝第十三子）。萧子伦时年16岁，却也颇有英名。当时他正为南兰陵太守，镇所在琅琊。听说茹法亮到来，明知来意不善，他却从容不迫地整理衣冠，出门迎受诏命。茹法亮读过伪诏后，递过毒酒一杯，逼令萧子伦速饮。萧子伦唏嘘着，说出一番令人深痛的至理之言："圣人有言，鸟死鸣哀，人死言善。先朝翦灭刘氏，几无遗类。今子孙遭祸，也是数理循环，不足深怨。唯君是我家旧人，独奉使到来，想也是事不得已吧。此酒何劳尔劝酬，我拼着一死罢了！"

茹法亮被萧子伦说得脸皮发烫，但仍看着他把酒饮下才肯退出。不几时，传来子伦已死的消息。茹法亮又入内验视，同时也不禁洒下几滴谁也说不清是何真意的清泪来。

此后，萧鸾公然废去萧昭文，自立为帝。本来目的达到，应该收敛些杀心了。然而当他登基五年身染重病后，他发出的却是这样的哀叹："我及司徒诸儿，多未长成，独高帝、武帝子孙，日渐壮盛，将来终恐为我之患呢！"于是他又与萧遥光密谋，索性将高帝和武帝遗留下的诸子孙一共十王，一股脑儿拘捕来，统统杀死。这十王分别是：

河东王萧铉，时年19岁；

临贺王萧子岳，时年14岁；

西阳王萧子文，时年14岁；

衡阳王萧子峻，时年14岁；

南康王萧子琳，时年14岁；

永阳王萧子岷，时年14岁；

湘东王萧子建，时年13岁；

南郡王萧子夏，年仅7岁；

巴陵王萧昭秀，时年16岁；

桂阳王萧昭粲，年仅8岁。

自从这十王被杀后，齐高帝和武帝诸子孙得以封获王爵者，无一人留存。相传齐世祖武帝在位时，曾梦见一只金翅鸟从天而下，突入宫中，捕食小龙无数然后飞去。文惠太子长懋，也曾对竟陵王子良说过："我每见萧鸾，辄深感恶心。如果不是他德福太薄，必与我子孙不利。"至此，长懋的预感可谓一语中的。而看了这样血腥的故事，谁还会再去艳羡王公贵族的生活和命运？至少我要实在地说一句（虽然这已永远成为不可能）："愿我和子子孙孙们永远勿生帝王家！"

有句话叫作"每个人都集天使与魔鬼于一身"。若以此来看萧鸾，不知谁还看得出他身上天使的影子吗？

还别说，如果全面地看萧鸾的话，还真能从其身上找见一些善影来。突出的一点是，史家称其是个起居俭约的皇帝（虽然其中不无虚伪的成分）。最明显的例子是，在其称帝后，萧鸾大张旗鼓地标尚节俭，甚至连臣下给他祝寿时，席上有银酒杯，萧鸾立命将其击碎。而当他在自己宫中设宴时，有时却也是银玉满席，十分华丽，但其即位后也确实做过些比如罢修林苑、废除锺山楼馆建设、斥卖东田苗圃的举措。他的乘车舟船一概剔去金银，后宫的服饰也一概崇尚朴素。最典型的是，他的御食中曾有种叫作裹蒸的类似蒸蛋糕的食物，他命人将其一剖为四块，中午吃一半，晚餐再吃一半。然而，萧鸾极为迷信，晚年尤甚，恐怕因为杀人过多心中有鬼吧，他极为多疑，外出时明明向东，却让车队向西绕行，故不排除他这类节俭举动也是出于某种自私或"积德"

的考虑。就算都是出自真心吧，如此区区小善，相对于他的屠刀而言，又能成何比例？当然，客观地看，历史上萧鸾及类似的杀人魔王层出不穷，他们也确有封建制度形成的诸多情非得已之处，但无论如何，如萧鸾这般残忍暴虐者，是不应该得到我们谅解的。何况，这号人从来也没有因此实现自己永固江山、福荫子孙的妄想。

"合著黄金铸子昂"

金元好问《论诗绝句》："沈宋横驰翰墨场，风流初不废齐梁。论功若准平吴例，合著黄金铸子昂。"

诗中的"子昂"，指的是初唐诗人陈子昂。

提及陈子昂，识点字的中国人，恐怕没有一个不知道的。盖因其《登幽州台歌》早就入选了小学语文课本，且因其风骨凸显、意境沉郁、视野独具却又琅琅上口，而让读过者多半就能脱口成诵，成为历来传诵的著名篇章——

前不见古人，
后不见来者。
念天地之悠悠，
独怆然而泣下。

然而，陈子昂诗中所表现出来的那种怀才不遇、寂寞悲愤的情绪，究竟所由何来，虽然历朝历代解说者众，而多数读者包括我本人，恐怕是不能透彻领悟的。

而且，对于陈子昂，过去我除了知道他是一个初唐时代具有代表性和开拓性的伟大诗人，其他的，比如他是一个什么性格的人，有什么事迹等等，几乎就一无所知了。

很偶然的，我看到一篇陈子昂在武则天朝任麟台正字之职时，给武则天所上的奏疏。读罢顿觉眼前一亮，胸中如黄钟大吕，刮过一阵动地狂风，让我不仅对陈子昂刮目相看，也霍然对他的《登幽州台歌》有了更深的理解。

看官，在请您看这篇有如暗夜里一声鸣镝般铮铮巨制之前，我有必要先交代一下陈子昂上此疏之际，所处的是一个什么样险恶而令人发指又令人股栗、齿冷的时代背景。

据史载，陈子昂24岁时举进士，先后在朝任麟台正字、右拾遗等职。当时的他，除了诗名大噪外，更以直言敢谏而名闻朝野。司马光的《资治通鉴》中引用陈子昂的奏疏、政论就有四五处之多。所以王夫之《读通鉴论》认为陈子昂"非但文士之选"，而且是"大臣之材"。

尤让人肃然起敬又满满地替他捏了把汗的是，陈子昂上此奏疏时，面对的是武则天时代最黑暗的时期，她信用酷吏周兴、来俊臣、索元礼等，罗织罪状，滥杀无辜，以致满朝血雨，遍野腥风。

这帮酷吏每审一人，必引逼犯人扳诬数十甚至数百人，辗转牵连，积成重重冤狱。他们还纠集无赖分子数百人，专门令他们告密。他们想整哪个大臣，便指使爪牙多处同时告状，内容都相同，然后立即将受诬者逮捕。在严刑拷打之下，受害者无不屈打成招。更可怖而古今中外都罕闻的是，他们还专门撰写了数千字的《罗织经》，作为"指导纲领"。所用的刑具，也都是特别制造，听名字就足令人毛骨悚然，什么"定百脉""突地吼""死猪愁""求破家""反是实"等等，不一而足。

如用机关拧转狱犯的手足，叫作"凤凰晒翅"；用物件绊住狱犯的腰，引枷向前，叫作"驴狗拔橛"；使犯人跪在大枷上，上置数瓮，叫作"仙人献果"；使犯人立在高木上面，引动枷尾向后，叫作"玉女登梯"；或者用悬石捶击犯人的头，或者用醋灌犯人的鼻，或者用铁圈梏头，外加木楔，直至脑裂髓出……

种种酷刑，不可胜数。这帮以杀人、虐人为乐为智为荣的酷吏，没有一个词可概括他们的恶。而落在他们手中的受害者，每当审讯，但听得一声梆子响，眼前就会陡现无数奇形怪状的刑具，几乎个个都不待其上身，就魂飞天外而只有选择随口自诬这一条死路了！

所以，当时的朝廷内外，无论官民，均视周兴、来俊臣、索元礼这三人如虎狼、恶魔。为求自保，大家只有退足闭息，不敢妄发一言了。

而陈子昂，这位"独怆然而泣下"的文弱诗者，却就是在这样一个暗无天日、万马齐喑的大背景下，奋不顾身地将一腔可谓"前不见古人、后不见来者"的忠愤之气，大无畏地倾泻于笔端；锋芒直指的，正是这伙丧尽天良的毒蛇猛兽，甚至他们背后的元凶武则天——

今执事者疾徐敬业首乱倡祸，将息奸源，究其党与，遂使陛下大开诏狱，重设严刑。有亦涉嫌疑，辞相逮引，莫不穷捕考察，至有奸人荧惑，乘险相诬，纠告疑似，希图爵赏，恐非伐罪吊人之意也。

臣窃观当今天下，百姓思安久矣。故扬州构逆，殆有五旬，而海内晏然，纤尘不动。陛下不务玄默以救敝人，而反任威刑以失民望，臣愚暗昧，窃有大惑。伏见诸方告密，囚累百千辈，及其穷究，百无一实。陛下仁恕，又屈法容之，遂使奸恶之党，快意相仇，睚眦之嫌，即称有密。一人被讼，百人满狱。使者推捕，冠盖如市。或谓陛下爱一人而害百人，天下喁喁，莫知宁所。

臣闻隋之末代，天下犹平，杨玄感作乱，不逾月而败。天下之弊，未至土崩。蒸民之心，犹望乐业。炀帝不悟，专行屠戮，大穷党与，省内豪士，无不罹殃。遂至杀人如麻，流血成泽，天下靡然始思为乱，于是雄桀并起，而隋族亡矣。

夫大狱一起，不能无滥，冤人吁嗟，感伤和气，群生疠疫，水旱随之。人既失业，则祸乱之心，怵然而生矣。古者明王重慎刑罚，盖惧此也。

昔汉武帝时，巫蛊狱起，使太子奔走，兵交宫阙，无辜被害者，以千万数。宗庙几覆，赖武帝得壶关三老书，廓然感悟，夷江充三族，余狱不论，天下以安。古人云："前事之不忘，后事之师也。"伏愿陛下念之！

深出我意料的是，陈子昂这样一篇貌似平直、实质不啻是在逆批龙鳞的奏疏呈上去后，结果居然只是"书入不报"，即既不理会，对他也没做任何处分！这无疑是一个令人困惑却又属万幸的结局。

万幸就万幸在，在那样的背景下，陈子昂居然能够不落入来俊臣那帮酷吏之手而全身而退；困惑就困惑在，莫非武则天也为他的一腔忠愤所打动，从而天良发现，放他一马？

然而，更可能的原因是，"不是不报，时辰未到"。

陈子昂最终还是死在了冤狱之中，虽然其死因貌似与朝廷无关。

圣历元年（698年），陈子昂因父老而解官回乡，不久父死。居丧期间，陈子昂老家所在的县令段简，贪得无厌地反复向陈子昂勒索钱财，陈家人给县令送去了20万缗，段简犹不满足，不管三七二十一就将陈子昂打入了南监，终至令其冤死于狱中。

这个结果，实在令人摸不着头脑。县令段简再贪婪凶残，终究只是个县官；陈子昂虽然丁忧回乡，毕竟还是未解职的朝廷谏官。小小县令乃敢迫害京官，谁给他的这个胆？这一直是一个谜。后世有人认为是因为陈子昂在朝时曾开罪于武三思，是武三思指令当地县令加害于他。我比较相信这种说法。即便不是武三思使的坏，也会有王三思、李三思来置陈子昂于死地。毕竟，陈子昂率直的个性，及其在朝时多次斗胆谏议，锋芒毕露，在那样特殊的历史背景下，其不得善终也可谓宜也！

不论怎样，陈子昂的结局令人扼腕。但其浩然正气恰如其诗名一样，足以光耀千秋！

丹心照千古

在我国漫长的封建专制历史中，历朝历代都不乏佼佼者。其中最典型、最杰出者，以我的阅读视野看，至少有以下三位，值得我们重温他们的壮烈事迹。限于篇幅，仅看看他们在其人生最危难最关键时刻的表现，亦足令我们叹为观止了。

这三位壮士的人格中，有一个鲜明的共同点，即正义凛然、不惜死义。明知不可为而为之，明知可免而死之——他们真正是在为理想信仰、为国家民族而奋不顾身，力图挽狂澜于既倒，扶大厦于将倾。

由近及远，第一位当数谭嗣同。

谭嗣同的事迹不须多说，他的英名多数中国人不会陌生。仅凭他那句掷地作金石声的"今中国未闻有因变法而流血者……有之，请自嗣同始"名言，也会让你刻骨铭心。

谭嗣同死于迫害，只活了短短的33岁。他系湖南浏阳人，是中国近代资产阶级著名的政治家、思想家、维新志士。他主张中国要强盛，只有发展民族工商业，学习西方资产阶级的政治制度，公开提出废科举、兴学校、开矿藏、修铁路、办工厂、改官制等变法维新的主张，因此曾深受光绪帝赏识，被擢为四品军机处章京。1898年变法失败后谭嗣同被杀，世称"戊戌六君子"之一。

谭嗣同在生命的危急关头之表现，梁启超在其《谭嗣同传》中有生动的描述（译文）：

……当时，我正在谭嗣同的寓所拜访他，相对坐在榻上，筹划着救助皇上的办法。可是搜查康有为住处，逮捕康有为的消息忽然传到。不久，又听说西太后垂帘听政的诏书。谭嗣同从容地告诉我说："以前想救皇上，已经无法可救，现在想救康先生，也已经无法可救。我已经没有事可做，只有等待死期了！虽然这样，天下事情知道它不可能却要做它。您试着进入日本大使馆，拜见伊藤先生，请他发电报给上海领事来救护康先生吧。"

我这个晚上就住在日本使馆，谭嗣同整天不出门，等待逮捕他的人。逮捕的人结果没有来。就在那第二天，他进入日本使馆，和我相见，劝我去日本，并且携带了他所著的书和诗文辞稿本数册、家信一箱，托付给我，说："没有出走的人，就没有办法谋取将来的事，没有牺牲的人，就没有办法报答贤明君主。现在康先生的生死不能预料，程婴、杵臼、月照、西乡，我和您分别充当他们。"于是互相拥抱一下就分别。

初七、八、九三天，谭嗣同又和侠士们商议救护皇上，事情终于没有成功。初十日，（谭嗣同）就被捕了。被捕的前一天，有几位日本志士苦苦劝他去日本，谭嗣同不听；再三劝他，他说："各国变法，没有不经过流血就成功的，现在中国没听说有因变法而流血牺牲的人，这是国家不富强的原因啊。有流血牺牲的，请从我谭嗣同开始吧。"终于没有离去，所以遭了祸。

谭嗣同已经囚在监狱里……在八月十三日这天，在刑场上被害，享年33岁。就义的那天，围观的达万人，谭君慷慨激昂，神情没有丝毫改变。当时军机大臣刚毅监斩，谭君喊刚毅上前来说："我有句话……"刚毅走开不听，于是他从容就义。啊！壮烈呀！

——实际上，谭嗣同在临刑前还疾声高呼："有心杀贼，无力回天，死得其所，快哉快哉！"这充分表现了一位爱国志士舍身报国、践行志向的壮烈情怀。

1898年，谭嗣同的遗骸被运回原籍，葬在湖南浏阳城外石山下。墓前华表上挽联写道：

"亘古不磨，片石苍茫立天地；一峦挺秀，群山奔赴若波涛。"

第二位壮士，是明朝嘉靖年间的杨继盛。

杨继盛（1516年—1555年），明代著名谏臣。字仲芳，号椒山，直隶人。嘉靖二十六年进士，官至刑部员外郎。

对他的英名，不谙历史者，可能不太熟悉，实际上，杨继盛的风骨、气节及壮怀，并不弱于其他英烈，连后世大清之顺治帝亦给过他极高的赞誉：

"朕观明有二百七十年，忠谏之臣往往而有，至于不为强御，披胆犯颜，则无如杨继盛。而被祸惨烈，杀身成仁者，亦无如杨继盛。"

说到杨继盛，必先提及严嵩。

严嵩是明代的大权奸之一，其权势盛时超过了他以前的任何一个阁臣，"江右士大夫往往号之为父"。

嘉靖二十三年，首辅翟銮因事削籍，严嵩成为首辅，先后加太子太傅兼吏部尚书、谨身殿大学士、少傅、太子太师、少师，获得了文臣所能获得的最高荣誉和地位。严嵩擅专国政达20年之久，其专擅媚上，窃权罔利，并大力排除异己，还吞没军饷，废弛边防，招权纳贿，肆行贪污，激化了当时的社会矛盾。朝中正士仁人道路以目，皆慑于其淫威而敢怒不敢言。

在这样的背景之下，杨继盛却明知山有虎，偏向虎山行，怀着一腔忠愤，抱着必死的决心挺身而出，上书嘉靖皇帝，以《请诛贼臣疏》弹劾严嵩，历数严嵩之"五奸十大罪"。

其结果可想而知，严嵩随即假传圣旨，将杨继盛廷杖一百，投入了死囚牢。

有人同情遍体鳞伤的杨继盛，送给他蚺蛇胆一具，说是可解血毒，杨继盛却断然拒绝："椒山（其号）自有胆，何必蚺蛇哉！"

他接下来的表现，当年明月在《明朝那些事》中有过一段十分传神的描摹——

正是在监狱这个恐怖阴森的地方，杨继盛干出了一件耸人听闻、挑战人类极限的事情。

虽说是硬汉，毕竟不是铁人，廷杖打折了他的腿骨，腿肉被打掉，一片血肉模糊，已经昏迷的杨继盛被拖回了牢房，没有人给他包扎，在蝇虫滋生，肮脏阴冷的空气中，他的伤口开始恶化感染。

在那个深夜，杨继盛被腿上的剧痛唤醒，借着微光，他看见了自己的残腿和碎肉，却并没有大声呻吟叫喊，只是叫来了一个看守：

"这里太暗，请帮我点一盏灯借光。"

这是一个比较合理的要求，看守答应了，他点亮一盏灯，靠近了杨继盛的牢房。

就在光亮洒入黑暗角落的那一刻，这位看守看见了一幕让他魂飞魄散、永生难忘的可怕景象：

杨继盛十分安静地坐在那里，他低着头，手中拿着一片破碎碗片，聚精会神地刮着腿上的肉，那里已经感染腐烂了。

他没有麻药，也不用铁环，更没有塞嘴的白毛巾，只是带着一副平静的表情，不停地刮着腐肉，碗片并不锋利，腐肉也不易割断，这是令人难以忍受的剧烈疼痛，然而杨继盛没有发出一点声音。

在这个深夜，单调的摩擦声回响在监房里，在寂静中诉说着这无与伦比的勇敢与刚强。

在昏暗的灯光下，杨继盛独立完成着这个前无古人、后无来者（可以肯定）的手术，当年关老爷刮骨疗毒（真假还不一定），也还有个医生（特级医师华佗），用的是专用手术刀，旁边一大群人围着，陪他下棋解闷。

相比而言，杨继盛先生的手术是自助式的，没有手术灯，没有宽敞的营房，陪伴他的只有苍蝇蚊子，他没有消毒的手术刀，只有往日吃饭用的碎碗片。

杨继盛继续着他的工作，腐肉已经刮得差不多了，骨头露了出来，他开始截去附在骨头上面的筋膜。

掌灯的看守快要崩溃了，看着这恐怖的一幕，他想逃走，双腿却被牢牢地钉在原地，动弹不得。

他曾见过无数个被拷打得惨不忍睹的犯人，听到过无数次凄惨而恐怖的哀号，但在这个平静的夜里，他提着油灯，面对这个镇定的人，才真正感受到了深入骨髓的恐惧和震撼。

于是他开始颤抖，光影随着他的手不断地摇动着。

一个沉闷的声音终于打破了这片死一般的寂静：

"不要动，我看不清了。"

20年前，曾有一部极为轰动的电影《第一滴血》，后来还拍了续集，里面的兰博兄极为彪悍，曾把火药洒在伤口上，给自己消毒，国人为之侧目，皆视其为硬汉偶像。然而许多人并不知道，在四百多年前，有一个叫杨继盛的人曾经比兰博还要兰博，而他们之间的最大区别在于：兰博是假的，杨继盛是真的。

杨继盛就这样活了下来，就这样名震天下，就这样永垂青史，因为他的坚忍、顽强，以及正直……

然而，嘉靖三十四年（1555年）十月初一，严嵩还是授意刑部尚书何鳌，将杨继盛与闽浙总督张经、浙江巡抚李天宠、苏松副总兵汤克宽等9人处决，弃尸于市。

后来，"继盛妻殉夫自缢。燕京士民敬而悯之，以继盛故宅，改庙以奉，尊为城隍，并以其妻配祀……赠太常少卿，谥忠愍。著有《杨忠愍文集》"。

我要说的第三位，便是家喻户晓的民族英雄文天祥。他的事迹无须我多说，那首必将永存人世的《过零丁洋》，便足以概括其一生奋斗经历与精神人格：

> 辛苦遭逢起一经，干戈寥落四周星。
> 山河破碎风飘絮，身世浮沉雨打萍。
> 惶恐滩头说惶恐，零丁洋里叹零丁。
> 人生自古谁无死，留取丹心照汗青。

文天祥的忠贞爱国自不必说，其屡仆屡起、始终如一、明知不可为而强为之、明知不必死而仍死之的精神意志，亦可谓千古一人。最令我钦敬之处在于，一般人或可因特殊情境下之愤激和信念的支撑而慷慨赴死。文天祥事败被囚燕地长达3年，时间最易摧折人心，而这期间他又经历了无数威逼利诱，但他的意志从未动摇。明末名将洪承畴在被俘后也确曾慷慨激昂、抗拒诱降并绝食明志，崇祯帝误以为他已以死报国而为他举行了隆重的追悼仪式。然而数日之后，就传来洪承畴已在孝庄皇后的诱惑下叛敌投降的消息。而洪承畴这种变节，显然是令人不齿的，但从人性的角度看，我觉得亦未尝没有可以理解之处。"人生自古谁无死"当然是对的，但"千古艰难唯一死"，人生自古又谁不怕死？可见为了理想、正义而慷慨捐躯，毕竟不是件容易的事。唯其如此，那些虽坚强如铁却又有血有肉的人，才被我们称之为英雄，才格外令我们顶礼而崇敬。

尤值一提的是，文天祥一共育有二子六女，当时在世的只剩二女——柳娘、环娘，都是14岁。文天祥的妻子欧阳夫人和这两个女儿被蒙元政府俘虏后送到大都，他们想利用骨肉亲情来软化文天祥。文天祥接到女儿的信，虽然痛断肝肠，却仍坚定地说："人谁无妻儿骨肉之情，但今日事已如此，于义当死，乃是命也。奈何！奈何！"

他又写诗道："痴儿莫问今生计，还种来生未了因。"这表现出了国既破，家亦不能全，他不能为了骨肉团聚就变节投降的凛然大义。

利诱和亲情都未能使文天祥屈服，元朝统治者又变换手法，用酷刑折磨他。他们给文天祥戴上木枷，关在潮湿寒冷的土牢里。牢房里空气恶浊，臭秽不堪。文天祥每天吃不饱，睡在高低不平的木板上，又被穷凶极恶的狱卒呼来喝去，过着地狱一般的生活且疾病缠身。

由于他依然不屈服，蒙元丞相孛罗威胁他说："你要死，偏不让你死，就是要监禁你！"文天祥毫不示弱："我既不怕死，还怕什么监禁！"而在囚禁的孤寂岁月里，他还以饱满的激情写下了不少感人肺腑的正义诗篇。

至元十九年（1282年），元世祖忽必烈问大臣们："南方和北方的宰相，谁最贤能？"群臣奏称："北人无如耶律楚材，南人无如文天祥。"忽必烈便下谕旨，拟授文天祥高官显位。投降元朝的宋臣王积翁等写信告诉文天祥，文天祥回信说："管仲不死，功名显于天下；天祥不死，遗臭于万年。"

王积翁见他如此决断，不敢再劝。不久，忽必烈又下令优待文天祥，给他上等饭食。文天祥请人转告说："我不吃官饭数年了。"

忽必烈之后亲自召见文天祥，当面许他宰相、枢密使等高官，又被他严词拒绝，并说："天祥系宋朝宰相，不能再事二姓，请即赐死，便算君恩！"

毕竟惺惺相惜。深为文天祥浩然正气感染的元世祖仍悯其孤忠而不忍处死他，后经宰相勃罗等人反复劝谏，才最终下了处死文天祥的命令。

文天祥被押到柴市时，态度十分平静，说了句"吾事毕了"，南向再拜，从容就刑。年仅47岁。

而就在行刑刚毕之际，诏旨又忽然传来，命令停刑勿杀。但事已无及。使人返报元世祖，并将从文天祥衣带中发现的绝命诗呈报世祖。

诗曰：

孔曰成仁，孟曰取义；

唯其义尽，是以仁至。

读圣贤书，所学何事？

而今而后，庶几无愧！

据说，元世祖读罢此诗，连声叹息："好男子，好男子！可惜不肯为我用，现已死了，奈何！奈何！"

说到绝命诗，我也颇有感慨。设若是我，临刑之际，不说精神崩溃，至少也万念俱灰、六神无主了，别说作诗，便是能挺着走路，自觉也属好汉了。而不仅是文天祥，上面所写的那两位谭嗣同和杨继盛，临刑前也分别留下了令人热血的绝命诗。

杨继盛写的是：

> 浩气还太虚，丹心照千古。
> 生前未了事，留于后人补！

谭嗣同写的是：

> 望门投止思张俭，忍死须臾待杜根。
> 我自横刀向天笑，去留肝胆两昆仑！

噫！这样的诗，这样的人，夫复何言！

顺便再提一点，文天祥一生虽也短暂，却在戎马倥偬中写下了极多正气浩然的瑰丽诗篇，诸如《过零丁洋》《正气歌》等皆脍炙人口。但也有不少好诗，或为其英名所掩而流传不够广泛。其中有一首特别令我感动的，即其在大势已去、山穷水尽之际慨然吟下的《二月六日海上大战国事不济孤臣天祥坐北舟中》（江西人民出版社《文天祥全集》），特别录下，以表我衷心仰慕之意：

> 长平一坑四十万，秦人欢欣赵人怨。
> 大风扬沙水不流，为楚者乐为汉愁。
> 兵家胜负常不一，纷纷干戈何时毕。
> 必有天吏将明威，不嗜杀人能一之。
> 我生之初尚无疚，我生之后遭阳九。
> 厥角稽首并二州，正气扫地山河羞。
> 身为大臣义当死，城下师盟愧牛耳。

间关归国洗日光，白麻重宣不敢当。

出师三年劳且苦，只尺长安不得睹。

非无虓虎士如林，一日不戈为人擒。

楼船千艘下天角，两雄相遭争奋搏。

古来何代无战争，未有锋蝟交沧溟。

游兵日来复日往，相持一月为鹬蚌。

南人志欲扶昆仑，北人气欲黄河吞。

一朝天昏风雨恶，炮火雷飞箭星落。

谁雄谁雌顷刻分，流尸浮血洋水浑。

昨朝南船满崖海，今朝只有北船在。

昨夜两边桴鼓鸣，今夜船船鼾睡声。

北兵去家八千里，椎牛釃酒人人喜。

惟有孤臣雨泪垂，冥冥不敢向人啼。

六龙杳霭知何处，大海茫茫隔烟雾。

我欲借剑斩佞臣，黄金横带为何人。

弄臣也能建奇功

　　这是一则趣闻，但又不仅仅是趣闻。某种程度上说，它有如一面透镜，清晰地折射出君主专制的弊端和帝王的软肋。

　　而弄臣者，系指古代以科诨为特色，包容戏剧、歌舞等成分的俳优和宫人们。他们社会地位低下，常常与侏儒、狎徒相提并论，于是一些人便献艺于帝王之前，成为媚惑帝王、博主子一笑的弄臣。弄臣虽为帝王所狎玩之臣，但往往是宫廷中唯一享有某种言论自由的人，所以有时反而能成为"谈言微中，亦可以解纷"的特殊讽谏者。

　　历史上关于这类人物的记载不多，一般俳优们在宫中也没有多少好日子过，仅在五代十国的后唐庄宗时期有过短暂的黄金季节。这是因为庄宗李存勖昏聩无知，加上从小酷爱看戏，当上皇帝后便再也不思进取，成天迷醉于演艺。除了在宫中豢养了多达数千名伶人外，李存勖还给自己取了个艺名叫"李天下"，经常穿上戏装粉墨登场，大过其演艺瘾。有一次他在台上忘乎所以，突然呼叫了两声"李天下"，被一个伶人抬手就抽了两个嘴巴子；周围的人顿时吓呆了，李存勖自己也眼冒金星，莫明其妙。

那伶人嬉笑着说："理（李）天下的只有皇上一人，你叫了两声，还有一个人是谁呢？"

李存勖听了反而很高兴，认为此伶忠诚，命人厚赏了他。

这算是弄臣机智成功的一例，但其初衷无非是贡谀，无关紧要。这里要说的则是另外一个弄臣的故事，他可是借演戏之机对朝政起到了至关紧要的作用，可谓建了奇功——可惜史籍未载其人姓名，只知道他小名阿丑，本是宫中的小太监，因经常为明成化帝演杂耍逗趣而得到欣赏。

欲说此人此事，先要介绍一下当时的政治背景。

我们知道，中国历朝历代向来有一个体制之胎带来的通病，即不是宦官擅权就是外戚干政，而明代可能是所有王朝中宦官最为得势的朝代。随口说说，便能报出几个"名震青史"的著名权阉，如王振、汪直、刘瑾，以及曾经生祠遍全国的"九千岁"魏忠贤，而成化帝时期一度大受宠幸而擅权作奸的则是汪直。

在成化帝和受其专宠的万贵妃的支持和包庇下，汪直被授命成立并掌管新的特务机构——西厂。结果他上下其手、结党营私，屡屡制造骇人听闻的冤狱，以致后来一些朝中公卿大臣遇到汪直都像躲避瘟病一样改道而行。

内阁和一些有胆之士，如大学士商辂等也曾多方进谏，企图挫败汪直。成化帝也一度取消了西厂，但在万贵妃支持下，汪直很快反扑成功；成化帝又开西厂，并让汪直官复原职。汪直复职后更加飞扬跋扈。堂堂兵部尚书项忠，仅仅因为没有在路上给他让路，就被汪直贬为平民；先前上书弹劾过汪直的官员，被其撤职者达数十人之多，一时朝中噤声，忠良退避，时势一片坏败。

就在这黑云压城城欲摧的时候，阿丑不急不忙地站了出来，凭着独到之功夫，硬是做出一番挽狂澜于既倒之功。

工于诙谐和俳优的阿丑，有一天又奉命为成化帝演艺解闷。他扮作一个喝醉之人，摇摇晃晃地登了场，并信口谩骂着。另一个小太监则跟在他身后扮行人。

转了个圈子之后，行人向阿丑道："某某官长到了。"阿丑没听见似的谩骂如故。

行人下场后又上来，惊慌地说："御驾到了！"阿丑依然不慌不忙。

行人再次下场并上场后，说了声："汪太监到了。"

阿丑忽然现出惊慌之色，一连退却了好几步。

行人故意问他："你连皇帝都不怕，难道还怕个汪太监吗？"

阿丑赶紧摇手："你不要多嘴。我只知道汪太监惹不得！"

说着，他向台下偷觑了一眼，只见看戏的成化皇帝若有所思，还不由自主地点了下头，阿丑知道皇上已动了心。第二天再度出演的时候，阿丑竟干脆穿着仿效汪直的衣饰，手里还扛着两把大斧头，昂昂然登上场来。

旁边的伶人又问他："你拿着两把斧头干什么？"

阿丑道："这是钺（兵器），不是斧。"

伶人又问他持钺干吗，阿丑故作神秘道："这两钺可是非同小可哪。我自从典兵以来，全仗着这两钺呢。"

伶人又问他这两钺为何名。阿丑笑道："怪不得你这么笨，连王越（谐音钺，时任辽东巡抚）、陈钺（时任兵部尚书，两人皆汪直死党）都不知道吗？"

台下看戏的成化帝闻听此言微微笑了一下，随即便紧紧地皱上了眉头。显然，阿丑的台词刺中了他的神经，汪直的好日子就要到头了——当然，决定汪直命运的不会仅仅是阿丑之功，但他这独具魄力的"两斧头"，砍得可谓恰到好处、恰如其分。果不其然，几天之后，听悉此传闻的御史徐镛抓住成化帝心理变化的良机，紧急上了一本，劾奏汪直的罪状：

"汪直与王越、陈钺结为腹心，自相表里。肆罗织之文，振威福之势，兵连西北，民困东南，天下之人，但知有西厂，而不知有朝廷，但知畏汪直，而不知畏陛下。浸成羽翼，可为寒心。乞陛下明正典刑，以为奸臣结党怙势者戒。"

此本一上，尚有何说？成化帝正要有这么个由头。再加其他人见此情状也纷纷上表、讽谏，于是成化帝下诏罢免汪直，并削王越为威宁伯，追夺其诰券，编管安陆州。兵部尚书陈钺、工部尚书戴缙、锦衣指挥使吴绶被革职为民。原兵部尚书项忠恢复原职……一时天下欣然，喁喁望治。

如此结果，不可谓不快人心，但一幕重戏竟是以这种多少有些偶然且不无滑稽的方式落幕，终究还是让人为那段历史、那种朝政、那种人事叹一口气。

另眼看严嵩

严嵩，字惟中，号介溪，又号勉庵，官至明世宗朝（嘉靖皇帝）首席宰辅。对于此公，看官应该都不陌生，他可是史上最为著名的几大权奸之一，堪与蔡京、秦桧等相比肩。

严嵩之所以被牢牢地钉在奸臣的耻辱柱上，皆因其确乎阴险狡诈、作恶多端、罄竹难书。他为官专擅媚上，窃权罔利，并善于排除异己、结党营私；当其权倾朝野之际，趋炎附势之徒都投靠他，先后竟有30多个官员做了他的干儿子。至于其品格及私生活就更不用说了，仅看一例就知道严嵩和其子严世蕃是个什么货色了。这父子俩都有个古怪的嗜好，皆喜欢女色和金银。这在贪官来说，本不算特别，但他们家中所用的器物是能用金银便绝不用其他材料，而且还热衷于用黄金浇铸裸女，左右侍列；用白银灌注出女阴状的溺具和马桶，处处备陈。严嵩还吞没军饷、废弛边防、招降纳叛、大肆贪污，激化和加剧了当时的社会矛盾。说明朝就从他手上败起，是并不夸张的。

严嵩能擅专国政达20年之久，累官至吏部尚书、谨身殿大学士、少傅兼太子太师、少师、华盖殿大学士，固然与其精通权术或为人狡诈等有关，但其天赋聪颖、才学盖世且有相当突出的政治嗅觉和手腕，也是要因。他5岁启蒙，9岁入县学，10岁就在县试中拔擢超群。19岁中举人，25岁殿试中了二甲进士，进入翰林院任侍读。当时的著名作家和阁臣李梦阳就曾称赞严嵩"如今词章之子，翰林诸公，严（嵩）惟中为最"。

严嵩还有一项独到的本事，就是他特别擅长写青词（后因其子严世蕃更擅此道而多由他充当了枪手。严嵩因此对严世蕃极其器重，常以其别号"东楼"称呼儿子，这在明代是没有第二例的）。所谓青词，就是道教斋醮时上奏天帝所用的表章，因用朱笔写在青藤纸上而得名。这是一种赋体文章，需要以极其华丽的文笔表达出皇帝对天帝的敬意和求仙的诚意。当时的明世宗恰恰对政事缺乏兴趣（以致后来让严嵩钻了空子，长年独专政务）而热衷于玄修和炼丹。这位一心只想做神仙的明世宗，在政治上无甚建树，却十分热衷于炼丹制药，祈求长生，因此特别需要有人为他撰写大量焚化后祭天的青词。因此当其朝时，不仅严嵩，内阁首辅夏言及徐阶等人，都是由擅写青词而蒙世宗宠幸，得拜高官而成为明朝乃至中国历史上都非常罕见的、被讽为"青词宰相"者流。据《明史·宰辅年表》统计显示，嘉靖十七年后，内阁14个辅臣中，有9人是通过撰写青词起家的，其中就包括夏言、严嵩及其儿子严世蕃、徐阶等人。擅写青词既然有这么大的功效，不妨就让我们先来看看它到底是个什么东西。比如下面这篇《景云赋》，便是严嵩先生的大手笔：

圣天子即位十有七载，明饬广治，协和兆民。既正郊祀，既崇庙祀，乃稽古礼，发纶音，尊严父以配帝，开明堂而大享。

岁在戊戌，月唯季秋，百物告成，报礼斯举。先三日，己丑日正午，天宇澄霁，有五色云气抱日，光采绚烂，熠耀如绮，臣民瞻呼，久之不息。

考诸载籍，若烟非烟，若云非云，郁郁纷纷，萧索轮囷，是谓庆云，亦曰景云，此嘉气也。

太平之应援神契曰：天子孝则景云出游，信斯言也。允符今日之征况，自虞廷歌罢、官纪不述者，阅三千年于兹矣。

恭唯圣上，夙秉纯孝，肇兴旷仪，方当庀事之期，即协天心之豫。明德达于惟馨，灵符昭乎有象。式美虞黄之化，维新河洛之章。

臣嵩忝备礼官，恭承盛事。谨撰《景云赋》一首，奉纪殊祥，窃附于古诗人颂德陈事之义。

赋曰：

于明后之御天兮，俨穹窿而下亲。

昭景云以垂象兮，光煜郁而纷缤。

初氤氲其射采兮，倏蓬勃以景焕。

恍腾龙以擢形兮，若翔鸾之摛翰。

既霏廓而氛澄兮，亦葩蔚而柯散。

俄捧日以昭回兮，歘绕空而粲烂。

非烟雾其曷类兮，苞五色而融成。

映台观而掩郁兮，独光绚乎紫庭。

众叩首以骇目兮，感熙事之无前。

阅坟籍其何祥兮，乃孝德纯至而格天。

玉烛辉烁以磅礴兮，光华亘乎九埏。

彰圣化之洪厖兮，昭文命于万年。

唯郊祀暨庙享兮，秩百礼而率举。

羌明堂之未备兮，圣心郁而未遂。

物阜成而曷报兮，荷生成其孰主。

皇考渊德以启圣兮，上巍巍而为伍。

盍我将而我享兮，父昊天其来子。

爰卜吉而告虔兮，神仿佛而延伫。

倏嘉悦以生色兮，舒云章而为祥。

默无言而示兆兮，旌帝德之辉光。

昔帝尧之沉璧兮，感斯瑞之昭格。

虞陈祜以作歌兮，亶荣光之四塞。

黄合宫之初构兮，亦发祥而彰德。

猗我后之圣神兮，轶逴轨于百王。

聿崇礼之肇称兮，纷来籍乎殊祥。

粤昔事帝圜丘兮，垂宝露之穰穰。

何先后之一揆兮，信感通之不爽也。

歌曰：

倬彼景云，龙之翔兮。荧荧煌煌，烂天章兮。

天心宠嘉，圣孝备兮。圣德广运，望如云兮。

临照四方，光八表兮。于万斯年，旦复旦兮。

　　这篇赋我是读得一头雾水，既不明白这篇大作到底说了些什么，更不理解皇帝何以会欣赏这种文章而对作者大加恩宠。或许他的领悟力天生要强于我们，抑或他能断定皇帝喜欢这种文字吧。总之，所谓上好的青词，就是这么个玩意儿。我们知道一点也就得了，下面该言归正传，说说我为什么要说别把严嵩不当干部了。因为尽管免不了"青词宰相"

之讥，严嵩可远远不止于写青词这点本事，否则他怎么成得了千古仅见的几大权奸之一呢？

限于篇幅，别的就不说了，单来看看严嵩是怎么和同为"青词宰相"的夏言、夏首辅斗法并大获全胜的吧。

首先必须强调的是，这个夏言，也绝不是个好对付的等闲之辈，如果仅仅将其目之为"青词宰相"，也是过于低估此公的能耐了。

夏言，字公谨，号桂洲，江西省鹰潭贵溪市上清镇人，明武宗正德十二年（1517年）中进士，授行人，擢兵科给事中。嘉靖七年（1528年），夏言调吏部，深得世宗皇帝的赏识。嘉靖十年便被提升为少詹事兼翰林学士掌院士，随后升为礼部左侍郎，仍掌翰林院。一月后代李时为礼部尚书；嘉靖十五年（1536年）又擢为武英殿大学士，入参机务，不久为首辅；嘉靖十八年（1539年）加少师，特进光禄大夫、上柱国。须强调的是，明朝以来，凡臣子均无加"上柱国"号者，唯夏言一人独领此衔，可见其沐皇恩之深且厚，更可见其是大有几把刷子的。

还有一点戏剧性的是，夏言出道要比严嵩晚十多年。他是武宗正德十二年（1517年）才考中的进士，只因他升迁快，职位很快就比严嵩高了。嘉靖十八年，夏言又升为内阁首辅，而严嵩在重返仕途的十多年里，一直担任没有什么实权的官职，这令他很不甘心。此时，夏言进入了他的视野。夏言与他是江西同乡，有了这样一层关系，他对夏言极力巴结、曲意奉承，终于蒙得夏言的欢心，多次为他引荐。严嵩就是在他的提携下升任礼部尚书，就此可以说夏言是严嵩的恩师。

然而，尽管是这么层特殊关系，俩人却始终不那么融洽。究其要因，可能是夏言并没有从内心尊重过严嵩，即并不把他当干部看吧。所以，夏言对严嵩一向是又拉又打、"秉公"相待。尤其当严嵩在日渐获得世宗宠信、欲入内阁之时，却因夏言的阻止未能如愿，这就使严嵩表面上依旧对夏言恭谨和顺，背地里却恨得咬牙切齿，开始谋划如何扳倒夏言。两人从此也便陷入一种表面看不出来，实际却已势如水火的斗法格局之中。而最终谁能胜出，比的也非官职、资历之类，而是谁更有耐性，更有手腕、权术和处世之道。

从此角度论，夏言就明显技不如人了。其人虽"豪迈有俊才，纵横辨博，人莫能屈"，为官勇于扶正，但他仗着皇帝的宠信，时日一长，便不免有些骄横起来，有时甚至在世宗面前也有所疏慢。当时大臣们颇有微词，有"不睹费宏，不知相大；不见夏言，不知相尊"之语。严嵩就利用夏言性格上的弱点，大做文章，在言行上和夏言形成鲜明的对比。他对世宗更加俯首贴耳，阴柔诌媚，处处表现得谦卑忠勤；对同僚更加恭敬礼让，因而很得人心。

而在一些往往容易被人忽视的细节上，严嵩某些如小丑般的表现，恰也让世宗分外满意。比如，按明朝冠服制度，皇帝戴的帽子是用乌纱折巾而成的，称为翼善冠。明世宗因推崇道教，故不愿戴自己应该戴的翼善冠而戴香叶冠，也就是道士帽。他还下旨特制了五顶香叶冠分赐给夏言、严嵩等人，以示皇恩浩荡。夏言却不知吃了什么药，居然认为这不是大臣的正式朝服，不应该戴，因此从来没有戴过，导致世宗在心中重重地记了他一笔。严嵩则非常精准地把握了世宗的心理，在入值西苑或皇帝召对的日子里，特意戴上香叶冠，还在冠上笼以青纱，以示珍重。世宗见了，果然龙心大悦。再如，世宗曾命大臣们入值西苑时，都按照道士的习惯骑马，不准坐轿。夏言根本不理会，依然是坐轿进出西苑。对此，世宗也更增了对他的不满。

还有一例，也很能见出严、夏两人的性格差异。一个老奸巨猾、能屈能伸；另一个耿直盛气，直来直去。

如夏言复出任宰辅后，与严嵩同在内阁，但夏言眼中似乎全无这位严同僚，一切批答皆出己意，几乎从不与严嵩商议。严嵩引荐的人，也多半被夏言驱逐；有时严嵩出言回护一下，竟被夏言当面呵责。虽然严嵩不与其面争，心中已是积怨更深，一直在寻找机会扳除夏言。不料机会未到，厄运倒先来了。严嵩的儿子严世蕃因贪污纳贿等日趋猖狂，被夏言听闻，他毫不顾忌严嵩的面子，立即扬言要拜本参奏给世宗。有人立即通报了严嵩，严嵩不禁顿足长叹道："这遭坏了，老夏处如何能够挽回？"

但毕竟是爱子心切，严嵩踌躇半晌，拍了下大腿道："事既燃眉，我也顾不得脸面了……"他立即拉上儿子，放下一张老脸连夜去拜见夏言。夏言早防着他这一手，令门人称病谢客。严嵩却不放弃，花重金买通门人，径直来到夏言卧室。夏言闻声，只好赶紧避入床上，蒙被呻吟装病。严嵩父子低眉顺眼地问候了好几遍，夏言不得不欠起身来。严嵩忙劝他不必起身，并道："少师昨日尚是康强，今竟违和，莫非偶染寒气吗？"

夏言长吁一声，竟答出这么句话来："老夫元气已虚，又遇群邪当道；群邪一日不去，元气一日不复，我正拟下药攻邪呢。"

老奸巨猾的严嵩，一听就明白了其意，立刻牵着儿子世蕃，扑通一声，双双跪在夏言床前。严世蕃还连连磕头，咚咚作响，惊得夏言连喊使不得，再三请起。这父子俩却依然长跪榻前，泪如雨下，并道："少师若肯赏脸，我父子方可起来。"

夏言明知这父子俩演的是哪一出，却不得不佯装糊涂，问是何故，严嵩这才将来意明言，并再三表示悔过，恳求夏言放严世蕃一马。夏言只好笑着表示自己并无参奏严世蕃的意思，请他们放心："尽管起来，不要再折煞我罢！"严嵩父子这才爬起来，又千恩万谢了一大通，方才告辞。

各位试想，别说严嵩，就是一般人，事已至此，难道还有不恨夏言之理吗？严嵩从此越发怀恨，整日里与同党阴谋，设计报复夏言。

夏言则依然故我，并不把严嵩放在眼里，对他的阴谋更是毫不察觉。有时候他和严嵩依例都需要入值西苑，宫中太监照例依照世宗命令，暗中察伺两人动静，看有无异状等。夏言似乎根本不知道有此事，向来直进直出，把那些世宗的心腹太监们视若无物，招呼也很少打一个。严嵩则正好相反，一旦见到太监们，必邀他们就座，或者握手寒暄，好不尊重的样子，还时常拿些黄白之物奉送他们。试想，这世上谁不希望受人尊重，谁又不爱金银财宝？得人钱财，替人消灾，这帮亲信太监们自然都在世宗面前说严嵩的好话。而对夏言能说些什么？则不用我说了。如此天长日久，世宗的心态便更不免要发生重大倾斜了。

此外，夏言不戴世宗御赐的香叶冠，其实并非不珍重皇恩，而是出于他正直的个性和政治抱负，因为他向来轻视道士，并以此间接表达他对世宗修仙的抵触情绪。夏言的举动也使皇帝身边的道士对他怀恨在心，少不了在皇帝面前借机诋毁他。众口铄金，夏言渐渐地失去了皇帝的恩信。严嵩看时机成熟，就在一次世宗单独召见他的时候，痛哭流涕地诉说夏言平时对他和其他大臣肆意欺凌等等。不久，发生日食，严嵩又借上天警示之名趁机陷害夏言傲慢犯上。世宗不由得勃然大怒，终于罢了夏言的官职，把他赶回老家。

天遂人愿，老辣而又极富涵养的严嵩，终于搬掉了自己的仇敌和前进路上的绊脚石。嘉靖二十一年（1542年）八月，严嵩补了夏言离去后的空缺，以武英殿大学士堂皇入阁。

然而，虽然挤走了夏言，深知斩草须要除根的严嵩仍然不肯罢休，必欲置夏言于死地而后安。他在宫中放出谣言，让人纷纷传称夏言离朝时愤愤不平，大骂世宗皇帝出尔反尔云云。谣言传到世宗耳朵里，自然更为恼怒。而事有凑巧，嘉靖二十七年（1548年）九月，俺答汗率军进扰宣府，直逼北京，多疑的世宗帝疑心这是先前夏言、曾铣等人提出收复河套战略所招来的报复，遂将曾铣打下监狱。曾经支持夏言、曾铣的官员则或贬官，或夺俸，或廷杖。这还不算，世宗还下旨要将夏言收监审理。

此时，被放逐的夏言带着几个家人，匆匆行走了一个多月，刚从山东乘船至江苏丹阳，一帮官差已赶到丹阳，把夏言打入囚车。当押解到距北京36里的通州时，夏言听说了曾铣被杀的消息，不禁痛哭失声道："唉，这次恐要死在严嵩手里！"于是他央求解差借来纸墨，向世宗上书以表明自己的冤情。

但就在第二天天明时分，夏言刚刚洗漱完毕，就接到京使关于将他就地斩首的圣旨。好不容易挨到午时，夏言面朝南面跪下，磕了三个响头，刚刚站起身来，就被砍落了脑袋。

千古女将秦良玉

　　中国几千年漫长的男权社会之中，此起彼伏地出现了一些格外耀眼的女英雄和巾帼名将，她们惊鸿一现如彗星飞掠般，撕裂历史的暗夜，光照千秋。如替父从军的花木兰、击鼓抗金的梁红玉，还有杨门女将穆桂英、巾帼名将秦良玉……让我困惑的是，秦良玉的实际战功、职位和历史地位在所有这些女英雄中可能是最高的，她是中国历史上唯一单独载入正史将相列传的巾帼英雄，唯一凭战功封侯和"一品诰命夫人"的女将军；后来还领光禄大夫、太保兼太子太保。数十年间，秦良玉率领着明末几乎最后一支精锐部队"白杆兵"转战南北，屡获胜仗，被四川人民誉为"福将""常胜将军"。《明史》卷270列传第158，且有专门的《秦良玉传》——可就是这么一位骁勇善战的女英雄，在坊间的声名远远不如前述的梁红玉等名将，甚至当我询问身边的亲友时，几乎都不知道秦良玉为何许人。有一二略知情者，也说不清个一二三，令我不禁为这位中华民族少有的巾帼英雄扼腕三叹，甚抱不平呢！个中原因恐三言两语也说不清，不如就将秦良玉的事迹揭示出来，让更多的人对她有个清晰而客观的认识吧。

　　秦良玉，字贞素，明万历二年（1574年）出生于四川忠州（现重庆市忠县）鸣玉溪。秦良玉的娘家是著名的忠州秦氏家族，始祖秦安司于元朝至正十一年从湖北麻城县迁入四川境内，其后裔居住于忠县等地。秦良玉是秦安司的第九世孙女，她的父亲秦葵是位有爱国思想的岁贡生，饱读诗书，见多识广，算得上是一方名士。他育有三男一女，秦良玉居于第三，上有哥哥邦屏、邦翰，下有弟弟民屏。秦良玉是家中唯一的女孩，父亲尤其钟爱她，认为她虽是女孩子，也应习兵自卫，以免在兵火战乱中"徒为寇鱼肉"。

　　关于秦良玉后来从军等经历，《明史》卷270列传第158秦良玉传有这样的描述：

　　"秦良玉，嫁石砫宣抚使马千乘。万历二十七年（1599年），千乘以三千人从征播州，良玉别统精卒五百裹粮自随，与副将周国柱扼贼邓坎。二十八年（1600年）正月二日，贼乘官军宴，夜袭。良玉夫妇首击败之，追入贼境，连破金筑等七寨。已，偕西阳诸军直取桑木关，大败贼众，为南川路战功第一。贼平，良玉不言功。其后，千乘为部民所讼，瘐死云阳狱，良玉代领其职。良玉为人饶胆智，善骑射，兼通词翰，仪度娴雅。而驭下严峻，每行军发令，戎伍肃然。所部号白杆兵，为远近所惮……"

　　不仅如此，秦良玉忠贞不贰、憎爱分明的政治立场也始终坚定不移。天启元年，四川永宁土司奢崇明叛乱。他素来听闻秦良玉的英名，起兵时就遣人带着厚礼去见秦良玉，劝诱她通同作乱，以为臂助，不料却碰了一鼻子的灰。秦良玉义正词严地对来使说："难道你们没有听闻我秦氏世代笃诚、忠贞朝廷吗？我两位兄长邦屏、邦翰奉旨援辽东，俱死于王事。我弟民屏幸得负伤归来，现已痊愈。你和主子胆敢反抗朝廷，我唯有率领弟侄，以死报国。你们居然还想凭盗来之财污辱我的人格？"说完，命令手下将来使奉呈的金银掷还来使。

可是来使仍不识好歹，竟出言不逊，恼得秦良玉性起，立即拔出佩剑，将其砍作两段。随后集聚兵马，与弟弟、侄子等，疾赴平叛前线，投入剿匪战斗。

当时，叛军占领重庆已有9个月。而从二郎关到佛图关是重庆的出入要道，叛军有数万人把守着，连营达17座。明军总兵杜文焕等率军多次进攻不克。秦良玉遂请命，要求从间道绕出关后，与明军两路夹击。获准后她便依计进军。那些叛兵只管前敌，未防后袭。谁知突然从背面杀出一支悍军，当先一位女将军铁甲银枪、蛮靴白马，麾军直入，狂杀猛剁，顿时令叛军乱作一团，无人敢当。前方的明军也趁势冲入敌营，势如削瓜刈草一般，无人抵挡得住。很快，叛军大溃，明军和秦良玉部连下二郎、佛图两关，直捣重庆……

到了明崇祯二年的十二月，清兵绕道喜峰口，攻陷遵化，直取北京城下；次年又向东攻占永平、滦州、迁安三城，一时形势极为险峻。崇祯皇帝匆忙下诏征调天下兵马勤王。谁知各地兵军除了明朝忠臣卢象升挥军入援外，其余多装聋作哑，就是一些出兵的部队，也沿途逗扰，畏缩不前。却有一位出类拔萃的女丈夫，慷慨誓师，不远千里自川东起程，入京勤王。她就是大义凛然的秦良玉。

原来秦良玉闻得勤王诏后，毫不迟疑。火速"出家财济饷"，亲率白杆兵兼程北上。她改穿峨冠博带的男装，扮成一个英武的男将，还挑选了数百名健妇，令她们易装相随作为自己的亲兵。

当时各地陆续赶来的十余万官军，均屯驻在蓟门近畿一

千古女将秦良玉

311

带，却仍是互相观望，迟迟不前。独独秦良玉部一到京郊便奋勇出击，后在友军配合下，收复永平、遵化等四城，解除了清兵对北京的威胁。

秦良玉的事迹传到崇祯皇帝那里，他大为感动，立刻派特使携带大批酒肉前去犒军，并且传旨在平台召见了这位富有传奇色彩的女将军秦良玉。秦良玉仍是一身男式朝服，从容叩首，山呼万岁，后又镇定奏对，不但令崇祯帝大悦，连朝中一班大臣也都肃然起敬。

崇祯帝当时颁布诏旨，晋封秦良玉为一品夫人。后来，崇祯帝仍然感慨万千，又写下了四首诗，夸赞她的功绩，并御笔亲誉，赐给了秦良玉。其中一首读来尤令人动容：

> 蜀锦征袍自剪成，
> 桃花马上请长缨。
> 世间多少奇男子，
> 谁肯沙场万里行？

秦良玉一生戎马40余年，足迹遍及长城内外、大江南北。然而形格势禁，局面已无可挽回。到了南明隆武二年，清军攻占北京，并大举南侵。此时秦良玉年过七旬，且明知敌我势力悬殊，但她仍毅然接受南明隆武政权赐封太子太保、忠贞侯封号以及"总镇关防"官印，继续高举扶明抗清的旗帜，并准备率军前往福建抗清。然而由于郑芝龙的叛变，隆武帝被擒，秦军未能成行。

南明永历二年（1648年），在西南的永历皇帝派人加封秦良玉太子太傅，授"四川招讨使"。可惜的是，几日之后，秦良玉就抱恨而终了。

关于秦良玉的死，也有过一些不同说法。如有一种说法是，秦良玉是被李自成的军队杀死的；也有学者说秦良玉是病逝的。那她到底是怎么死的呢？

其实要弄清此事并不复杂，《明史》上有明确的记载：

"张献忠尽陷楚地，将复入蜀。良玉图全蜀形势上之巡抚陈士奇，请益兵守十三隘，士奇不能用。复上之巡按刘之勃，之勃许之，而无兵可发。十七年春，献忠遂长驱犯夔州。良玉驰援，众寡不敌，溃。及全蜀尽陷，良玉慷慨语其众曰：'吾兄弟二人皆死王事，吾以一孱妇蒙国恩二十年，今不幸至此，其敢以余年事逆贼哉！'悉召所部约曰：'有从贼者，族无赦！'乃分兵守四境。贼遍招土司，独无敢至石砫者。后献忠死，良玉竟以寿终。"

前面所述，一代天骄秦良玉身后几被湮没于岁月之中，这只是相对而言。其英名在民间不如其他巾帼英雄大，在史界和学界却历来不乏崇敬之声。如在秦良玉将军去世以后，历代许多诗人、词人为了纪念这位忠贞不渝的爱国将军，纷纷以诗、词进行赞美。

而在这些盛赞秦良玉的诗篇中，还有出自清末女英雄秋瑾的。二人同为巾帼女儿身，秦良玉的事迹无疑会引起秋瑾的赞叹和共鸣，别有一番真味在诗中：

古今争传女状头，
谁说红颜不封侯。
马家妇共沈家女，
曾有威名振九州。
莫重男儿薄女儿，
平台诗句赐娥媚。

吾骄得此添生色，

始信英雄曾有此。

到了近现代，也有不少文人大家对秦良玉表示了高度的赞赏和崇敬之情。如著名女作家冰心写道：

"秦良玉死了，他的哥哥邦屏、弟弟民屏、儿子祥麟、媳妇凤仪，都为国家壮烈地牺牲了！她虽是一位出身儒门的闺秀，可是志安社稷，爱国忠君。她生在多事之秋的明朝，国内有土匪流寇的骚扰，国外有满骑倭奴的侵略，多少文武百官、士大夫将帅，没有不为自己的名利在明争暗斗的，有谁像秦良玉一样将一生的精神，都拿来放在安内攘外、剿贼御侮上面呢？她一生为国家奋斗，为民族牺牲，没有过一天舒服快乐的日子，日夜在为战事筹划。一直到死，她还念念不忘保卫她的家乡石砫。这种爱国保家乡的精神，非但使后世的人永远赞美，永远敬佩，更值得我们永远怀念！永远学习！"

郭沫若亦曾撰文赞誉秦良玉："像她这样不怕死不爱钱的一位女将，在历史上毕竟是很少的。"

1908年，胡适也赞她道："中国历史有个定鼎开基的黄帝，有个驱除胡虏的明太祖，有个孔子，有个岳飞，有个班超，有个玄奘；文学有李白、杜甫，女界有秦良玉、木兰，这都是我们国民天天所应该纪念着的。"

最后一封家书

郑成功其人其事，不需我介绍，他是大名鼎鼎的民族英雄。但他同时又是一位移孝作忠的典范，这恐怕未必尽人皆知了。

手头恰有一份郑成功生平给他父亲郑芝龙的最后一封家书，估计见过的人不多，因此备录于此，看看他在民族和家族危亡之际，是如何看待和处置中国人历来最为看重的"忠孝"二字的——

那是郑成功拒不跟随父亲郑芝龙降清后，屯兵厦门，誓死效忠南明政权，反抗清军。某天清廷派了两员钦差来劝降，诱以海澄公封爵，郑成功凛然斥拒道："我只知奉明帝旨，不知有清帝旨。"毅然将来使遣回。但不到一个月后，清廷又派了随父降清的郑成功弟郑渡和三名使臣来到厦门，再次招降。

清廷使臣阿山说："今日奉皇上圣旨，赐汝福、兴、泉、漳四府之地，皇恩不可谓不重，汝应受诏，剃发投诚。"

郑成功却依然掷地有声道："这四府本是大明土地，何劳尔国赏赐？尔国旧封，只建州一区，如今踞我中原，太属无理，成功愧不能为明恢复，还想要我剃发投敌？海不枯，石不烂，成功决不降清！"

当夜，郑成功之弟郑渡只身潜入郑成功家中，拿出父亲郑芝龙的手书，恳求哥哥道："兄若不降清，父命难保了！"

郑成功读罢父亲的亲笔信，却慨然答道："忠孝不能两全，请你禀报老父，乞求谅我之愚忠。"

郑渡再三劝说无效，只得悻悻离开。第二天，当他被清使挟裹而回时，收到郑成功派人送来的他给父亲的复信。内容如下：

"儿以孤身僻居海隅，尝欲效（陆）秀夫之节，修（申）包胥之忠，藉报故国，聊达素志。不意清廷海澄公之命，突然而至，儿不得已按兵示信，继而四府之命又至，儿又不得已按兵示信；谈席未终，来使乃哓哓以剃发为请。嗟嗟！今中国土地数万里，亦已沦陷，人民数万万，亦已效顺，官吏亦已受命，衣冠礼乐，制度文物，亦已更易，所仅留为残明故迹者，儿头上数根发耳。今而去之，一旦形绝身死，其何以见先帝于地下哉？

"且自古英雄豪杰，未有可以威力胁者，今乃啧啧以剃发为词，天下岂有未称臣而轻自去发者乎？天下岂有彼不以实许，而我乃以实应者乎？天下岂有不相示以信而遽请剃发者乎？天下岂有事体未明，而遂欲糊涂了事者乎？父试思之！

"儿一剃发，将使诸将尽剃发耶？又将使数十万士兵皆剃发耶？中国衣冠相传数千年，此方人性质，又皆不乐与满夷居。一旦尽变其形，势且激变，尔时横流所激，不可抑遏，儿又窃窃为满夷危也。昔吾父见贝勒时，甘言厚币，父今日岂尽忘之？父之尚有今日，天之赐也，非满夷所赐也。儿志已决，不可挽也。倘有不讳，儿只以缟素复仇，以结忠孝之局。儿成功百拜。"

据传，当年郑芝龙看到儿子此信，长叹一声道："我的老命，看来要断送在他手里了。"于是就将郑成功的原信转呈给了顺治皇帝。顺治帝本已封郑芝龙为同安侯，以利用这张王牌，至此也不得不彻底死心，下令将郑芝龙圈禁起来，不久后又将其处死。

父亲的这一结局，应该说郑成功是早已料到的了。而且当时大势，明眼人都明白胜算无多，所以"识时务者为俊杰"，郑成功即使顺水推舟、以尽孝而投降清廷，时论或历史亦无可厚非；但其却矢志不移，宁违父命而不背皇命，其忠心昭昭，足可鉴诸日月。但实在说，虽然古来中国即有忠孝不可两全之说，但真正面对这种考验，如郑成功这般气节与风骨，一般人难以望其项背。彼时其所承受的心理和情感压力，也是非亲历者不可想象的。

故此，尽管后世清廷在很长时间内一直视郑成功为海贼或叛国者，但早在康熙朝时，康熙皇帝就曾对"乱臣"郑成功作过极高的评价。他明确说过："朱（郑）成功明室遗臣，非吾乱臣贼子"。他还写过这样的楹联，赠予泉州三邑南安郑氏祖坟：

"四镇多二心，两岛屯师，敢向东南争半壁；诸王无寸土，一隅抗志，方知海外有孤忠。"

而到了清朝末期，为笼络台湾人，清朝政府亦逐渐将郑成功宣传为"忠义典范"。1874年，清廷派遣钦差大臣沈葆桢赴台湾办理海防事务。沈葆桢在该年年底与其他官员联名上奏，以郑成功"感时仗节，移孝作忠"，值得为民表率，有助于"正风俗，正人心"，请光绪皇帝批准为其建祠祭祀。第二年光绪皇帝便准其奏，正式在台湾为郑成功立祠，并由礼部追谥为"忠节"。同年三月，沈葆桢拆除了旧的开山王庙，在原址重建一座福州建筑式样的"延平郡王祠"。

沈葆桢并亲自书写对联誉之：

"开万古得未曾有之奇，洪荒留此山川，作遗民世界；极一生无可如何之遇，缺憾还诸天地，是创格完人。"

"忠节堪争日月光"

　　尽管多少有些微词，但我仍然觉得，这对被公认为"堪争日月光"且连其敌手也隆誉有加的夫妇，还是值得讴歌的。

　　这对"夫忠妇节，并耀江南"的夫妇，就是五代时南唐大将刘仁赡及其夫人。

　　虽被蔡东藩先生誉为"古今罕有、忠节堪争日月光"，但相较屈原、文天祥、陆游之类爱国志士，刘仁赡的声名要逊色得多。其事迹见诸史料也较少，可能与他乃为武夫，且无诗词存史有关。好在《南唐书》对其主要生平还是作了概略但较全面的介绍。

　　《南唐书》称："刘仁赡，字守惠，淮阴洪泽人，父金。事吴武王，有战功，至濠州团练使。仁赡略通儒术。好兵书。有名于国中，事（南唐）烈祖，历黄袁二州刺史，入为龙卫军都虞侯。拜鄂州节度使。元宗伐楚，仁赡帅州师克巴陵。抚纳降附，甚得人心……十三年，徙仁赡为清淮军节度使。"

　　"（后）周世宗自将攻城，数道同时进攻，昼夜不少休，如是者累月……仁赡虽知外援之败，意气益壮，觇世宗在城下据胡床督攻城，仁赡素善射，自引弓射之，箭去胡床数步堕。世宗命进胡床于箭堕处，后箭复远数步而堕。仁赡知之，投弓于地曰：'若天果不佑唐耶？吾有死于城下耳，终不失节。'于是世宗遣中使来谕曰：'知卿忠义，然士民何罪？'又亲驾临城招之，皆不从……"

上文所述，说的是南唐清淮军节度使刘仁赡，面对周世宗亲率的数十万大军，在外无援军、内乏粮草的绝境下，仍孤军坚守寿州达数月，无论如何威逼利诱，宁死不降的事迹。

事态至此，本也似无特别了不得之处。"文死谏，武死战""忠君报国""舍身以取义，杀身以成仁"，本是封建士大夫的基本道德准则和职责之所在，虽然实行起来未必都有这么高的觉悟和实际行动，历朝历代却也从来不乏感天动地的先进典型。刘仁赡无疑就是其中这么一个杰出代表人物。但若仅止于此，我还未必会特别感动。令我刮目相看（也多少有些微词）的是，后来当大局已定，失败已不可避免之际，刘仁赡及其夫人的作为。说实在的，我既感动钦佩，又有些难以理解。至少，这样的人格和事迹，史乘中并不多见；这样的行为和性格，我自忖是无论如何做不到的。

且让我们来看看究竟是怎么回事吧。

在长期坚守城池、几乎弹尽粮绝毫无希望之际，压力巨大的刘仁赡终于体力不支、懊闷成疾，且日渐加重。在此危难时刻，要求所有人都如刘仁赡一样依然刚强不屈、抵死不降，是不现实的。问题在于，首先动摇的，竟是刘仁赡的小儿子刘崇谏。他见父亲生命垂危，深知城必不守，于是决定悄悄出城向后周投降，以保全家族和城中士卒。坦率说，此举从道统和法理上来看，无疑是不妥的，他非但不忠，尚且不孝。但如果我也面临这种真实的两难境况，恐怕也难免会采取刘崇谏这种"务实"做法。或者说，如果我是刘仁赡，当自己的儿子做出这种有悖道义与节操、也有悖于自己的意志的行为时，我或也会遗憾或愤怒，但多少还是会有怜悯或谅解之心，至少，我决不会……但刘仁赡的反应，不仅令我惊诧，也让一些部将无法理解——

且说刘崇谏，他趁夜色潜出城外，正想找船渡往淮北时，偏偏被唐军截获，并立即送往刘仁赡处。刘仁赡问儿子出城的目的，刘崇谏倒也不怯，坦然承认了自己打算去投降以保全全家及城中军民的想法。刘仁赡的反应是，顿时大怒道："生为唐臣，死为唐鬼，汝怎能违弃君父，私自降敌？左右快予我斩讫报来！"

手下人当然不敢违抗帅命，只好将刘崇谏绑出去，准备行刑。

这事被监军使周廷构听说了，立刻阻止行刑，自己奔入军府施救。偏偏刘仁赡早已料到会有人来求情，命人关住中门，下令任何人不许进入，而且还让人传话说："逆子犯法，理应腰斩，如有为逆子说情者，罪当连坐。"周廷构不禁大哭，拍门呼号，劝刘仁赡收回成命，可是刘仁赡丝毫不理。于是他只好叫人赶快去向刘夫人求情，不料刘夫人的反应更让他吃惊。她虽有悲色，却毫不犹豫地说："崇谏是我幼子，我又怎么忍心置他于死地？但他既然犯令，罪实难容啊！军法不可私，臣节不可堕，若因私情而宽恕了我儿子，岂不是我刘氏一门忠孝，至此尽丧？我们还有什么颜面见将士们呢？"说着，刘夫人"更派使促令速斩，然后举丧"。

至此，《南唐书》的记载仅6个字："闻者皆为出涕。"

　　无疑，就史书作者和当时多数人的看法而言，这么简短的记载就足够了。从我们习惯的传统的文化理念和封建道德观来看，没有人会认为刘仁赡夫妇因为"忠君爱国"而"大义灭亲"有何不合宜；相反，只会敬佩，只会"出涕"，只会感动甚至效仿。但实际上，虽然确实绝大多数人没有异议，但持不同看法的人还是有的，其中就有苦苦求情而不成的周廷构。他闻知结果后，也为之"出涕"，但他出的是心中的愤懑和不平。他对此事的看法与后来的行为，无疑是与主流思想大相径庭的，也是不宜提倡的，但我却又觉得，从人性和特殊情境下而务实的角度出发，未尝全无可理解之处。何况，当时后周代表的是一种相对先进且有利于全国统一的方向和力量。所谓"识时务者为俊杰"，用在此处，似乎也并非全无道理。作为军人或主帅，在战争中殊死相拼，"忠君爱国"当然是应该的，也是可歌可泣的，但当胜负已无悬念，继续抵抗只是徒劳并必将加剧己方力量及平民的生命财产损耗时（古代战争中，抵抗愈烈，城破后敌方的报复如屠城就会越发凶残），将领或士卒迫不得已的投降，在我看来是应该被谅解的。正如美国南北战争时，南方统帅李将军在战败的局面已不可避免之际，亲率十余万将士投降北方阵营，他的行为就得到了普遍的理解和北方阵营的高度敬重，人们并不认为他的决策是耻辱而有悖军人伦理或不体面。同理，当刘仁赡面对败局已定之现实，如果也做出投降的抉择，至少在我看来是无可非议的，甚至是相对明智的。他已经尽力了，谁都有无力回天的时候，而他的决定虽然会令他（在当时的历史条件和伦理道德下）蒙受耻辱，甚至牺牲个人声名，但能保全军民，正可谓善莫大焉。当然，人各有志，如果刘仁赡（及妻子）宁死不屈，坚拒投降，其高风亮节无疑也值得称颂，但在那样的危难之际，对儿子的一时软弱毫不怜惜，非得要置其于死地（且要处以腰斩的极刑），却又丝毫无济于大局，我不免要感到费解。他们夫妇为某种封建伦理如忠孝节义之类的束缚似乎也太深了，以至我也不免以小人之心度君子之腹：莫非他们把自己的青史留名看得比其他一切乃至至亲骨血的生命还要珍贵、还要重要吗？

而当时的监军使周廷构，对刘仁赡夫妇大义灭、亲誓死不降的看法是：刘氏夫妇太过"残忍"。

因此，当后来周世宗向城中发出最后通牒，要刘仁赡"自择祝福"，而刘仁赡已经病入膏肓、不省人事时，周廷构便与营田副使孙羽等人密谋，决定开城出降。他们草就了降表，并假借刘仁赡的名义署名，派人送到了周世宗营中。周世宗自然欣慰，于是就在寿州城北大陈甲兵，行了受降礼。周廷构令刘仁赡左右抬着他出城，而刘仁赡气息微弱，口已不能出言，只好任人摆弄。周世宗知也很为刘仁赡的精神感动，因此温言抚慰。但见刘仁赡瞟了几眼，也不知是不是听清了周世宗的话是什么意思。

很快，刘仁赡又被周世宗命人抬回城中养病。周世宗且因守军投降，下诏赦免州中军民死罪。凡曾受南唐君命抗拒"王师"的军民，悉令自便，不问前过；平日挟仇互殴致有互伤的，亦不得再究。

同时，周世宗还特命加授刘仁赡为天平节度使，兼中书令，并且下制道："刘仁赡尽忠所事，抗节无亏，前代名臣，几人可比？朕之南伐，得尔为多，其受职勿辞！"

然而，周世宗的制命刚下，刘仁赡便在次日归天了。可以肯定的是，倘他还能有一口气，应该也绝不会接受这个

"伪命"的。

而得知其死讯的州民，"相率巷哭，偏裨以下，感德自到，共计数十人"。刘仁赡夫人也抚棺大恸，晕厥好几次，好容易才被救醒，"她却水米不沾牙，泣尽继血，悲饿了四五天，一道贞魂，也到黄泉碧落，往寻夫君去了"……

周世宗闻讯，立即遣人吊祭，并追封刘仁赡为彭城郡王，授其长子刘崇赞为怀州刺史，赐庄园一区。

而南唐国主听说刘仁赡之事，也恸哭尽哀，追赠为太师中书令，谥曰忠肃。据说，当夜唐主又梦见了刘仁赡，拜谒于墀下，仿佛生前受命时的情形。醒来后，唐主越发惊叹，因此又进封刘仁赡为卫王、其妻为卫国夫人，并建祠致祭。后世直到宋朝，亦将刘仁赡列入祠典，并赐祠额曰"忠显"，累世庙食不绝。

正如蔡东藩先生所言："人心未泯，公道犹存，忠臣义妇，俎豆千秋，一死也算值得了。"

只不过，刘氏夫妇之于泉下，如遇幼子崇谏，彼此当会作何感想？

权术达人宋太祖

宋太祖赵匡胤（927—976年），算得上中国数千年封建史上少有的英武之主。他是北宋王朝的开国者、推动历史发展的杰出人物，其在位的16年间，不断强化中央集权，提倡文人政治，开创了中国的文治盛世，故而是一位被史家称为"英明仁慈"的皇帝。

其实，称颂这样一位皇帝英明固无不当，但要论起仁慈来，至少在我看来，是禁不起推敲的。从众所周知的史实"陈桥兵变"即可看出，宋太祖能当上皇帝，实际上是通过大逆不道的篡国行为，不但违背了后周世宗的托孤之命，且在兵变过程中先以"镇定二州"的名义，谎报契丹将联合北汉大举南侵，骗取朝廷的领兵权；到了陈桥又逗留不进，靠着与弟弟赵光义及赵普等一帮爪牙的种种诈术，达到"不得不"被"黄袍加身"、代周称帝的目的。这种环环相扣的阴谋行径，不说其卑鄙已算客气，仁慈云乎哉？不过，史家这么评说也不是全无道理。盖因宋太祖一生行事，都讲究一个策略和手段，且其虽然军功也很了得，但更大程度上，似乎天生就是一个聪明绝顶的政治家和谋略家。说白了，宋太祖能有种种辉煌成就，必有其过人之处，这个过人之处就是他善于把握时势、操控政局、驾驭人心。还是以"陈桥兵变"为例，太祖在兵变后回师进入汴京皇宫时，见宫妃抱着一个婴儿，就问是谁的儿子，宫妃回答说是周世宗之子。当时，范质、赵普、潘美都在一旁，太祖问他们怎么处理。赵普等人回答说："应该除去，以免后患。"太祖却说："我接人之位，再要杀人之子，我不忍心。"就把这婴儿送给潘美抚养，以后也没再问起过，潘美也一直没有向太祖提起这婴儿。这婴儿成人后，取名惟吉，官至刺史。太祖这种姿态，在当时的情势下，的确也算得上仁慈之举了。因为历史上举凡朝代更替，新朝皇帝通常的做法是给被迫"禅位"的前任皇帝封上个王或公什么的，过不了多久就必然会找个茬子将其毒死或赐死，以免别人打着先皇的旗号卷土重来（许多时候甚至把前代帝王的兄弟叔伯都杀个净尽）。能不杀周世宗遗子，太祖算是有胸襟的了。当然，这里也未必不是他另一种权术，毕竟他已站稳脚跟，以此来笼络人心，显然要比杀掉一个幼儿的作用和意义大得多。这也看出，宋太祖的确有过人之处。

宋太祖之权术最高明之作，莫如另一个著名史实——"杯酒释兵权"了（因亦众所周知，故具体不赘）。喝一顿酒，就让那些个佐命元勋、开国功臣乖乖释甲，归老田园了。虽然其中赵普的功绩不可抹杀，但赵普再能，亦不过是太祖玩弄于股掌中的一枚棋子，他的一些妙计，未必不是太祖诱导出来的。恰如"黄袍加身"，太祖从来自称是被众人硬推上帝位的苦主，实际是怎么回事，还不是小葱拌豆腐——一清二白的吗？

说到赵普，这位可谓太祖最为倚重的臂助，且被誉为"半部论语治天下"的杰出政治家，最终不还是栽在太祖的手里吗?

开宝六年（973年）春，太祖亲自去看望病中的赵普，此时的赵普已被太祖擢为右仆射和昭文殿大学士。太祖无意中发现赵普家廊下堆有海货十瓶，心中便即起疑，但他不露声色，似乎随意地问了句那是什么，赵普答是海货。太祖命人打开看看是什么海货，结果打开瓶罐，里面全是小颗粒的金瓜子。赵普只好流着汗坦白，这是吴越王钱俶送来的。太祖当下呵呵一笑，表情恬淡地说了一句："钱俶大概认为国家大事全由你决断，所以送你金子呀。"此言一出，尽管他又补了一句"但受无妨"，实际上心里做何感想，我们不难揣测了。作为臣子尤其是赵普这样的重臣，收受点贿赂，太祖原本是不会放在眼里的——"杯酒释兵权"实际就是他以丰厚的经济利益换取功臣手中之兵权的赎买政策——但赵普此举却是他无法容忍的，因为这触及了太祖独揽大权和皇权尊严的要害问题。他是决不允许臣下愚弄他或者暗中操弄属于他的权柄的，即使是赵普这样的宠臣也不行。但太祖并没有立即发作，而是表面涵容，暗中进一步监察赵普的一举一动。当他随后又发现赵普有违反禁令私运木材扩建府第、官员冒充赵普名义经商等问题时，他就毫不客气地借题发挥了。但对赵普他还是客气的，并没有就他的罪状做文章，而是先设副相等一系列监督措施来分赵普之权，随即又一纸诏命，将赵普贬为河阳三城节度使。一代名相赵普从此失宠，淡出了权焰熏天的政治舞台。

宋太祖的权术秀还远不止这些。不妨再来看上几例：

在他称帝之初，节度使的势力很盛，骄横难制。但太祖自有他的办法。有一天，太祖将几位节度使召来，授给他们每人一把佩剑、一副强弓、一匹骏马，然后他单身上马，不带卫士，和这些节度使一起驰出皇宫。到了固子门的树林之中，太祖又与他们一起下马饮酒。饮了几杯酒以后，太祖突然对他们说："这里僻静无人，你们之中谁想当皇帝的，可以杀了我，然后去登基。"此言一出，这些威风八面的节度使都被他这种出其不意的气势镇住了，一个个拜伏在地，战栗不止，连称"不敢"。太祖再三询问，他们吓得只是埋头不语。太祖就训斥他们说："你们既然要我做天子，就应当各尽臣下的职责。今后不准再骄横不法，目无天子！"众节度使们自然都山呼万岁，表示顺从。

太祖用人也有其相当独到之处。只要是有用之才，他常常不问资历。一方面他命令臣下要注意选拔有才能而缺少资历的人担当重任；另一方面，他自己也随时留心内外百官，见谁有什么长处和才能，都暗暗地记在本子上。每当官位出缺，他就翻阅本子，选用适当的人去担任，这又使臣下都不敢草率懈怠而致力于提高自己的能力。

"陈桥兵变"时，宋太祖黄袍加身后回师京都，陈桥驿的守门官却闭门防守，不放他和军队通过。太祖只得转道封丘，封邱守门官马上开门放行。太祖正式即帝位后，反而晋升了陈桥守门官的官职，称赞他忠于职守；并斥责封丘守门官临危失职，将他斩首。

太祖"杯酒释兵权"后，一方面把开国功臣的兵柄尽收于己，另一方面又挑选得力亲信分镇各地。同时他颁布一条诏令，所有出镇诸将在军务上，均可便宜行事，即赋予他们以实权。而他们的家室则统统居留在京师，由朝廷厚加供养。每当地方藩镇军官入朝来时，太祖必定会亲自接见并赏以重金。地方诸将都能尽忠死力，西北因而长期无虞。而太祖此招的实质正在于，他羁留镇将家室表面上是关心厚待，其实等于扣作人质，厚加赏赐则无疑是买部将之欢。其驭将之道不可谓不高。

有一天，关南地方忽然有一老头儿进京告状，告的正是太祖的爱将、镇守关南的李汉超，告他强占自己的女儿，并且借钱不还。太祖听说后，便将老头儿召来问他："你以为汝女可适于何人？"老头儿唯唯道："她能嫁谁？还不是嫁给农家。"太祖又问他："李汉超未到关南时，辽国人曾来侵扰你们否？"老头儿叹道："那是年年入寇，小民苦不堪言哪。""那么今日又如何？"老头儿老实地摇头说，现在再没有辽人入侵了。太祖立刻板起脸说："既然如此，汉超是朕之贵臣，汝女能给他为妾，比出嫁农家应更荣宠。而且假如关南没有汉超镇守，你的子女、财产家资能保得全吗？区区小事，便值得来此控诉吗？"说罢，竟喝令左右将该农民赶了出去。而当这老头儿哭泣着回乡后。太祖却派遣一位密使到关南，让他传话给李汉超："你赶紧把民女还给人家，并且立即清偿借款。此后慎勿再为！如果你手头拮据，尽可向朕言明，何必向民间借贷？"李汉超听说太祖如此宽待自己的过错，自然是感激涕零，立刻遵旨将人财都归还农家，并上表太祖谢罪；此后亦小心谨慎，益修政治，死心塌地为太祖卖命了。

尚有一事则更说明太祖不仅有谋有术、善于驭人，且也真正具有领袖人物的胸怀与雅量。说的是环州有一位守将，名叫董遵诲。他的父亲董宗本，曾在后汉当过随州刺史。太祖发迹前，曾经与朋友一起游历随州，并至董宗本署中做过客。董宋本颇有识人之术，很欣赏太祖，因此留他多住几日。其子董遵诲却看不起太祖，言语里常常有倨傲甚至侮慢意。有一天，他对太祖说："我曾经见城上紫云如盖，又曾梦见自己登上高台，遇着一条黑蛇，约长百丈，然后竟飞腾上天，化作一条巨龙飞走了。你说这是什么原因？"

太祖心中有数，却微笑不答，董遵诲心下便觉不快。几天后，他又与太祖在闲谈中论及兵事，太祖侃侃而谈，董遵诲渐渐理屈词穷，竟然恼羞成怒，霍然起坐，欲对太祖施以老拳。太祖不理他，匆匆避出，并向董宗本告别后，离开了随州。到了周末宋初，董遵诲已在朝担任骁武指挥使。有一天太祖在便殿召见了他。董遵诲想起旧日冲撞太祖之事，心中自然惶恐得很。他一见太祖便长伏不起，自称请死。太祖呵呵一笑，命左右将他扶起，并安慰他道："卿还记得从前紫云化龙的事吗？"董遵诲更加不安，连声道："臣当日极其愚昧，以至不识真命天子。今天如蒙圣上赦罪，后当肝脑涂地，衔环报德！"太祖大笑，当即让他起身，并明确表示自己并不介意旧事。偏偏没几天后，董遵诲部下的军士又向衙门击鼓鸣冤，控告军中不法之事多件。太祖获悉此事及具体情状后，又召见董遵诲。董遵诲更加惶恐，心想：这回太祖定将借我的失职之罪而重惩我了。不料太祖却说："朕方提倡赦过赏功，何忍再因旧恶和小过而惩罚大臣。卿勿再为过往担忧。只要从此你立志自新，朕还会破格重用你的。"

董遵诲自然感恩戴德。后来，太祖听说董遵诲母亲在战乱时困于幽州，便命人纳钱买通边吏，赎回了董遵诲的母亲，使他母子团圆。董遵诲自然更加感激，誓死以报太祖恩德。后来，他受太祖命担任通远军使，镇守环夏。他一到镇上，就招抚诸族酋长，宣谕朝廷的恩德，使众部酋都心悦诚服。当他们后来又叛乱时，董遵诲就发兵深入，大获胜仗，边境从此安宁。由此益发可见，太祖深谙用人之道，即便虎狼，只要驾驭有方，照样可以为己效命。当然，太祖的高明之处还在于，他对部下并不是一味笼络，该严明时他也决不含混。如有个叫宋白的官吏曾奉命主持科考，结果却收受贿赂，又怕红榜贴出去后会有非议，便自作聪明地先将中举人的名单呈报太祖过目，想要借皇上的旨意来为自己开脱。太祖当即不客气地对他说："我让你去主持科举考试，中举的名单应当是你自己决定，为什么要向我报告？我怎么知道这些人合不合适呢？如果红榜贴出后遭到别人的非议，我就要将你斩首以谢天下！"宋白大为恐惧，于是就老老实实地将榜单上原定的名字改掉，使它符合大家的意愿，然后才将榜单公布出去。

从上可以看出宋太祖之种种权术，虽然有老滑和手腕功夫，根本上还是体现了他独特的雄才大略与非凡的领袖气质。此外，宋太祖毕竟非同凡俗。他本人也确实具有几乎可称为完美的人格魅力。他疾恶如仇，宽仁大度，虚怀若谷，好学不倦，勤政爱民，严于律己。更难得的是，作为帝王，他几乎不近声色且崇尚节俭。这一切不仅对他改变五代以来的奢靡风气具有极大的示范效应，而且深为后世史学家所津津乐道。正因为如此，宋太祖才能在其短暂的执政期内重新恢复了华夏主要地区的统一，结束了安史之乱以来长达200年的诸侯割据和军阀战乱局面，为社会的进步、经济的发展、文化的繁荣创造了良好的条件。作为五代十国的终结者和大宋王朝的开拓者，赵匡胤不愧是我国历史上一个承前启后的杰出代表。

那些个"硬头子"们

这里的"硬头子",取的是蔡东藩先生的说法,指的是中国历史上真实存在过、慷慨迸耀过自己或短或长的生命之光的强者。他们或个性刚直、意志强悍,或"主义"坚定、铁骨铮铮,为了自己坚持的理想、信念可以不屈不挠乃至视死如归、掉脑袋也毫不畏缩。这样的人,多半是知识分子、赳赳武夫或士子、官僚。家学渊源、思想人格浸透了修齐治平、忠君爱国的政治抱负和儒学精神,当严峻的考验临头之际,完全不像普通人一样趋利避害(这通常是无可厚非的),反而常常是明知不可为而为之,真正可以为了自认的真理和正义而不惜杀身成仁、舍生取义。这样的人可谓真正的、大写的人。而且,在几千年漫长的帝制时代,这样的人数不胜数,只不过因为种种原因,他们的事迹虽然壮烈,气节虽然撼人,却多半如一掠而过的流星,转瞬便湮熄在历史的烟幕之中,注定了不能像文天祥、史可法等英雄一般名垂青史、彪炳千秋。

我在读史之余,深深为这些人的精神气节所感动,也往往为他们中的许多人得不到充分的褒扬而感到不公、为之叹惜。因此想到,要将我视野所及的"硬头子"们的姓名和事迹记录下来，以飨读者，以旌扬烈士、慰藉英灵。这样做并不一定要让人们引为楷模，但多多少少可以让我们这些后生小子有所启迪、激励和思考。

因史料和篇幅所限，恐怕挂一漏万，只能依时序将一些人的名姓和事迹简略介绍于下。须强调的是，他们都是真人真事，且他们的"成仁""取义"，不排除以今视之有迂阔或个别的沽名卖直的嫌疑，但我相信，他们的壮烈行为多半都非一时冲动，而是其性格之必然结果——

一、东汉范滂

东汉末年，朝政败坏。权奸迫害贤明，几达疯狂。任意株连所谓党人，稍有嫌隙非锢即戮，因此党狱连坐，再辗转钩联，上上下下，或死或废，不下六七百人。

当时名臣范滂也自知不可免，但他不愿委曲求全。所以当有同乡人得知权阉要来抓捕他时，急忙通报，请他速逃。范滂却慷慨拒绝，当下自行赴诣县狱。县令郭揖恰也是个义士，颇为同情范滂，见他自投罗网，大为惊叹，于是解下印绶，要与范滂一同逃亡，并说："天下甚大，何处不可安身，君何故甘心就狱？"范滂从容回答道："滂死方可杜祸，何敢因罪而累君？况母已老，滂若避死，岂不是更累我母吗？"

郭揖于是派人迎来范滂母亲，让他们诀别。范滂向母亲长拜道："望母亲割舍恩情，勿增悲感，譬如儿得病身亡罢了。"

范母却也是个深明大义的妇人，她拭干眼泪，镇定地对儿子说："你今天得以与'李杜'齐名，死亦何恨？假若既获令名，又求寿考，天下事恐怕未必有此两全呢！"说毕，呜咽着挥手，令儿子自去。范滂遂从容随捕人入都，不久便被掠死于狱中，妻子亦被流放边疆。

二、前秦索泮

两晋时期，前秦将领吕光受命略定西域后，受封为西安将军西域校尉。他又顺势侵袭凉州，受到梁熙抵抗。两下交战多时，梁熙父子战败被擒，后遭吕光杀害，于是陇西郡县多半归附于他。唯独酒泉太守宋皓和南郡太守索泮，不肯从命。吕光便亲率大军征讨，依次攻陷两州，并逮住索泮，责备他违令不臣之罪，并诱使其投顺。索泮却朗声昂首道："将军受诏平定西域，未闻你受诏略凉州。梁公何罪，乃为将军所杀？泮不能为国报仇，深加惭恨。现今主灭臣死，何必多言！"

言毕，慨然赴死。

三、后燕赵思

赵思是后燕主慕容宝的中黄门令，即宦官，但他却是宦官中难得的一条汉子。

当时，赵思受命前去见北地王慕容钟，使他迎慕容宝驾，但却被慕容钟扣押入狱，并告知已有篡逆之心的叔父慕容德。慕容德听说赵思颇有才干，便想诱其为己所用，不料赵思态度坚决地回答说："马尚知恋主，思虽刑臣（阉宦），颇识大义。乞加惠赐归主上。"

慕容德勃然道："汝在此受职，与在彼何异？"

赵思也正色道："周室东迁，晋郑是依。陛下亲为叔父，位居上公，不能倡率群臣，匡扶帝室，反而幸灾乐祸，欲效晋赵王伦故事！我赵思虽不能效申包胥，乞援存楚，尚想如王莽时的龚胜，不屑偷生。现既归去不得，死亦何妨！"

慕容德被他揶揄得一头怒火，立即喝令将赵思斩首。赵思面不改色，从容就义。

四、东晋谢道蕴

之所以录下她来，是因为谢道蕴和上述范滂之母一样，也是个罕见的奇女子。

东晋有个名震千古的大名人——王羲之。王羲之却有个迂腐不堪的二儿子，名叫王凝之。不幸的是，谢道蕴正是王凝之的夫人。

王凝之后任会稽太守时，正值浙东大盗孙恩叛乱，围攻会稽。王凝之素信道教，故毫不武备，终日里诵经念咒，声称自己请得十万神兵，大可破敌。结果可想而知，城破人亡。可悲的是，其与儿子同被砍头之际，他还念念有词，说是避刀咒，直到脑袋落地。

谢道蕴却是好样的。她听说丈夫和儿子死后，匆匆流了几行热泪，随即便镇静地指挥仆婢带上刀剑，抬来小轿，尽弃金银细软，只带上外孙刘涛赶紧出奔。但刚出署门就遇上几个叛兵，谢道蕴毫不慌乱，亲率仆从与叛兵格斗并亲手杀毙两名叛兵。后来叛兵越来越多，终于将谢道蕴抓住。谢道蕴却不慌乱，坚持要求亲见孙恩，于是被缚送孙恩面前。她对孙恩从容言辩，头头是道，竟说得孙恩暗自称奇，不敢加害于她，只是要把她外孙斩首。谢道蕴厉声道："这是刘氏后人，今日事在王凝之门，何关他族？你如欲杀此儿，请先砍我！"

此话说得孙恩竟也动了天良，非但不杀刘涛，还将他和谢道蕴一同放走了事。

五、东晋罗企生

罗企生是东晋荆州刺史殷仲堪的属吏。时遇桓玄专擅，谋取荆州江陵，最终击败殷仲堪。殷仲堪逃跑时，手下除罗企生外，竟无一人相随。但在经过家门的时候，罗企生被其弟硬拉下马，说："家有老母，你去又有什么出路？"企生挥泪道："我不宜失信主公，决心与他同死。还望你们能代我奉养老母，我家门也算忠孝两全，不失子道，我死亦无恨了。"然其弟坚决不放他走，罗企生最终没有走成。

但当桓玄捉住殷仲堪并将他杀害，率兵进入江陵时，江陵人士都去迎谒桓玄，只有罗企生不去，还为殷仲堪处理家中后事。友人劝他道："君为何不识时务，恐怕你祸将不远了。"企生却坚持道："殷公以国士待我，我何忍相负？更何堪去见桓玄，屈志求生？"这话很快传到桓玄耳中。他虽然愤恨，但颇惜罗企生的人格，让人传话说："企生若肯来谢我，我必不加罪于他。"企生听后淡淡一笑："我为殷荆州属吏，殷荆州已死，我还去谢何人？"

恒玄十分不快，便将企生收系狱中，同时再命人去问他做何感想。罗企生道："前文帝尝杀嵇康，嵇康的儿子嵇绍仍成为晋之忠臣。而今我不求生，只求能免我一弟不死，以终养老母。"恒玄便命将企生带到跟前，亲自劝诱说："我待你并不薄，何故负我？难道你真的不怕死吗？"

企生毫不客气地说："使君兴晋阳甲，出次寻阳，与殷荆州并奉王命，各还本镇。当时你们升坛盟誓，言犹在耳。今日口血未干，你乃遂生奸计，食言害友。企生自恨庸劣，不能翦灭凶逆，死已嫌迟，还怕你什么？"

听了此话，恒玄彻底失望，立刻命令将罗企生斩首。

六、南齐董僧慧、陆超之

董、陆二人均为南朝齐明帝时人。齐明帝萧鸾凶残毒辣，篡位前后大举杀害王室宗亲。董僧慧助晋安王企图反抗失败后，被萧鸾手下捕到。僧慧慨然请求："晋安王举兵，仆实预谋。今为主死义，尚复何恨。但我主公尸骸暴露，我正准备买棺材收殓他。一俟收殓好了，我当立即来就鼎镬！"

军士领头者听了此言，不禁也为之动容，便说："好一个义士，由你自便吧。"僧慧便去殡葬晋安王。晋安王有个儿子年方九岁，此时也被捕系狱中。他用寸绢为书，贿通狱卒，将求救书带给僧慧。僧慧看了绢书道："这确是主公郎君手书呀，可是我不能援救，太负我主人了！"于是为之号恸不已，结果竟"呕血数升而亡"！

还有个陆超之，本没被抓到，但他却静坐家中，并不逃避。于琳之与他友善，特地使人带信给他，劝他速逃。

陆超之却对来人说："人皆有死，死何足惧！我若逃亡，既负晋安王厚眷，且恐田横客笑人！"于是仍坐待不动。不料却有一个门生妄图重赏，假装拜谒陆超之，趁其不备，将其砍倒，取其首级前往萧鸾部兵处报功……

七、北魏元谌

北魏到孝庄帝时，已趋末日。武将尔朱荣凶狠暴戾，有如曹操，挟着他拥立的孝庄帝，权倾朝野，无人敢与争锋。

后来，尔朱荣忽发迁都之念，便在上朝时禀白孝庄帝，力主北迁。孝庄帝并不愿迁都，却又不太敢反对尔朱荣。正踌躇时，有人在旁开口，公然反对迁都。尔朱荣瞪眼一看，原来是都官尚书元谌，不禁大怒道："迁都事与君无关，何必争执？况且河阴一役，君曾闻知否？"

元谌毫不畏缩，抗声反驳："天下事当与天下公论，奈何举河阴毒虐，来吓元谌？谌系国家宗室，位居常伯，生既无益，死亦何损。就是今日碎首流肠，也不足畏！"

一席话说得尔朱荣气冲斗牛，当即要加元谌死罪。幸亏尔朱世隆在旁苦劝，元谌才得不死。而整个朝廷已盈廷震慑，鸦雀无声，独元谌神色不变，徐徐告退。

八、东魏荀济

东魏末年，孝静帝元善见已成大丞相高澄的傀儡。高澄目中无主，骄横跋扈，满朝文武敢怒而不敢言。独侍讲荀济明知成事可能极小，仍决心救主。他与华山王、淮南王等人密谋，诈称要在宫中做土山，暗中开凿地道，企图通到高澄寓所，再募勇士从地道刺杀高澄。偏偏事尚未成，巡逻门吏听到地下有响声，忙向高澄报告。高澄派人试掘，果然发现地道，命人侦查，很快便查到是荀济等所为，立刻将他逮捕。

侍中杨遵同情荀济，问他道："荀侍讲年力已衰，何苦为此杀身之事？"荀济朗声辩道："正因为年纪衰颓，功名不立，所以上扶天子，下诛奸臣！"

高澄知道是荀济反他，格外愤怒，因为当年他看中荀济的才干，向其父高欢力谏才提拔他当的侍讲。而事虽至此，他却仍然不想置荀济于死地，于是他亲自提审荀济，想要荀济认罪便宽恕他。不料他刚问了一句："荀公，汝为何要造反？"荀济竟厉声回答："奉诏诛乱臣高澄，怎么能称为造反？"

高澄顿时大怒，命手下用车将荀济载到东市，架起柴火将他活活烧死。

九、南朝羊侃

南朝梁武帝末年，侯景叛乱，直逼台城，纵火焚烧大司马东西华诸门。尚书羊侃亲自督兵死守，两下里相持了好几天后，城中朱异请求出兵拒敌。梁武帝召问羊侃，羊侃坚决反对。但朱异一再坚请，武帝便同意他出城交战。朱异带兵出城后大败而回。随军出击者中有羊侃的儿子，他因为单骑断后未及退回，被敌兵俘虏。侯景命人将羊侃儿子缚到城下，企图借以招降羊侃。

羊侃怒声呵斥道："我倾宗报主，犹恨不足，岂顾一子？生杀任便！"

敌方只得将其子带回营中，过了几天又缚至城下试图再次劝降他。羊侃听说，从军士手中夺过一把弓箭，登上城垛对儿子大喊："我以为你早被杀死，哪知你尚在世？"说着，便引弓搭箭，射向儿子，敌军只好又将其子带回营去。可惜的是，忠义羊侃率军坚守多时，终因过于疲累而病死军中。

十、南朝梁大器

梁大器是梁武帝孙子，后被立为太子。侯景攻下建康后大开杀戒，屠杀了许多南梁王族成员。太子梁大器也在其中，但他是唯一一个宁死不屈，气节可风的王族。此前有人曾劝他稍稍服软，以求后逞，他大器慨然道："贼不杀我，抗礼无伤；若要见杀，百拜何益！"

后来，侯景西出，将太子大器挟于军中，以作人质。结果侯军在巴陵败归，一时队伍错乱。大器所坐的船在后面，左右都劝他伺机逃遁，他却拒绝了："国家丧亡，我本不再图生。今天我若逃避，不是避敌，而是叛父惧敌了。"

结果，侯景怕大器趁乱逃跑，命令将其处死。大器临死前神色不变，从容地说："久已待死，已恨过迟。"他见敌兵拿着衣带想勒死自己，又说："此物何能即死，不如用系帐绳罢。"

敌兵依言而行，大器引颈相就，旋即命丧。

十一、北齐李集

北齐文宣帝高洋至其末年，精神严重变态，终日沉湎酒色，暴虐嗜杀，手下臣佐动辄遭戮，满朝腥风血雨，噤若寒蝉。尽管有一二人出言劝谏，多遭杀害，却仍有一人勇敢地站出来，劝谏高洋，且因高洋拒不听谏而言词愈烈，当面将高洋比作古代的暴君桀纣。他就是典御丞李集。

听了李集的话，高洋自然暴怒，立刻命手下将李集缚住，并将其置于水中闷溺，好久才命人拉起。高洋冷笑着问李集："我究竟与桀纣相同否？"李集呛声大呼："恐怕你还不及桀纣！"

高洋又令将他闷水，如此一连三沉三问，李集的回答亦始终如初。高洋变态地狂笑道："天下有如此痴人，我这才知道龙逢、比干不是俊物。"但高洋这天或许心情不错，他并没有处死李集。不料几天后他又召见李集时，李集又开口向他进谏，喜怒无常的高洋顿起杀心，立刻下令将李集推出去腰斩。

十二、隋末尧君素

隋朝败亡后，浦州守将尧君素独不肯降。唐军李世民促使独孤怀恩率领大军包围孤城，尧君素百般备御，终不少屈。唐高祖派遣降将去招降尧君素，并允诺他投降后赐以铁券，准令免死并升官等，均被他严词拒绝。于是唐军逼令尧君素妻子到城下，呼唤道："隋室已亡，君何苦如此？"

尧君素慨然喝道："天下名义，岂是妇女所能知晓？"说着，竟张弓搭箭，将其妻射倒在地。李世民听说此事，一边唏嘘，一边再调大军猛扑城头。尧君素仍以死自誓，并对身边将士说："我为国家大义，不得不死。若天已绝隋，别有他属，我当自行断首，付与君等以持取富贵。但今城池尚固，仓储亦丰，胜败尚未可知，还望诸君勿怀异志！"

然而，不久后城中便告粮尽弹绝，尧君素部将薛宗竟趁其不备将他刺死，持着首级出降了。而后人则有"隋室忠臣，只君素一人"之谓。

十三、唐朝颜杲卿

颜杲卿系名臣颜真卿之弟。安禄山、史思明叛乱时为常山太守。安禄山部进攻常山时，颜杲卿与长史履谦死战数昼夜，城破巷战，力尽被执。安禄山怒斥颜杲卿说："汝前为范阳功曹，我荐尔为判官，不到几年，超升至太守。我有什么地方负你，乃敢造反？"

颜杲卿愤声驳斥道："汝本营州牧羊奴，天子抉汝为三道节度使，恩幸无比。他因什么而负你，你竟敢造反？我家世代为唐臣，禄位皆为唐封，岂能因为你奏荐便从汝造反？今日我为国讨贼，怎么能称为造反？我恨不能生啖汝肉，要杀便杀，何须多言！"

安禄山暴怒，立刻命人将颜杲卿和履谦缚在柱子上，一并磔死。两人仍骂不绝口，舌头被割，脚胫被截，到死方休。后颜杲卿一门同被株连死义者达30多人。

十四、唐朝雷海青

雷海青是一名宫廷乐工。安禄山攻占洛阳后，招来宫中乐工和歌伎们大开庆功宴会。正在丝竹悠扬之际，忽然一片哭泣之声传入安禄山耳中，其中一人竟抱着琵琶，伏地大恸。这人就是雷海青。安禄山张目怒斥他道："朕在此开太平盛宴，你这小小乐工，竟敢无故啼哭，真正可恶！"

不料雷海青抬头反驳道："安禄山，你本是失机边将，罪应斩首。幸蒙圣恩赦宥，拜将封王。你不思报效朝廷，反敢称兵作乱，屠戮神京，逼迁圣驾，如此恶贯满盈，还说什么太平盛宴！"说着，竟将手中琵琶猛地掷向安禄山，被他部下挡落。顿时，卫士一拥而上，将雷海青乱刀砍死。

十五、五代李延邹

五代时，后周进攻后唐。后唐濠州守将郭廷谓派遣部下四出求援不至，心虚拟降，便令录事参军李延邹起草降表。李延邹勃然抗议道："城存与存，城亡与亡，这是人臣大义。奈何厚颜降敌？"郭廷谓说："我并非不能效死，但区区一城，如何自保？还不如通变达权，屈节保民，愿君勿拘泥于小节。"李延邹却愤怒而掷笔道："大丈夫终不能负国，为叛臣作什么降表！"

郭廷谓也动怒了，拔剑相逼道："你敢不服从我命令吗？"

李延邹挺身迎上道："头可断，降表决不可草！"

言尚未落，郭廷谓剑已挥下，壮士当即捐躯。

十六、明朝铁弦

明永乐帝朱棣起兵夺权之际，在济南城下吃足苦头，多次攻扑不下，几乎想要退兵，后来采纳了部下绕过济南、直取南京的策略，才最终篡位成功。对于当时死守济南后被建文帝任命为兵部尚书的统帅铁弦，永乐帝自然要报复之。当铁弦被捕送京城，进宫面见朱棣时，铁弦毫不畏惧，坚持以背相向，且抗言不屈。朱棣强迫他返顾，他倔强不从。朱棣便命人将他耳鼻割下，强塞入铁弦口中，并问肉味美否。铁弦奋力道："忠臣孝子的肉，有何不美？"朱棣更加愤怒，喝令当庭将他寸磔（千刀万剐）。

铁弦至死犹骂不绝口。朱棣恨得又命人抬来铁镬，熬油至热，将铁弦投入油镬中，顷刻间，一代英杰化为焦炭。

十七、明末费宫人

费宫人不见于经传，名字也不详，且是个仅有16岁、弱不禁风的小女子，似不应收于此列。但我觉得其虽非男儿，虽然弱小，然气节昭彰，毫不逊色于任何英豪，故仍将其事迹采录于下。

李自成攻入北京，崇祯皇帝自缢于煤山后，宫中一片惨状，殉国的官吏太监不在少数，跃入御河殉主的宫女也有一二百人。唯16岁的费宫人，为保护崇祯帝的长公主，没有寻死。她将自己的衣服与公主相易，两人藏匿于井中，不幸仍被李自成军士搜捕到，送到李自成前。费宫人说："我乃长公主，汝辈不得无礼！"

李自成见她长相美丽，原想收为己有，后听有认得公主的人说费宫人不是公主，便把她赐给了爱将罗某。罗某喜出望外，将费宫人带回住处，便想非礼。费宫人婉言道："我实在也是天潢贵胄，决不可苟合。你如能敬祭先帝，从容尽礼，我就诚心从汝。"

罗某欣然同意。于是待祭礼等一应具备后，他召集部众酣醉一场。费宫人趁其醉迷，假意关心，让他先睡一会儿。罗某倒头便着。费宫人于是命令侍女出房，自己从怀中抽出预先准备的匕首，卷起翠袖，用尽力气直插罗某咽喉。罗某狂叫挣扎，三跃三伏才最终殒命。费宫人自语道："我一弱女子，能杀一贼帅，也不算徒死了。"说罢把匕首向自己颈前一挥，也即死节。

十八、明朝蒋钦

明武宗时期，太监刘瑾趁武宗荒淫昏庸而擅权乱政，朝野一片反对声，却多敢怒不敢言。稍有违逆刘瑾者，多不得好下场。而南京御史蒋钦却仗义出头，因此被连坐戴铣党罪而受杖并削职为民。不料蒋钦竟不接受教训，出狱后仅三天，就又上疏，公开弹劾刘瑾，结果只能是再吃苦头，被下旨再杖三十。可怜他旧疮未复，又加新杖，打得两股血肉模糊，伏在地上，动弹不得。

锦衣卫狞笑道："你还敢胡言乱语吗？"蒋钦挣扎起来，厉声回应："一日不死，一日要尽言责！"

于是他又被投入大牢，昏昏沉沉三昼夜后，才苏醒过来。他越想越愤怒，竟又向狱卒乞得纸笔，继续弹劾刘瑾；写到后来，亦曾一度犹豫，但转念一想，又自语道："既已委身事主，何忍缄默负国，贻先人羞？"于是毅然再写，次日即托狱吏代为上呈。结果可想而知，刘瑾又下旨加杖其三十。虽然都只是三十杖，但明显故意加重了，第三个三十杖下来，蒋钦已气息奄奄，拖到狱中不到两天，竟尔毙命。

但蒋钦留下的谏文却光焰万丈，正气凛然！特将其最后一疏录之如下：

臣与贼瑾，势不两立。贼瑾蓄恶，已非一朝，乘间启畔，乃其本志。陛下日与嬉游，茫不知悟，内外臣庶，懍如冰渊。臣昨再疏受杖，血肉淋漓，伏枕狱中，终难自默。愿借上方剑斩之。朱云何人，臣肯稍让。臣骨肉都销，涕泗交作，七十二岁之老父，不复顾养，死何足惜？但陛下覆国亡家之祸，起于旦夕，是大可惜也。陛下诚杀瑾，枭之午门，使天下知臣钦有敢谏之心，陛下有诛贼之明。陛下不杀此贼，当先杀臣，使臣得与龙逢、比干同游地下，臣诚不愿与此贼并生也。临死哀鸣，伏冀裁择。

十九、明末张铨

明末时期，战乱频仍，壮士英雄也层出不穷。这里举张铨一例。张铨在袁应泰任辽东经略时，担任巡按御史。后来，袁应泰战败，辽阳失守。满洲兵蜂拥进城的时候，袁应泰孤身退入城北镇远楼，发现张铨也跟了来，便对他说："我为经略，城亡俱亡。公系文官，没有城守之责，应该急去，退保河西，以图后举。"

张铨不肯走，朗声道："公知忠国，铨岂未知？"

袁应泰也不勉强，便挂了剑和印绶，解下衣带，悬梁自尽。

张铨见袁应泰已死，便也解带自缢。

满洲军冲上镇远楼后，见两人悬于梁上，便将他们一齐解救下来并将之抬到清太祖面前。清太祖失声赞道："好两个忠臣！"后见张铨两眼微动，随即命人灌姜汤救治。张铨果然被救醒过来，但却对清太祖高喊："何不杀我？"太祖劝他归降，张铨道："生作大明人，死作大明鬼！"太祖为之感动，说："如此忠臣，杀之何忍？"便命令将张铨放走。

可是张铨回到衙署后，却北向磕头以示辞阙，西向磕头以示辞父母，随即再次自缢而死。

二十、晚明左懋第

南明时，左懋第奉使往北京，被清廷扣押。后来清廷命令他及使臣剃发。左的随员艾大选遵命剃了发，结果被左懋第杖死。多尔衮闻听此事，派左懋第的弟弟懋泰去诘责他，被左懋第呵斥出来。多尔衮便亲自提审他，当时命左懋第跪下。他昂首道："我乃大朝使臣，安肯屈膝番邦？"多尔衮说："汝国已亡，尔主已戮，尚有何朝可说？"

左懋第说："大明宗支，散处各地，一日不尽，一日不亡。就是绝灭，我是明臣，甘为明死。"多尔衮道："你为何杀你随员？"左懋第道："我杀我随员，与你何干？"多尔衮道："你为何不肯剃发？"左懋第道："头可断，发不可断。要杀就杀，何须多问！"

多尔衮不禁为之叹息："好一个倔强的汉子！"最终，左懋第英勇就义。